「ほんとにごめんなさいっ、おれっ、あなたにこんなことするつもりじゃ……！」

「あー、あ。はいはい……」

　真っ青な顔色の青年に、すさまじい勢いで頭を下げられた山下は、ようやく思い出した。

　たったいま自分は、彼が手にしているガラスの器の中身を、
頭からぶちまけられたのだ。

振り返ればかなたの海

崎谷はるひ

14256

角川ルビー文庫

目次

口絵・本文イラスト／おおや和美

ウッドデッキから眺《なが》める海の向こうに、積み雲が立つ。

よく晴れた湘南《しょうなん》の空はセルリアン・ブルー。呼吸するだけで肺の中の濁《にご》りが取れるような天気だと、水平線の向こうを眺めて山下昭伸《やましたあきのぶ》は思う。

（ああ、いい天気だなあ。ほんと、ここからの眺めっていいよなあ）

湘南の海沿いにあるレストランバー『ブルーサウンド』の目玉でもあるのが、中二階にあるこのウッドデッキだ。日よけのパラソルを立てたテラス席は、湘南の海を一望できる。絶好のロケーションをバックに、波音に混じり絶えず流れている音楽は、やわらかいボサノバ。

国道沿いにある立地の関係から、車での来訪が多いため、一階部分は少し広めの駐車場《ちゅうしゃじょう》となっている。木製の階段をのぼってデッキから店内に入ると、アジアンテイストで統一された空間が広がっている。

少しおしゃれで、わりと気さく。そんな雰囲気《ふんいき》が受けるのか、ふだんは観光客や地元の常連のおかげで毎度にぎわっている。

しかしその八月の終わり、いまはクラゲが大量に出る時季になった。夏休みとはいえ、開店したばかりの午前となると、店内には客の姿もまばらなものだ。

（まだ夏だしなあ、クラゲさえいなきゃ、泳いだら気持ちいいよな、きっと）

息をついた山下の、意外に細いラインの顎《あご》から、ぽたりと雫《しずく》が落ちた。制服であるTシャツの肩《かた》と胸を濡《ぬ》らしたそれは、労働に従事しての汗《あせ》や、まして海からあがった雫などではない。

（でも水はさすがに冷たいだろうな。……つか、俺いまかなり濡れてない？）

暢気《のんき》なことをぼんやり考えるのは、店が暇《ひま》なせいばかりではなく、あまりの事態に一瞬《いっしゅん》脳が硬直《こうちょく》したのを感じたからだろう。証拠《しょうこ》に、ふだんは穏和《おんわ》な草食動物のようだと言われる山下の二重《ふたえ》の目は、さきほどから愕然《がくぜん》と瞠《みは》られたままだ。

「ご、ごめ……ごめんなさい……」

「……あー」

たっぷり数秒、フリーズしていた山下は、がくがくと震《ふる》えた細い声によって少しだけ正気を取り戻《もど》した。目の前にいる小柄《こがら》な青年は、大きな目を潤《うる》ませたまま、細い手で空になったピッチャーを握《にぎ》りしめ、唇《くちびる》を震わせて山下を凝視《ぎょうし》している。

なんとなく因果関係が見えた気がして、まずは落ち着け、と山下は深呼吸をする。とたん、またぼたぼたと冷たい雫が顎を滴《したた》った。

（ええと、とにかく状況《じょうきょう》を把握《はあく》しよう）

自分の頭が冷たいのは、おそらくさきほどまで氷水を満たしていたピッチャーのせいだ。そこまでは理解した山下が、とりあえず原因とおぼしき目の前の人物を言葉もなく眺めると、彼は悲鳴じみた声を発した。

「ほんとにごめんなさいっ、おれっ、あなたにこんなことするつもりじゃ……！」

「あー、あ。はいはい……」

真っ青な顔色の青年に、すさまじい勢いで頭を下げられた山下は、ようやく思い出した。

たったいま自分は、彼が手にしているガラスの器《うつわ》の中身を、頭からぶちまけられたのだ。

（でもなんで、俺が水をかぶったんだっけ）

それでもまだショックから立ち直りきれない山下が、ぼんやりとした目で自分の頭から滴る雫を視線で追っていると、相手の後頭部が目についた。

ずっと頭を下げているせいで、そこにばかり目がいった。丸い頭の形よさを強調する襟足《えりあし》のラインは清潔そうで、甘ったるい顔には似合っている。

泣きそうな目で山下を見つめる彼の、少しくせのある短い髪《かみ》は、子どもっぽい印象のあるなめらかな額を目立たせる。

（なんか、まんまる）

痩《や》せているけれど、なんだかパーツのまるっこい子だ。ぼんやりと思いながら見つめていると、さらに彼は言葉を続けた。

「かーっとなっちゃって、適当に摑《つか》んじゃったらこれで、それであなたが目の前に来たから、勢いでばしゃってなっちゃって」

彼もまた自分のしでかしたことに驚《おどろ》いているようで、説明は要領を得ない。ただ、そのパニック状態のおかげで山下のほうは徐々《じょじょ》に冷静になっていった。

ひとは自分より混乱している人間を見ると、なぜか落ち着くものである。

「ただ、こいつがあんまりひどいこと言ったから、頭来て、それでっ」

きゃしゃな指でさされた相手は、椅子《いす》から転げてデッキの上にしりもちをついたまま、微動《びどう》だにしていなかった。だが、興奮したようにまくしたてた相手に正気づいたのか「まてよ」と男は声を低くする。

「俺のせいかよ⁉ 冗っ談じゃない！ こんな恥《はじ》かかされて、やってられるか！」

いきり立った様子で立ちあがり、ぱぱっと汚《よご》れた尻《しり》や脚《あし》を払《はら》った男は涙《なみだ》ぐんでいる青年を睨《にら》みつけた。さきほどまでの情けない様子から一変、ずいぶん不遜《ふそん》な態度だった。

「こんなひとまえで大騒《おおさわ》ぎ起こして……一葡《いちほ》、どうかしてるんじゃないのか⁉」

「なっ……なんっ……宏樹《ひろき》のせいだろっ⁉ あんたが悪いんだろ……っ！」

ぱくぱくと口をあえがせているのは、怒《いか》りのあまり言葉が出ないかららしい。その状態を鼻で笑い、男は言う。

「俺のせいばっかみたいに言うなよ。おまえがやったことをなんで俺のせいにすんだよっ」

場もわきまえず、周囲の目も忘れてまたけんかをはじめたふたりに唖然《あぜん》となる。びしょ濡れの山下は、おのが姿をあらためて眺め、ああなるほど、と思った。

（たしかこちらさんと、あちらさんが大げんかして、それで、とばっちり食ったんだっけ）

不慣れなバイトの店員が場をおさめきれないと呼びに来て、この調子で罵《のの》りあっていた客らの仲裁《ちゅうさい》に入った山下は、本来それを浴びせられようとした相手の代わりに氷水をもろにかぶってしまった、というわけだ。

（人間、やっぱり突発《とっぱつ》事態には弱いもんだなあ）

やっと頭が正気に戻ってきて、理解したと山下がひとりうなずく間に、宏樹と一葡の口論はエスカレートしていく。

「ってか、この水俺にぶっかけるつもりだったってのかよ!?」

「だって、いきなりこんなところで、おれのこと、せ、性欲処理の便所とか言ったからっ！」

一葡が叫《さけ》んだ瞬間、山下は周囲の客らが心の中で「うわあ」と呟《つぶや》いたのが聞こえた気がした。

見た感じ、宏樹はサラリーマンっぽい男だが、一葡はまだ学生風の青年だった。だが会話の内容は間違《まちが》いなく、恋人《こいびと》同士の修羅《しゅら》場《ば》にほかならない。

「ほんとのことじゃねえかよ！　おまえみたいなばか、俺がまともに相手するわけねえだろ！」

「そっちが声かけてきたくせに。ふざけんな！　だったらなんであんなしつっこいセックスしたってんだよ！」

「そりゃおまえがスキモンだからつきあってやっただけだろうが！」

（ああ……ディープだ……）

秋晴れ、真っ昼間、海の見えるレストランバーのウッドデッキと、爽《さわ》やかこのうえないシチュエーションにおいて、男同士の赤裸々《せきらら》な痴話《ちわ》げんかはあまりにも浮《う》いている。

山下もかなり遠い目になりかけたが、いきりたった宏樹の次の行動にぎょっとさせられた。

「――もうつきあってられるかよ。ちょっと相手してやったからって、うぜえんだよ！　だから学のないやつなんかとつきあってられないんだよ、勝手にしろ！」

「あっ！」

見るからに体格のいい宏樹に突《つ》き飛ばされ、一葡はよろけた。反射的に手を差し伸《の》べた山下は小柄な彼を抱《だ》きとめる。そして、あまりの軽さにどきりとした。

（うわっ、ちっちゃい）

子どものような細さだと思った。少なくとも山下が一九〇センチという規格外の長身であることをさっぴいても、一葡はかなり小さいだろう。

身体《からだ》だけでなく、顔の造りもどこか幼い。くるんとした睫毛《まつげ》の長い、大きな目を瞠ったままの彼は、顔色をなくしている。

こんなきゃしゃな相手に、よく暴力をふるえるものだ。宏樹の乱暴な所作は、体格差を考えてもあまり正当な行動とは思えなかった。

「だいじょうぶですか？」

「あ、はい、どうも」

あのままいったら大けがをしかねなかった。無事かと声をかけると、申し訳なさそうに竦《すく》めた肩までも、一葡は骨っぽく細い。事情は知らないけれども、あまりに頼《たよ》りない感触《かんしょく》には、さすがに同情心がわき起こる。

（ちょっと、この扱《あつか》いはどうなんだよ……）

なにより、一葡の倒《たお》れたさきにはテーブルの角があり、手にはまだガラスのピッチャーを握ったままだったのだ。危ないじゃないか、と山下はひやりとしたものを覚える。

けれど、頭から湯気を噴《ふ》いた男は一葡のことなど一顧《いっこ》だにせず、財布《さいふ》から万札を取り出すと、テーブルの上に放《ほう》り投げた。

「迷惑料《めいわく》だ。つりはいらないよ」

「いえ、お客さま、そんなわけにには――」

青くなって首を振《ふ》ったのは、一葡にピッチャーをひったくられて、山下以上に凍《こお》りついていたアルバイト店員の柴田賢児《しばたけんじ》だ。だが、お待ちくださいと声をかけても、彼は一葡を睨みつけるだけだ。

「ついでにそこのばかやろうが汚したものも始末しておいてくれよ。あんたのクリーニング代も、そっからとってくれ」

吐《は》き捨てるような声、その傲然《ごうぜん》とした言いざまに、さすがに山下は眉《まゆ》をひそめた。それは、と言いかけた声を制するように、宏樹は口早に告げた。

「二度とつきまとうなよ、一葡」

一方的な罵りに、一葡は真っ赤な顔で震える。彼も混乱著《いちじる》しいようで、わななく唇からは悔《くや》し紛《まぎ》れのような捨て台詞《ぜりふ》が溢《あふ》れ出た。

「さっさと帰れ、この節操なし！」

「ああ、帰るよ！　こんなとこ一秒だっていたくねえからな！」

「ちょっと、お客さまっ……！」

苛立《いらだ》ちもあらわに捨て台詞を吐き、進行方向にあった椅子を蹴《け》った彼を柴田が慌《あわ》てて追いかけたが、宏樹は逃《に》げるようにウッドデッキの階段を降りていってしまった。

（こんなところとはご挨拶《あいさつ》だなあ）

去っていく男の後ろ姿に、山下は呆《あき》れのため息をつくしかない。スーツは上質で仕立てのいいものではあったが、中身のほうはそうでもないらしいと、山下は冷めた感情を覚える。

（しかし、この場をどうするか）

宏樹の去ったあと、しん、とあたりは凍りついたように静かだった。さほど客の数が多くないことだけが救いだが、真昼の修羅場に誰《だれ》も彼もが固まっている。

波の音だけがやけに耳につき、もう一度山下は息を吸って、吐く。まばたきを数回、深呼吸ひとつで平常心を取り戻《もど》せるのが、山下の強みでもある。

（取り乱さない。表情を変えない。声は静かに、態度は平静に）

客商売の家で育った経験が活《い》きるのは、こんなときだろう。冷静に冷静にと内心繰《く》り返し、混乱が滲《にじ》んだ表情も、すうっと笑《え》みの下におさめてしまう。

手のひらでざっと濡《ぬ》れた顔を拭《ぬぐ》い、満面の笑みを浮かべた山下は、目の前の彼に問いかけた。まるで、なにごともなかったかのように。

「──お客さまは、おけがはございませんか？」

「は、はひっ」

ピッチャーを握《にぎ》りしめたままだった一葡は、真っ青な顔でがくがくとうなずく。怯《おび》えたような表情にはただうなずいてみせ、山下は背後を振り返ると、呆然《ぼうぜん》と立ち竦んでいた柴田に声をかけた。

「柴田くんも平気？」

「あ、う、うっす。それよか……山下さん。だいじょぶすか」

そもそも、氷水をサーブするため、ピッチャーを手にしていたのは背後から声をかけてきたアルバイト店員の柴田だった。彼もまた状況《じょうきょう》についていけず硬直《こうちょく》していたようだが、山下があっさりした声で指示を出すと、ようやく我に返ったらしい。

「俺はいい。それよりタオルとってきて、あと雑巾《ぞうきん》ね。まゆちゃん……は今日はいないか。えっと、瀬里《せり》ちゃんに言えば、わかるから」

はい、と硬《かた》い表情で飛んでいった柴田の姿にうなずきつつ、再度山下は振り返る。

「ただいま、片づけに参りますので、少々お待ちくださいませ」

「お、おれ……ごめんなさい……」

硬直している小柄《こがら》な彼の手から、ピッチャーを受けとる。どうしていいのかわからない、というように目に涙《なみだ》を浮かべた彼は声もないようにうなだれ、小さな声で言った。

「ごめんなさい……ほんとに、ごめんなさい……」

ひとり残され、いたたまれなそうな彼が山下には哀《あわ》れだった。

どう見ても、泣き顔のまま立ちつくす一葡よりあの男のほうがかなり年上のようだったし、漏《も》れ聞こえた会話はあきらかに、宏樹の浮気《うわき》を咎《とが》めるものだった。

そもそも、男同士の痴話げんか、おまけに別れ話ときた。そんなディープな話を、いくら人《ひと》気《け》がないとはいえ観光地のレストランのオープンテラスで繰り広げる羽目になるあたり、宏樹という男の懐《ふところ》の狭《せま》さがうかがえる。

（ていうか、見た目ほんとに可哀想《かわいそう》だ。この子）

そもそも一葡は、騒《さわ》ぎを起こした張本人ではある。だが人前であしざまに罵《のの》しられたあげく、恥《はじ》をかいたのは同じだ。また、さきほど突き飛ばされた折の扱いひとつ見ても、ふだんからひどい目に遭《あ》っているのは間違いなかっただろう。

（おまけに、逃げられちゃったしなあ）

けんか両成敗ではないけれど、この場合、男の立場としては年長側が、被害《ひがい》にあった山下に詫《わ》びを入れてもいいのではなかろうか。他人事《ひとごと》ながら、そんなふうにさえ思えた。

「あの、本当にごめんなさい。シャツとかも、弁償《べんしょう》します」

おまけに一葡は、本当なら自分こそが逃げ出してしまいたいだろうに、ぐいっと涙の残った目元を拭うなり、ハンカチを取りだした。気丈《きじょう》に振る舞《ま》おうとするのが、よけい哀れに感じ、山下は微笑《ほほえ》んでみせる。

「いえ、けっこうですよ。ただの水ですし、たいしたことはありません。……それより追いかけなくていいんですかと、目顔で告げるけれど、一葡はふるふるとかぶりを振った。

そのとたん、ぼたぼたっと床《ゆか》に涙が落ちる。

「ごっ、ごめんなさいっ」

「いえ……」

慌てたように洟《はな》をすすった彼は、どうしていいのかわからないように手の中のハンカチをきつく握りしめ、山下に差し出してくる。うつむいて、これ以上泣くまいと必死にこらえるくせに、恥《は》ずかしさと、逃げた男への怒《いか》りで耳が真っ赤になっている。

自分にはできない、というよりあり得ないほどのストレートな感情の吐露《とろ》に、なぜだか妙《みょう》にくすぐったいような、気恥ずかしいような気分にもなった。

（なんてまあ、わかりやすい）

見た感じ二十歳《はたち》そこそこか、もう少し下かという一葡の色づいた耳朶《みみたぶ》を眺《なが》めながら、山下はある種の感動さえ覚えていた。感情がここまで鮮《あざ》やかに表情に出てしまうというのは、自分を律するのに慣れた山下には考えられない。

そのせいだろうか、一葡にかけた声は営業用のほがらかさばかりではなく、やわらかいなにかのこもったものになる。

「お客さま、あちらのお席で飲み物でもいかがですか？」

そっと手をかけると、薄《うす》い肩《かた》がびくっと跳《は》ねる。なるだけ神経に障《さわ》らないような声を出したつもりだったが、一葡はますます怯えてしまったようだった。

「いえも、もう、かえっ……帰ります、から」

「ま、そうおっしゃらずに」

どうぞ、と軽く肩を押して、デッキから店内に招きいれる。天気がいいせいか、少ない客はすべてデッキのテラス席に集中していて、むしろ中には人影《ひとかげ》がない。

さんさんと明るかったテラスから、竹や帆布《ほぬの》のパーティションを多用した店内に入ると、明暗差に一瞬《いっしゅん》目が眩《くら》む気分になる。暗さにむしろほっとしたように、一葡は肩の力を抜《ぬ》いた。

「――あの、山下さん。タオルです」

おずおずと声をかけてきたのは、この店に現在いる面子《メンツ》では、山下の次にキャリアの長い宮《み》上《がみ》瀬里だった。清潔な大判のそれを受けとりながら、一葡を頼《たの》むと山下は告げる。

「ありがとう。俺はいいから、こちらさん、十二番テーブルでお願いできます？」

「わかりました」

もっとも奥まった、パーティションで目隠《めかく》しされた席へ案内してくれるよう頼むと、瀬里らしいきまじめな表情でうなずいた。

「どうぞこちらへ。すぐにメニューをお持ちします」

「あ……はい……」

やわらかい声で接客を交代した瀬里にあとを任せて、山下はバックヤードへと向かった。不安顔の一葡が振《ふ》り返った気がしたけれども、そもそもフロアは山下の担当ではない。

店内テーブル席の奥手には、化粧室《けしようしつ》とバックヤードに続く細い通路がある。バックヤードのさらに奥へと向かうと非常口と階段があり、それをくだれば駐車場《ちゆうしやじよう》への裏通路。のぼれば最上階は店長である藤木《ふじき》聖司《せいじ》ら店員の住まう住居スペースとなっているのだが、そのおかげでビールケースにまぎれ、サーフボードなどが立てかけてある。

どうやらもともとマンションビルだったものを改造し、あとづけで店とデッキを造ったせいか、奇妙《きみよう》にややこしい造りになっているのだ。

その細い通路を通り、山下が店内とバックヤードの中間地点、右手に存在する厨房《ちゆうぼう》に戻ると、片づけをすませたらしい柴田が顔を出した。

「あのう、山下さん。着替《きが》えはしなくっていいっすか？」

心配そうな声に苦笑《くしよう》して、山下は大きな手を振ってみせる。

「あー、つうかもう乾《かわ》いてきたから、平気でしょ」

ずぶ濡れだった身体《からだ》は修羅場《しゅらば》につきあっているうちに、潮風と太陽で自然乾燥《かんそう》してしまったらしい。まだなんとなく湿《しめ》っぽい気はするが、かまうことはないだろう。

「それよりオーダー、ストップしてたけどだいじょうぶかな」

「あ、はい。皆《みな》さん見てたんで……つか、うまくおさめらんなくて、すんません」

「しょうがないよ。今日はよりによってこの三人だけだしねえ」

ぺこんと頭を下げた柴田にかまわないと首を振り、フロアに戻《もど》るようにと告げる。

「あーしかし、参った」

まだいささか湿っぽいシャツに冷えを覚えて伸《の》びをすると、ぱきり、と背中が鳴る。さらに腕《うで》を伸ばし、身体をひねると、長い手足の筋肉がうねった。

このところ運動不足だろうか。山下はまだ二十五になる手前だが、どうも疲労感《ひろうかん》が募《つの》るのが早いな——と年寄りのようなことを思った。

(まあ今日のこれは精神的なもんだよなあ)

こきこきと肩を鳴らし、とんでもないトラブルに凝《こ》った身体をほぐす。学生時代ワンダーフォーゲル部に所属していた山下は、体力と筋力には案外自信がある。印象がひょろりとして見えるのは、身長が高すぎるのと、やや面長《おもなが》なあっさりめの顔立ちのせいらしい。

首を回してふと目についたのは、本来の厨房の主が忘れたとおぼしき煙草《たばこ》のボックスだ。迷《めい》惑《わく》料代わりに一本もらうかと、無言で拝んで山下はそれを口にする。

パッケージを開けたまま放置していた煙草は、香《かお》りも飛んで妙に辛《から》い。滅多《めった》に喫煙《きつえん》しないせいで、よけいにきつかった。

だが、いまのだるい気分にはちょうどいいのかもしれない。山下が舌を刺《さ》す嗜好品《しこうひん》をふかしていると、オーダー票を持った瀬里が厨房に顔を出した。

「山下さん。十二番さん、チャイをお願いします。……お疲《つか》れですか？」

「ああ、瀬里ちゃん。見つかっちゃったな」

常勤である瀬里に、だれた様子を見られてしまった。照れ隠《かく》しに短く刈《か》った頭をかいてみせながら、山下は笑《え》みを浮《う》かべる。

「吸い終わってからでいいですよ」

「え、でもオーダーでしょ」

慌《あわ》てて煙草を消そうとすると、さきの騒ぎを知っている瀬里は苦笑して手を振った。

「それにたぶん、あちらも、ゆっくりのほうがいいんじゃないかなと……」

「ああ、そうね。しばらくひとりにしとこうか」

それじゃあ、と眉《まゆ》を下げつつ、お言葉に甘えて、と山下は煙《けむり》を吸いつける。

「で……どう？　少しは落ち着いたみたい？」

「え、と……」

一葡の様子を聞くと、瀬里は微妙《びみょう》な表情を浮かべる。まだ大学生の彼はきまじめだからこそ表情が硬《かた》く、嘘《うそ》やお愛想《あいそ》があまり得意ではないタイプだ。おそらくは、まだ取り乱している一葡について、どう説明すればいいかわからないのだろう。

「うん、わかりました。もう少しは時間おいたほうがいいんだよね」

「あ……そう、ですね」

表情から返事を読みとると、ほっとしたように瀬里はうなずいてみせる。その不器用な様子に、これでよくフロア担当のバイトがつとまるものだと思う。けれど、それについて口を出すほどの権限もない。山下はあくまで常勤アルバイト以下の、ピンチヒッターだからだ。

「今日、天気いいわりにのんびりしてていいよな」

「あんまりのんびりでも、困りますけど……まあ、今日は助かりますね」

「そうだねえ。みんないないし」

瀬里の言葉にがらんとした店内を見まわして、山下は苦笑する。店の売り上げを考えると、ふだんからこんなに暇《ひま》でいてもらっては困るのだが、この日はむしろ助かったのだろう。

「見事に休みがかぶったよな。店長はお墓参り、中河原先輩《なかがわらせんぱい》は旅行の下準備、と」

店長である藤木、メインのチーフコックである中河原大智《だいち》とも、どうしてもはずせない用事で休みが重なってしまい、営業時間を短縮することになっているのだ。

繁忙期《はんぼうき》にはあり得ないシフトだった。というよりも、夏に取り損《そこ》なった休みをこぞって取ったらこの有様、というわけなのだが。

「あと、まゆちゃんは？」

「たぶん、いま、あそこでこけてます」

瀬里が指さすさきは、店内でもひときわ眺《なが》めのいい大きな窓だ。山下も厨房から顔を出して眺めると、沖合《おきあい》に小さく見えるロングボーダーたちの姿がある。真っ青な海の中、ごま粒《つぶ》のように黒っぽく点在するうちのどれかが、この店の正社員で紅一点の、林田真雪《はやしだまゆき》だ。

「ああ……まゆちゃんも好きだよねえ。ほんとに」

「いつでも乗りに行けるから、この店にいるんだとか豪語《ごうご》してますから」

責任者がふたりして不在の上、そのすぐ下にあたる真雪が波乗りに興じているというのも、本来ならあり得ないことだろう。

なにごとものんびりしているこの店らしい、とも山下は思う。だが瀬里はほんの少しだけ、眉をひそめた。

「ただほんとは、アルバイトがもうひとり、いるはずだったんですけど」

「ん？　柴田くんじゃなくて？」

そうです、とうなずく瀬里は困った顔のまま小さく呟《つぶや》いた。

「先月から来てくれてる、内田《うちだ》くんっていうんですけど……突発休《とっぱつきゅう》、とっちゃったんです」

「え、それ聞いてないよ」

「なんか、大事な用事があるとかで……朝電話してきていきなりだったんで」

基本的に山下もアルバイト扱《あつか》いなので、つきあいは長いけれども、この店のシフトなどは関知していない。だが瀬里はそのきまじめさを買われ、すでに経理やスケジュール管理なども任せられていると聞いていた。

「だから、真雪も本当は休み返上しようかって言ったらしいけど、ここんとこあいつ、休んでないし。それに平日で、山下さんも柴田くんもいるからだいじょうぶだと思うって、俺が言ったんです……けど」

ちらっと瀬里が眺めたのは、まだ少し湿りの抜《ぬ》けない山下のシャツだった。彼なりになにか気にするところがあったのだろうと察したが、偶発《ぐうはつ》事故は瀬里の責任ではないと山下は笑う。

「まゆちゃんがいてもいなくても、俺が水かぶったかもしんないし、気にしないで。むしろ彼女の場合、相手さんに水ぶっかける真似《まね》くらいしたかもだし」

「う、そ……それは否《いな》めません……」

見た目はかわいらしいけれど、誰よりけんかっぱやい真雪を知る瀬里は肩《かた》を竦《すく》める。からりと笑って、山下は話題を変えた。

「それはともかく、中河原先輩もなあ……再来月《さらいげつ》には、またカンボジアなんだろ?」

「あ、はい。そうらしいですね」

毎度毎度、自分の穴埋《あなう》めに便利使いしてくれる男に対し、山下は小さくぼやく。おまけに今日は水までかぶって、災難だとしか言いようもない。瀬里も同意するように苦笑《くしょう》を浮かべた。

「山下さんも毎度のピンチヒッターで、お疲れさまです」

「ん、まあ、慣れてるから、いんだけどね」

この店は、本来の山下の職場ではない。とはいえ、非常勤コックとしてのキャリアは五年という奇妙《きみょう》な立場にあるのは、そもそもこの店のチーフコックである大智のせいである。

大智は、ヨーロッパから中東やアジアを股にかけ、バックパッカーとして学生時代から飛び歩いていた。それは卒業後に就職してからも変わりはないどころか、この店のオーナーである曾我克鷹《そがかつたか》の全面的なバックアップにより、年の三分の一は日本にいない有様だ。

「よくまあ、曾我オーナーも了承《りょうしょう》してるねえ」

「そこんとこは俺も不思議ですが……」

困ったように眉を下げて苦笑する瀬里は、おとなしそうな顔に似合ってかなりまじめだ。この店の、かなり個性的な面子《メンツ》の中で揉《も》まれつつ、きっちりと与《あた》えられた仕事をする。

ただ、どうも押し出しの強い大智のことは少しばかり苦手なようで、いつもこの話題を振《ふ》ると、ひな人形のような品のいい顔を軽くしかめる。

「まあ一応、恩人だからってことらしいですけど」

「あー、あの話ね」

大智と曾我の出会いは、タイだかインドだったかは山下も忘れてしまったがアジアのどこかだそうだ。水あたりでもしたのか、腹痛を起こして曾我が苦しんでいた際、偶然《ぐうぜん》旅行中で居合わせた大智に正露丸《せいろがん》を分け与えられて助かり、そのことにいたく感謝したというのが就職のきっかけとなっているらしい。

そのためなのか、もとから鷹揚《おうよう》なのかは定かでないが、大智が海外に行く際の休暇《きゅうか》がどんな長期にわたろうとも、曾我はあっさりＯＫを出してしまうのだそうだ。

大智の放浪《ほうろう》の旅の間、ブルーサウンドにはメインコックがいなくなる。そこで呼び出しをかけられるのが、山下だった。大学時代、ワンゲル部にもちょくちょく顔を出していた大智との腐《くさ》れ縁《えん》は、今年で六年になる。そして大智がいくら幽霊《ゆうれい》部員だったとはいえ、山下にとって当時培《つちか》われた体育会系部の上下関係は絶対で、命令に対して否《いな》やを告げられない厳しさがあるのだ。

――いいじゃんよ。どうせおまえ、実家でもバイト扱いなんでしょ？

長いつきあいとはいえ、突発的に行動する大智に振り回されて、ときには疲れを覚えることもある。だがしゃあしゃあとした言いざまに、苦笑は漏《も》れるものの、いっそすがすがしいと思うのも事実だ。

むろん諾々《だくだく》と従う山下の側にも、臨時コックをつとめることでの利点はあるのだけれど、大智のある種他人をかえりみない奔放《ほんぽう》さは、かなり羨《うらや》ましいものがある。

「まあでも、曾我さんと大智さん、気が合うみたいですし。おふたりとも、海外好きでしょう」

「好きっていうより、もはや業《ごう》だね、あれは」

　瀬里が言うとおり、オーナーの曾我はアジア一帯を飛び歩く貿易関係の仕事を持っており、取り扱うのは輸入雑貨から宝石まで幅広《はばひろ》い。曾我本人も世界各国のペントハウスを転々とする生活を送っていて、大智と意気投合している部分もある。

　このブルーサウンド自体も道楽商売であり、一応は曾我の持ち家として上層階が住居になっているのだが、それを破格の値段で藤木、大智、真雪の三人に貸し出している。しかも不仕がちの大智においては、その家賃さえ日本にいる間の日割り計算、という冗談《じょうだん》のような条件で。

　恩人だからということかもしれないが、常識ではあり得ない、と山下は苦笑を浮《う》かべる。

「まあ、あのフットワークの軽さは、俺らには真似できないね」

「ほんと、そうですね」

　凡人《ぼんじん》にはついていけないかも、と山下と瀬里は苦笑しあって話をおさめる。

　人見知りらしい瀬里だが、基本的に穏《おだ》やかな山下とは、比較的《ひかくてき》ふつうに会話ができるようだ。というよりも、山下はまず他人に警戒心《けいかいしん》を抱《いだ》かせたことがない。長身のわりに威圧感《いあつかん》のない風《ふう》貌《ぼう》や、のんびりした口調が影響《えいきょう》しているのだろう。

「ともあれ、先輩がカンボジアの時期は俺、常勤になるから。瀬里ちゃんも、よろしくな」

「はい、こちらこそよろしくおねがいします」

　会話が途切《とぎ》れ、時計を見れば、十分以上が経過していた。興奮気味だったあの小柄《こがら》な客も、少しは落ち着いた頃合《ころあ》いだろう。

（ん、そろそろ、かな？）

手早くチャイを入れ、カップに注《つ》いだところで山下は首をかしげた。

「十二番さんの接客、俺が替《か》わったほうがいい？」

本来、代打とはいえ山下の任されているのは厨房《ちゅうぼう》だが、たてこんでいなければ接客をしても問題はない。人見知りの瀬里が、珍客《ちんきゃく》を相手にやりにくいのならと提案したが、彼はきゅっと唇《くちびる》を結んでかぶりを振った。

「いえ、いいです。自分で行きます」

「そう？　じゃあよろしく頼《たの》むね」

責任感の強さは瀬里の美点でもある。にこりと笑ってトレイに載《の》せたチャイを差し出すと、瀬里はかたくなな表情でうなずいてみせたあと、ぽつりと言う。

「山下さんて、ひとをよく見てますよね」

「……ん？　なんで」

他意のない言葉だけれど、なぜかどきりとする。まっすぐな視線に、なにもやましいところはないはずなのにうろたえそうになると、瀬里は言葉を探すように首をかしげた。

「ああいう場をおさめるのもうまいし、いまも……俺が苦手そうにしてるの、すぐにわかっちゃったでしょう」

それは自分が未熟なのだがと肩を竦める瀬里に、微苦笑《びくしょう》を浮かべるしかない。

「俺んちはそれこそ、イタメシのレストランでしょ。客商売の家で育ったから、わかるだけ」

そういうものでしょうか、と首をかしげる瀬里に対し、山下はただ首肯《しゅこう》する。

たしかに瀬里はひとの機微《きび》に対して疎《うと》い部分がある。また、世慣れなさゆえの不器用さに、接客中にも表情を強《こわ》ばらせてしまうこともあるが、少し慣れれば彼のような素直《すなお》な人間の感情を読むのは、山下にはむしろ簡単だ。

だがそれを、純真そうな年下の青年にいちいち気取《けど》らせることも、説明する理由もない。だからあっさりと話題を切り替えてみせる。

「さてまあ、当面は暇《ひま》そうですが、お仕事しましょうか。午後もよろしくね」

「はい、よろしくおねがいします」

それぞれの持ち場に戻《もど》り、ランチタイムに向けて食材を仕込み待機する間、山下はふたたびこきりと首を鳴らした。

「さて、午後からの客足はどんなもんか……」

いまはたまたま暇だからいいようなものの、もしこれでラッシュになったら山下ひとりで回しきらねばならない。とはいえふだん、大智はここをひとりで切り盛りしているわけで、そう手間のかかる料理も出ないぶん、楽と言えば楽だ。

なにより、厨房で煙草《たばこ》を吸っていられるという暢気《のんき》さは、ふだんではあり得ない。そう考えて、ふとため息をついた山下の顔はかすかに翳《かげ》りを帯びる。

(……どっちにしろ、家にいるよりはぜんぜん、マシだな)

豆板醤《とうばんじゃん》をくわえ、生春巻き用のソースを調合しながら、ゆるい気分で皮肉に笑っていた山下に、瀬里の声がかけられる。

「山下さん、ちょっといいですか」

「はい、いいですよ。なんですか?」

「さっきのお客さまなんですけど……謝りたいそうなので」

手招かれ、小声で告げる瀬里に「ああ」とうなずいて、山下は洗った手をタブリエで荒《あら》く拭《ぬぐ》った。正直いえば、いちいち顔を出すのは面倒《めんどう》だと思いもしたが、そこは客商売が身についている山下だ。どんな相手であれ、笑顔《えがお》で接する自信はあった。

入り口近くのキャッシャーを見ると、所在なげに一葡が立ちつくしている。山下の姿を認めると、はっとしたように硬直《こうちょく》した彼に向け、にっこりと笑顔を作った。

「お客様、会計はお済みでしょうか?」

「あ、いえ、あ、はい」

どっちだよ、と突《つ》っ込みたくなるような返事をしても気にしない。瀬里に目配せをすると、彼は視線でドアの外をさした。大きな硝子《ガラス》張りのそこから覗《のぞ》くテラス席にはもうひとっこひとり見あたらず、このタイミングを瀬里も狙《ねら》っていたらしい。

「チャイがおひとつ。税込みで八四〇円です」

じっと見つめる一葡は山下の声に神妙《しんみよう》にうなずきつつ、千円札を出す細い手が震《ふる》えている。

「お預かりいたします。おつりが一六〇円に——」

「あの、おつりいらないですっ。それで、これ」

声を遮《さえぎ》り、一葡はなにか意を決した顔でメモのようなものを差し出してきた。

「……なにか？」

「お、お詫《わ》びしたいんです。だから、住所……クリーニング代、おれに請求《せいきゆう》してください。ほんとに、ほんとにごめんなさい」

「いえ、そんなわけに参りませんから」

おそらくは瀬里にもらったのだろう。店名ロゴの入ったメモには『奥菜一葡《おきな》』という走り書きがあり、変わった名前だなと山下はあらためて思った。

「お願いします、受けとってください！」

必死な声で山下を見る目が、まだわずかに赤い。その視線がいまだ湿《しめ》ったままの髪《かみ》に注がれているのを知り、山下は億劫《おつくう》な気分になった。

(受けとってって言われてもなあ)

この場はいっそさっさと去ってくれたほうが気が楽なのだが。まあでも、この調子ではメモを受けとるまでは彼は帰るまい。

「わかりました。お預かりいたします。それから、あまりお気になさらず」

「でもっ……」

「今日は暑かったので、水浴びもちょうどよかったですよ」

穏やかに、少し冗談めかして告げると一葡は笑っていいのか困っていいのかわからないような顔をした。だがその細い肩《かた》からすっと力が抜《ぬ》けるのを見てとり、山下は笑みを深める。

完璧《かんぺき》な営業スマイルは、おそらく山下をこのうえなくやさしい男に見せるものだろう。

「あ……」

感激したように声をうわずらせた一葡が、手の中のメモをぎゅっと握《にぎ》りしめ、なにかを言おうとした瞬間《しゅんかん》だ。

「――だーっ腹減った！　山ぴー、ごはんちょうだいっ！」

ばん！　と大きな音を立ててドアを開けたのは、真雪だった。きゃしゃな身体《からだ》は黒いウェットスーツに包まれ、肩からはバスタオルを引っかけている。細い腕《うで》には持てあますほどのロングボードを抱《かか》えた彼女は、豪快極《ごうかいきわ》まりない仕種《しぐさ》で「うす！」と手をあげた。

「ま、真雪！　濡《ぬ》れてるんだから外にいてくれよ！」

「えー、だって客いなさそうじゃん。べつにいいかって……あり？」

瀬里の小言にも耳をほじるだけの真雪が目を留めたのは、山下の薄《うす》く湿った頭だ。

「なあに山ぴー、泳いだわけでもないのにその頭」

「あー、いや、ちょっとね。まゆちゃん、会計済んだら作るから、外で待っててくれるかな」

BLUE
SOUND

「あいよん。あ、あたし今日客だかんね。ちゃんと払《はら》うからー。んでもって生春巻きとナシゴレンよろしく」

「はいはい。了解《りょうかい》いたしました」

テラス席に戻りつつ、ぶんぶんと大きく手を振る彼女から、潮の香《かお》りがする。いつでもどこでもマイペースの真雪に苦笑して、山下は一葡に向き直った。

「……っと、お待たせいたしました。申し訳ありません」

「あ、はい」

呆気《あっけ》にとられていた一葡の手に、これ幸いとつりを握らせる。あ、と目を丸くした彼に無言でかぶりを振《ふ》り、身体に似合った小さな手から、メモを代わりに奪《うば》う。

「これに懲《こ》りずに、またご来店くださいませ」

そう告げてキャッシャーカウンターから出ると、ドアを開いて促《うなが》した。さすがにもう粘《ねば》れず、一葡は最後に「ごめんなさい」とぺこりと頭を下げ、とぼとぼと店を出て行った。

「さあて……嵐《あらし》は去ってまた嵐か。まゆちゃんのメシ作ってくるんで、瀬里ちゃん、これ」

「あ、はい？　って、これ……さっきのお客さんの？」

息をついた山下は、さきほど一葡から受けとったメモを瀬里へと渡《わた》す。瀬里がなにか言いかけるのを制し、あっさりと言葉を続けた。

「クリーニング代って言っても、これ制服だから。俺的にはべつに被害《ひがい》はないし、もしもなにかあるなら、店長と相談して連絡《れんらく》して。代打の俺じゃ判断つかないし」

この店の制服はブラックジーンズにTシャツとタブリエという出《い》で立ちだし、かぶったのはただの水だ。生乾《なまがわ》きでもそう目立つこともないと告げると、瀬里は眉《まゆ》をひそめた。

「山下さん、それでいいんですか？」

「だってもう、乾いちゃったしさ。グラスとか割れたわけでもないし、いいでしょう」

実際のところ、客同士のけんかに巻きこまれるのもそうめずらしい話ではない。酒や、熱々の料理を引っかけられたよりはぜんぜん被害も少なかったし、テラス席なのも幸いした。

「というわけで、これでこの話はおしまい。さ、午後に備えてスタンバって」

「はい」

明るく言い放ち、山下は笑った。この笑みは完全に、拒絶《きよぜつ》のそれだ。きまじめな瀬里はなにごとかを考えるような顔をしていたが、こくりとうなずいてポケットにメモをしまう。

そうしてその瞬間、山下の中では自分が水をかけられたことも、大騒《おおさわ》ぎを起こしたゲイのカップルの修羅場《しゆらば》も、瀬里へ言ったとおりすべて『店屋にはよくあること』として終了《しゆうりよう》してしまったのだった。

＊　＊　＊

山下の自宅は世田谷《せたがや》の住宅街にある。湘南のあの店に通うには少々遠いため、大智が長期的に代打を頼《たの》んでくる場合には、店の近くの友人宅へ泊《と》まるなどするのだが、この日は一日だけのシフトだったため、そのまままっすぐ帰宅した。

(通いがけっこうきついんだよなあ……カンボジア行きのころには宿を決めないと無理だな)

二十数年馴染《なじ》んだ街並みを眺《なが》めつつ歩くと、駅からはさほど遠くない一角に『リストランテ・モンターニャ』の看板が見えてくる。モンターニャの意味は、イタリア語で山だ。

かつては同じ場所に、もっと野暮《やぼ》ったいデザインの『洋食屋・ヤマシタ』という文字があった。そして店のかまえもこんなに華《はな》やかではなく、地味なものだったなと思い出しながら、門《もん》扉《ぴ》の横から自宅玄関《げんかん》へとまわった。

「ただーいま……」

早あがりにしたとはいえ、店を閉めてから自宅に戻《もど》ると、すでに日付が変わる時刻になっていた。ひっそりと声をひそめつつ鍵《かぎ》を開けると、山下が暗い玄関に灯《あか》りをつけるより早くぱっとそこが明るくなる。

「おかえり」

「あれ、兄さん」

そこに仁王立《におうだ》ちになっていたのは、ひとまわり歳《とし》の離《はな》れた兄、晴伸《はるのぶ》だった。ぎくっとなったのは、晴伸が毎度ながらのしかめっつらに、さらに険しく機嫌《きげん》が悪そうな気配を漂《ただよ》わせていたせいでもある。

「どこ行ってた」

ぎろりと睨《にら》んでくる兄は、山下に同じく長身だ。しかし三十七歳という年齢《ねんれい》のせいか、全体に重厚《じゅうこう》な迫力《はくりょく》があり、厚みの増した身体とほお骨の高い強面《こわもて》は、似ても似つかない。

「どこって、ちゃんと言ってあっただろ。湘南の店手伝ってきたんだって」

「それは、本筋の仕事を休んでまですることか」

重苦しい低音に、息がつまりそうだと思いながらも山下は笑《え》みを浮《う》かべる。

「本筋の仕事ったって、俺のやることは義姉《ねえ》さんで充分《じゅうぶん》だろ？　ってか、俺なんかと比べちゃ申し訳ないけどさ」

「昭伸」

それがいささか卑屈《ひくつ》に映ったのか、晴伸はぎろりと睨《ね》め付けてくる。段差のある玄関ではどうあっても頭上から見下ろされる形になるため、山下は早々に靴《くつ》を脱《ぬ》いで三和土《たたき》をあがった。

「俺が言いたいのは、もう少し本業に身を入れろって話だ」

部屋に戻ろうとすると、兄の重たい声が追いかけてくる。声質だけではなく、内容の重さにぐったりして、山下は「説教なら明日にしてくれ」と顔をしかめて言った。

「ごめん、疲《つか》れてんだわ」

「なにが疲れただ！　家の仕事を放《ほう》り出して、ひとの手伝いをするほど立派なご身分か？」

いきなり声を荒《あら》らげた兄に、山下はため息をつきたくなる。案の定、響《ひび》いた声に驚《おどろ》いた顔をした義姉《あね》、葉菜子《はなこ》と、父の伸照《のぶてる》までもが顔を出した。

「うるさいぞ、晴伸。もうそれは放っておけ」

兄と同じ系統の顔立ちで、さらに頑固《がんこ》さを増したような皺深《しわぶか》い顔の父は、次男を一瞥《いちべつ》するなりひとこと言って顔を引っこめる。その態度にも不愉快《ふゆかい》さは増すけれど、いまさら食ってかかるほど子どもでもないと、山下は言葉を呑《の》みこんだ。

「とにかくさあ、ちゃんとシフトに影響《えいきょう》でないようにしてるしさあ、なんか問題あんの?」

「おまえの姿勢が問題だと言ってるんだ!」

「はあーい、はいはい」

兄にがみがみと言われつつ、受け流すのは慣れっこだ。だが、笑ってごまかそうとするその態度が気にくわないといわんばかりに晴伸はさらに声を大きくする。

「まだ半人前のくせに、ひとの手伝いもなにもあるか。だいたいその口のききかたは——」

「ちょっと、晴伸さん。半人前だなんて、そんな言いかたしなくてもいいでしょう?」

晴伸が眉をきつくひそめた瞬間、山下をかばうように、やわらかな声が口を挟《はさ》んでくる。

「昭伸さんだって、ちゃんとしてますよ。センスもいいし、ブルーサウンドさんだって、腕を買ってるから厨房《ちゅうぼう》を任せてくるわけでしょう?」

「しかしだな……」

「いまは大神《おおがみ》さんも新店に行っちゃったし、あなただって昭伸さんがいないと困るから怒るんでしょう」

頭ごなしに言ってどうするのと、葉菜子は女性らしいやわらかさで夫の気勢をそいだ。

「いずれにしても、もう一時近いわ。こんなところで大声あげたら近所迷惑《めいわく》です」

ぴしりと言ってのける葉菜子は、おっとりした口調で一歩も引かない。年齢こそ晴伸より五つ年下ながらかなりのしっかり者で、職人肌《しょくにんはだ》らしく癇癪《かんしゃく》もちな兄をなだめるのにも長《た》けている。

「昭伸さんも、お疲れさま。お風呂《ふろ》はどうするの？」

「遅《おそ》いし明日にするよ。ありがとう」

「そう、じゃあおやすみなさい」

にっこりする葉菜子にこちらも笑顔を返し、さりげなく『上へ行け』と示す指先のサインにうなずいて、自室のある二階へと階段を駆《か》けあがった。こら、と兄が声を荒らげた気がしたが、その後なにごとかを告げる葉菜子の声がして、部屋まで追ってくる様子がないことにはほっとした。

（義姉さん、すんません）

片手で拝みつつ、奥の自室に入る前に、和室の六畳間《ろくじょうま》にある仏壇《ぶつだん》へと手をあわせる。山下が幼いころ、働き者だった母は病で亡《な》くなった。いまの葉菜子と同じくらいかもう少し若い母の遺影《いえい》は、いつも変わらずにっこりと微笑《ほほえ》んでいる。

「母さん、ただいま。えー、今日もバイトしてアニキに怒られました。以上」

子どものころからの習慣どおり、大変簡略化した作法で線香《せんこう》をあげると口早に一日の報告を済ませ、兄が追ってこないうちにと自室に逃《に》げこんだ。

（無駄《むだ》に疲れた）

どっと重たいものを感じながら、ベッドに転がる。もう着替《きが》えさえも億劫《おっくう》だと長い手足を伸《の》ばした山下の顔には、習い性《しょう》のような笑みは浮かんでいない。

「身を入れろっつったって……いまの店に俺の出番なんかないじゃないのよ」

ぽつりと漏《も》れた呟《つぶや》きのとおり、この『リストランテ・モンターニャ』で、一応はサブシェフをつとめてはいるものの、山下の立ち位置はかなり微妙《びみょう》だ。

晴伸が実質の経営者であるこの店は、都内でも名店と呼ばれる、トスカーナ料理をベースにした創作イタリアンだ。

雑誌などにもよく取りあげられ、来店の予約は月単位どころか年単位で埋《う》まっている。

もともとは両親が営んでいた小さな洋食屋だったのだが、看板娘《むすめ》から看板おかみになった母が亡くなったのち頑固すぎる父親の昔気質《かたぎ》な経営方法が仇《あだ》となり、一時はつぶれかけていた。

兄は古くさい洋食屋を営む父と折り合いが悪く、思春期にはかなり反発し、まずは和食の懐《かい》石《せき》などを扱《あつか》う高級料亭《りょうてい》に、追い回しから修業《しゅぎょう》に入った。

そこで料理の深さを学ぶうち、今度は世界各国の料理に興味を示して、フレンチなどの勉強もしたあげく、自由度の高いイタリアンに可能性を見いだした。

そして数年間の徹底《てってい》した修業で海外の各所をまわり、帰国してからは頑固な父と流血沙汰《ざた》一歩手前の大げんかをしたのち納得《なっとく》させ、洋食屋からイタリアンレストランへと店を変貌《へんぼう》させた。

基本的にイタリア料理はそう高級感を打ち出したものは多くない。店によっては素材を活《い》かした豪快《ごうかい》な料理もあるし、自由度も高くリーズナブルな、フレンチや高級懐石より敷居《しきい》が高くない店がむしろ多いと言える。

だが、『リストランテ・モンターニャ』では、オーガニック素材などにもこだわった凝《こ》った品を提供し、内装やサービスも充実《じゅうじつ》させ、提供する酒類もとことん吟味《ぎんみ》して、高級フレンチにも匹敵《ひってき》する贅沢《ぜいたく》な空間を作りあげている。

シェフとしても経営者としても辣腕《らつわん》を振《ふ》るい、とくに大きなうしろ盾《だて》もないまま、いまのように支店ができるほどの規模にまで押し上げた晴伸の功績がすばらしいということは、山下も素直《すなお》に認めている。

だが板前修業時代の感覚が抜《ぬ》けないのか、晴伸は自分の下につくシェフや見習い相手にも、異様なまでに厳しい。業界では『リストランテ・モンターニャ』で一年つとまれば、他店で十年つとまる、というのが定説になっているほどだ。

店のシェフらの独創性や手法をよしとせず、野菜の切りかた、素材の火加減から味つけに至るまで、おのがレシピと流儀《りゅうぎ》以外のなにをも許さない。

またシェフであれなんであれ、店員としての立ち居振る舞《ふま》いから接客までも厳しく指導する。そしてそれに近づくことのできない人間は容赦《ようしゃ》なく切り捨てるのだ。

――俺のやりかたが気に入らないなら、即刻《そっこく》やめてくれていい。

それが晴伸の口癖《くちぐせ》で、それは自身がかつて厳しい経験をしたうえでの言葉と知っている。かといってただ傲慢《ごうまん》なのではなく、教育についても熱心で、忙《いそが》しい最中《さなか》に新人連中の勉強会なども根気よく行っている彼だからこそ、やる気のない人間の相手などしていられないという意味なのだろう。

そんな兄を、山下は尊敬し、また憧憬《しょうけい》さえも覚えている。だがそれだけに、二十代も半ばになって半端《はんぱ》な自分というものに、劣等感《れっとうかん》を覚えるのだ。

山下はとくにシェフとしての勉強をきちんとしたわけでも、兄について修業したわけでもなく、ただなんとなく家の手伝いをしていて料理を覚えただけだ。大学も料理とはいっさい関係のない方面に進んだし、キャリアが足りないのは知っている。

(だからっつって、アニキみたいなガチガチのコックになりたくないしなあ)

正直、兄の提示するこだわりの高級イタリアンとやらにはさほどの魅力《みりょく》を感じなかったのも事実だ。個人的には食事は楽しいほうがいいと思えるタイプの山下は、お高く肩《かた》の凝る空気の中で、出されたものを押しいただくようにして食べることが、けっしていいこととは思えない。

そのため値段の張るメニューばかりではなく、もっと気さくに、ランチタイムなどのリーズナブルなサービスをしてはどうかと言ってもみたのだが、晴伸はあの店に『安い』空気が混じるのをけっして許さなかった。

まして山下自身が、決められたことばかりではなくもっと創作的な、自由度の高いものをやってみたいと言ったところで、晴伸はにべもない。

——基本もなにもないくせに、言うことだけは一丁前か？　それよりおまえはもう少し、まっとうに料理を勉強しろ。中途半端《ちゅうとはんぱ》になんでも手をつけてりゃいいってもんじゃない。

端的《たんてき》に、ぐうの音も出ない言葉を弟へと叩《たた》きつけ、あとは頑固な背中を向けるばかりだ。

おまけに彼の言う『勉強』とはよそに修業に出るとか学校に通い直すという意味ではなく、自分の下でこき使われろ、ということなのだ。

なにしろ、自分にこれ以上ない自信をもっている兄は、自分以上の料理人などいないと思っているのだから、それも彼の中では道理なのかもしれないのだが。

（とは言われてもねえ……適性ってもんがあるだろうに）

晴伸になんとなく逆らえないのは年齢差《ねんれいさ》もあるが、彼の修業時代がちょうど、山下の思春期にぶつかったことも大さいだろう。ひとまわり年上で、しかも自身がもっとも多感な十代のほとんどの時期、顔も見なかった兄は、山下にとってはやたらとえらそうで怖《こわ》い権力者、という印象以外にない。いっそ他人より遠い感覚が、なんともうまく馴染《なじ》めないのだ。

かといって強烈《きょうれつ》に反発するわけでもなく、唯々諾々《いいだくだく》と従うでもなく、なんとなくサブシェフとしてサポートの立場におさまり、なんとなく生きている自分がいるのは否《いな》めない。

そしてときどき息がつまって、大智の呼び出しにこれ幸いと、湘南の店に逃げているのだ。

母亡きあと男所帯となったこの家で、山下がひとりことなかれになったのは、放《ほう》っておけば殴《なぐ》り合いにまで発展する父と兄をとりなすのが自分しかいなかったからだ。

だが、いまはその役割は、兄の嫁《よめ》である葉菜子のものになった。さきのように、兄弟げんかがエスカレートしそうになると、やんわりと口を挟《はさ》んで兄をなだめてくれる。

なにより彼女は山下家の面子《メンツ》の中で、晴伸に匹敵するほどに本格イタリアンを長く修業した人間だ。晴伸自身、その修業先で葉菜子の後輩《こうはい》として働いていた事実もあるほどで、誰《だれ》も口を挟めるものではない。

――センスもいいし、ブルーサウンドさんだって、腕《うで》を買ってるから厨房《ちゅうぼう》を任せてくるわけでしょう?

公正で平等な彼女は、ああして山下のことを叱《しか》りつける兄から、プライドを護《まも》ってくれる。

しかし、半端な知識と技術しかない、センスもそこそこしかない自分をよく知っている山下は、笑ってありがとうと言いつつも、なんだか苦いものを覚えてしまうのだ。

――いまは大神さんも新店に行っちゃったし。

むしろ葉菜子にしても、あの部分が本音だろう。兄の片腕として働いていた大神という腕のいい彼は、吉祥寺《きちじょうじ》に出した新店のメインシェフとして抜擢《ばってき》され、おかげで山下が本店でのサブ

につい た。それも実力を鑑《かんが》みてというより、ひとがいないのでやむにやまれずの話だ。しかもその大神ほど、役に立っているわけではないことなど、自分がいちばん知っている。

(フォローされると却《かえ》って情けねえんだよなあ)

さりとて、その件でプライドを傷つけられたというわけでもないから、よけい複雑だ。

山下は基本的には器用なほうで、教えられればなんでも覚えた。勉強に関してもスポーツに関しても、そして人間関係でも、これといった失敗をした覚えがない。

ルックスに関しても中の上といったところなのだが、飛び抜けた長身とプロポーションのよさを買われて、学生時代はモデルの真似事《まねごと》をしたこともある。モデルネームは本名の昭伸を音読みした『ショウシン』というもので、ほどほど有名な雑誌の表紙を飾《かざ》りもした。

だがそれも自分で望んでやったわけではなく、面倒《めんどう》で断れなかっただけのことだ。

山下は、なぜだか写真写りが異様にいい。実物より三割増し色男になるとは大智の評で、モデルのバイトも、そもそもはあの勝手な男が引き受けてきたことを思い出す。

旅行好きで顔の広い大智が、とある雑誌の編集者とたまたま知りあいで、雑誌のモデルに病欠が出たのが、ことのきっかけだった。

——おまえってやっぱ所作とかきれいだから、見栄《みば》えすんだよな。

自分でやれ、と言ったら俺はがさつだからダメだと言われ、反論する間もなくスタジオに連れていかれてしまった。そしてまた、そこでも身のこなしを褒《ほ》められた。

高級料理店での修業《しゅぎょう》の第一歩として、ギャルソンとしての立ち居振る舞いをも兄に仕込まれた山下は、長身のわりに身のこなしがきれいなのだとよく言われた。ワンゲルで鍛《きた》えた体格はスーツもぴしりと着こなすし、客商売に馴染んだおかげで笑顔《えがお》も自然で嫌味《いやみ》がなかったらしい。

——きみ、いいね。しばらく本気でやらない？

たった一回の代打のはずが、その編集者がモデルクラブまで紹介《しょうかい》したことで、話はどんどん大きくなってしまった。だがそれも、ほんの短い期間の話だ。

アルバイトはあくまでアルバイト、ランウェイを歩くほどのモデルになるにはいたらず、雑誌の表紙を飾る程度で二年も経《た》てば後続にいいモデルが現れ、それでおしまいだった。

「俺って半端だねー……」

すべてにおいて、山下はそこそここなし、けれど飛び抜けることはできない。

適当にひとあたりがよく、ちょっと小器用なだけの、ふつうの自分を知っている。

だからこそ、あの湘南の店の強烈な面々には憧《あこが》れを覚えるし、瀬里のような不器用だが誠実な青年は好ましい。

こういう考えは失礼かもしれないが、いっそあんなふうに不器用であれば、もっと必死になれたのだろうかと、ふと思うこともあるのだ。

兄の店の新人にも、まるで料理に関して素人《しろうと》のようなものもいる。だが彼らのように、「これしかない、やってやる」という気概《きがい》のある人間の姿を羨《うらや》ましいと思うことさえある。

必死になにかを追い求めて、なりふりかまわず、みっともなくてもいいと思える心理は、どんなものなのだろう。

（なりふりかまわず……って）

そこでなぜか、ふっとあの、まるいおでこの一葡の姿が浮《う》かんだ。恋人《こいびと》との修羅場《しゅらば》に泣いてわめいて、たしかに必死ではあるのだろうが。

（いや、あれはちょっと、違《ちが》うだろう）

ため息をついて、山下は浮かんだ小動物のような残像を追い払《はら》おうとする。だがシリアスだった気分の中、あの真っ赤に上気した表情が浮かぶと、妙《みょう》におかしみを覚えた。

だが、その笑いもすぐ、ため息にまぎれて消えてしまう。

（なんだかなあ。べつにこれでいいんだけどさ）

自覚もするが、山下には兄の示してみせるような強い信念だとか気概だとか、そういったものが圧倒《あっとう》的に足りない。

かといって大智のように、おのが心ひとつでほいほいと飛んでいけるほどの、強い自由さもありはしないし、ああいう本当の意味でなんでもこなせる男ではない。

そして、はたして自分の立ち位置はと考えると、いやな気分になるのでやめている。

（まあ、半端万歳《はんぱばんざい》ですよ）

波風が立つのは面倒だし、なんとなくゆったり生きていくのが向いている。ごくごく平凡《へいぼん》、なんという事件もないまま、だらっと歳《とし》を重ねるのだろう。

それがときおり、どうしようもない虚無感《きょむかん》を連れてくるけれど、不満もとくにない。いずれこの店は葉菜子と晴伸がふたりで切り盛りしていくようになるだろうし、ますます店が繁盛《はんじょう》したら、もっと腕のいいシェフを雇《やと》って、大神のようにまた新店舗《しんてんぽ》を増やして展開する可能性もある。これは兄のやり手ぶりを鑑みるに、かなりの線で確実な予想だろう。

だがその未来予想図の中に、腕をあげて支店のひとつを切り盛りする自分というビジョンが、どうしても見えない。

二十五歳という年齢はどこまでも半端だ。大人のようで大人じゃないし、子どもではたしかにあり得ない。未来の姿を夢に見られるほど能天気でもなく、冒険《ぼうけん》するほど剛毅《ごうき》にもなれない。

(って、歳のせいにもできねえか)

ひとつ違いの大智のあの奔放《ほんぽう》さを見ていると、結局これが自分の資質ということなのだろう。

いまは実家で暮らしているが、葉菜子に子どもが産まれでもすれば、家の中での立ち位置さえもっと見えなくなるだろう。そのとき、自分はどこで、どうやって生きているのかさっぱりだ。まあいずれ進退を決めるときは来るだろうが、それはそのとき考えればいい。

「ぬるい俺、ばんざーい……」

ひとり呟《つぶや》き、おそらくは誰にも見せたことのないシニカルな顔で嗤《わら》ったあと、山下はぐったりと手足を伸《の》ばして眠《ねむ》りについた。

なんだか妙に頭が痛む気がしたけれど、もうそれが昼間の客に水をかけられたせいかもしれないことなど、思い出せないくらいに疲《つか》れていた。

＊　＊　＊

夏のにぎわいの象徴《しょうちょう》である海の家がきれいに撤収《てっしゅう》されたと思ったら、秋の行楽シーズンを迎《むか》え、ブルーサウンドの厨房はまたも慌《あわ》ただしくなった。

厚手の中華鍋《ちゅうかなべ》を振《ふ》るう、じゃっという音が耳に心地《ここち》いい。煮《に》える鍋の中ではあらゆる料理のベースとなる、鶏《とり》や野菜を煮込んだスープがこれもいい音を立てて躍《おど》っている。

野菜を刻む山下に対し、この日厨房で指揮を執《と》るのは、本来のチーフコックである大智のよくとおる声だ。

「山下、七番のフォーは片方、香菜《パクチー》抜《ぬ》きでよろしくだとさ」

「はいはい。まるっとなし？」

「かけらもなし！」

コリアンダー、シャンツァイ、シアントロとも呼ばれる強い香《かお》りのそれは、やはり日本人には馴染《なじ》みが少ない。本来はフォーの上に刻んだ香菜を山盛りにするものだが、この店では客の好みによっていっさい抜き、ということも可能だ。

鼻腔《びこう》をくすぐる、独特の香りが山下は嫌《きら》いではないが、そこは好きずきだろう。

カンボジアへの渡航《とこう》を目前にして、大智からの呼び出しは頻繁《ひんぱん》になった。

かつてには彼の休みが長期にわたる時期にのみ頼《たの》まれていたのだが、このところますますの繁盛《はんじょう》を見せるブルーサウンドでは、ちょこちょこと抜け出すチーフコックの代わりがつとまるのが山下しかいないのだ。

そのことで晴伸にいい顔をされないのはわかっていても、山下はブルーサウンドのピンチヒッターをやめる気はない。どこか雑多な感じのするアジアンテイストの料理自体も好きだし、この店の慌ただしさも充実感《じゅうじつかん》があり、なにより気心の知れた大智相手の仕事は楽しい。

素朴《そぼく》な丼《どんぶり》に盛った平麺《ひらめん》に透明《とうめい》なスープを注ぎ入れ、こぼれた部分を拭《ぬぐ》う。そこに茹《ゆ》でて味つけした鶏肉を裂《さ》いて盛りつけ、片方にのみ香菜を盛れば完成だ。

「鶏肉のフォー、ふたつあがりました！」

「こっちもサラダあがり。んじゃ次、生春巻き、野菜よろしく」

すぐさま飛んできた指示にうなずきつつ、山下はフロア担当者に声をかける。

「すみませーん、七番あがりです。よろしく」

「はいっ」

いささか緊張《きんちょう》した声でフロアに運んだのは瀬里だ。目があった彼に「気をつけてね」と口だけの動きで伝えると、瀬里はほっとしたように息をついて口元をほころばせる。

馴染んだやりとりを背後から見ていた男は、なぜか低い声を発した。

「……やーました。生春巻き急げよ」

「はいはい。なに機嫌《きげん》悪くしてるんですか？」

「べっつに。なんでもねぇよ」

む、と形のいい唇《くちびる》を尖《とが》らせた大智に、にやにやと笑ってやるのは意趣返《いしゅがえ》しだ。学生時代から人の輪の中心にいた人気者である男が、いつまでもうち解けない瀬里に少しばかり惑《まど》っていることなどもう知っている。

そして、大智相手にはいちいちびくっとする彼が、山下に対してはむしろ気を許した顔を見せるのが、なんとなくおもしろくないらしいのだ。

（そりゃ俺が、人畜無害《じんちくむがい》だからだってのにねえ）

大智はあまり自覚がないらしいが、派手に整った顔や明るい雰囲気《ふんいき》は、ある種の人間に対してコンプレックスを植えつける。山下は身長こそ高いが、基本的に地味目で穏《おだ》やかな顔立ちのため、瀬里のようなおとなしいタイプにはとっつきやすいだけなのだが。

「とにかく次やれって」

この器用な男でも、人間関係はままならないものらしい。そう思うと微笑《ほほえ》ましく、くすくすと笑っていると肘《ひじ》でつつかれた。

「了解《りょうかい》。あ、トムヤムクンもそろそろ……ってちょっと、先輩《せんぱい》。もうペースト切れてますけど」

「ああ、そだな。おまえもう調合覚えてっだろ？　任せた」

「任せたって、も――……」

手元から目を離《はな》そうともしない大智の返事の、アバウトさに苦笑《くしょう》が漏《も》れる。

この店のトムヤムクンは、ナムプリック・パオをベースにした大智独自の辛味《からみ》ペーストと、ベースのスープを使えばすぐに仕上げられるようになっている。

たしかにその分量も手順も、とうに山下はマスターしてはいるけれど。

「調合、俺流になっちゃいますよ？」

「いんだよ、うまけりゃ。どうせ俺がいないときは、おまえがやってんだし」

マイペンラーイ、と呟く大智の心は、すっかり旅先に飛んでいるらしい。肩《かた》を竦《すく》め、山下は手早くトムヤムクンベースを調合した。

ベトナム、カンボジアにタイ、アジアの雑多な地域をこよなく愛する大智の心は大陸的だ。もっとはっきり言えば、大変におおざっぱだ。

（まあ、信用もしてくれてんだろうけどな）

実家ではひたすらシェフ――兄の言うとおりに下ごしらえをし、飾《かざ》りつけをするだけだ。味に関して山下がいっさいの手を出すことなどできないし、ミリグラム単位の失敗も許されない。

それはイタリアでそれなりの修業《しゅぎょう》をし、正しく『リストランテ』の看板を掲《かか》げることを許された、晴伸の矜持《きょうじ》なのだろう。だがその息苦しさが、山下にはかなりしんどい。

──おまえなんぞに、味を任せられるか。

言葉でも態度でも示してくる兄に、いつまでも半人前の自分を思い知らされるからだ。

だからこそ、この店に来ると山下はやっと息がつける。おおらかな大智に『任せた』と言われることで、立ち位置ができた気がするのだ。

「一応、味見てくださいよ」

「へいへい……うん、OKOK。これでいいわ」

できあがったベースとスープを小鍋で合わせて煮立《にた》たせる。レモングラス、柑橘《かんきつ》系のさわやかな香りがするバイ・マクルーをスープにくわえて香りづけする。下ごしらえの済んでいたエビを投入したところで、大智から声がかかった。

「あのさ、昨日も言ってあったけど、このあとも頼むな？　おまえだけじゃなくて、バイト全員出るし。レシピの引き継《つ》ぎとかしときたいのよ」

「ああ、ミーティングですよね、そりゃ参加はしますけど」

このミーティングは、人智のカンボジア旅行の時期に関しての申し送りがメインではある。

だがその際に、彼はできれば新人のバイトを、山下が少し仕込んでくれないか、というのだ。

「仕込んでって……チーフは先輩でしょうが。なんで俺が教育まで？」

「いや、この間から来てる柴田いるっしょ、あいつほんとはフロアじゃなくて、厨房《ちゅうぼう》希望だったのね」

スパイシーな調味料を鍋へと投げこみ、強い火気にあたためられた厨具を振った大智は、額の汗《あせ》をタオルに吸わせながら言う。

「じゃあ、そのまま柴田くんに教えりゃいいじゃないですか。なにか問題でも?」

生春巻きを成形する手を止めた山下が呆《あき》れた顔を向けると、大智はその男らしく整った顔をしかめ、アジア風焼きそばをざらりと皿にあけながら「それがねえ」と呟く。

「柴《しば》っちを早いとこ厨房に入れたいんだけど、あいついまんとこ、フロアから出すわけにもいかんくてさあ」

「出すわけにいかんて、なんでまた?」

「いやそれが……うおーい、誰《だれ》か。ミ・ゴレンあがりね」

仕上がった皿を手に大智が声を張りあげるが、誰も来ない。基本的に厨房とフロアの間にある通路には、誰かしらが待機しているはずなのだが——と、小窓から顔を出した山下は、そこに内田の姿を見つけた。

(……あれ?)

まず気になったのはその立ち姿だ。だらりと背筋を曲げているうえに、妙《みょう》にこそこそと身を丸めている。おまけに手元ではなにか忙《せわ》しなく、もぞもぞとした動きを続けている。

「どしたよ? って、ああ……まあたメールチェックか」

「いつもああなんですか?」

山下のうしろから顔を出した大智は、同じ人物に目を留めるとうんざりした声を発した。そして山下の問いには答えず、もう一度、腹から声をあげる。

「三番さん、ミ・ゴレンあがり！」

その声に一瞬《いっしゅん》だけ内田はびくっとなる。だが鬱陶《うっとう》しそうにこちらを睨《にら》んで動こうともせず、代わりに小走りにやってきた真雪が、役に立たないアルバイトを押しのけた。

「あがり了解！　こっちも追加あり。ピリ辛《から》ポテトと、水菜のサラダ、あとナシゴレンふたつよろしくね」

彼女の読みあげた伝票をつまんで確認《かくにん》した山下は、注文途中《とちゅう》のボードにそれを貼《は》りつける。

「了解しました。ああ、まゆちゃん。こっちのトムヤムクンも、もうあがるよ」

「はいはーい」

うなずき、ひょいひょいとトレイに皿を載《の》せた真雪が、慣れた足取りで去っていく。その間、内田はまだなにか携帯《けいたい》片手に操作をやめない。呆れた山下がちらりと大智を見ると、こちらも広い肩を上下させてお手上げのポーズだ。

「いっくら説教しても聞きやしねえのよ、これが。あいつ、もともとオーナーからの紹介《しょうかい》で来てるんだけど、態度でかくてねえ。それに俺、しばらく店空けるもんだから、言いにくいし」

二十歳《はたち》そこそこの内田は、オーナー曾我の知人の息子《むすこ》なのだそうだ。真雪と歳《とし》も変わらないが、学生ではなくフリーターで、バイトで食いつなぎながら趣味《しゅみ》のダンスをしているらしい。

「まあ、先輩がいま説教しづらいのはおいといて、店長はどうしてるんです？」

「それがなー……聖司さんって基本的にどうこう言わないひとじゃん？　そのうちわかるんじゃないかって。ほれ、性善説のひとだからさ」

「ああ、まあ、それはね……」

もともと藤木は、相手に対して強く叱《しか》ったり、教育をするタイプではない。やわらかい物腰《ものごし》と性格のおかげで人望が篤《あつ》く、また大智、真雪というきつい面子《メンツ》のおかげでいままであまり問題児的なバイトはいなかった。

そのうちわかってくれるんじゃない、という鷹揚《おうよう》な態度は、ただ不器用なだけの性根《しょうね》が素直《すなお》なタイプであれば通用するが、したたかな手合いには舐《な》められてしまうのも事実だ。

「ついでにまた、うまいこと聖司さんからは隠《かく》れてあの態度なわけ。俺らもやいやい言いたくねえしさあ」

告げ口みたいでいやなんだよな、と眉《まゆ》をひそめる大智は、できる限り藤木の耳に入れる前にどうにかしたいと思っているようだった。

「じゃあ、まゆちゃんは」

「見ただろ、さっきのとおり。あいつ使えないヤツは無視するタイプよ。んで、瀬里ちゃんはあのとおり、引っ込み思案くんだし――」

「すみませーん、グリーンカレーふたつお願いします！」

困った顔でなおもなにかを言おうとした大智の言葉を、柴田の声が途切《とぎ》れさせる。

この日はどうも客足が引きもきらないようだと、山下と大智は顔を見合わせて苦く笑った。

「……話はあと、ということで」

「だな。んじゃまあ、そっちのポテト頼《たの》むわ」

ともかく目先の仕事をやっつけるぞと、ふたりはそれぞれ分担しつつ料理を続けようとしたのだが。

「あの、山下さん、すみません」

おずおずと柴田に声をかけられ、包丁を扱《あつか》う手を止めて山下は振《ふ》り返る。

「なに？　なんか追加？」

「いえそうじゃなく……いま、手、離せないっすよね？」

困り果てたように眉をひそめている柴田に、山下はいったいなんなのだと首をかしげる。そこで「あ」と声をあげたのは大智のほうだ。

「もしかして、あの子来た？」

「あー、はい。そうなんす」

「あの子……？」

なぜかはわからないけれども、山下は妙な胸騒《むなさわ》ぎを覚える。自分にはいっさい覚えがないことながら、にやにやとする大智と苦笑する柴田は、状況《じょうきょう》を理解しているようだ。

「わりい、これ伝達すんの忘れてた。おまえさあ、先月だか、水ぶっかけられたことあったっしょ？　お客に」

「え……あー、ああ。はい、ありましたね」

いまのいままで忘れていたと、山下は大きくうなずく。だが不在だった大智がなぜそれを、と目顔で問えば、彼は答えないままかぶりを振った。

「ここ、いいわ。いっとけ」

「え？　でも……」

犬でも払《はら》うように手を振られても、山下には意味がわからない。いいから、となおも促《うなが》した大智は、逆に柴田を呼びつける。

「そんでシバ、おまえ、ちょっと間《ま》、厨房入って。盛りつけくらいはできんだろ？　あとついでに内田呼んでこいよ、いないよりいいだろ」

「はいっ！　あのじゃあ、山下さん。テラス席にこれお願いします。聖司さんにドリンクのオーダーは済んでますから」

「は……？」

厨房希望だった柴田は、いそいそと嬉《うれ》しげに大智のアシスタントにつこうとする。

ひとり事情もわからぬまま取り残された山下は、柴田が手にしていたトレイとチェックを押しつけられ、しかたなくフロアに向かった。

「一番、レモンスカッシュ……？」

なんとなく伝票を読みあげながら藤木のスタンバイするカウンターに向かうと、こちらも奇《き》妙《みよう》な顔を見せている。

「店長、あのー……」

「はい、これご注文の品」

どういうことでしょうかと問うはずの声は、笑いを嚙《か》み殺したような藤木の声に塞《ふさ》がれる。そして大智と以心伝心なのか、フロアにいた内田を呼び寄せ、一時的な厨房アシスタントをするようにと彼は指示を出してしまった。

（なにが、どうなってんだ？）

縋《すが》るように視線をめぐらせても、賑《にぎ》やかなフロアを横切る真雪はにやにやするばかりだし、瀬里は困った顔をしつつ、客対応のせいで近寄れない。

いったい、と山下は困《こん》惑《わく》したまま、ともかくオーダーを運ぶべくテラス席へと足を向けた。

（うお、眩《まぶ》しい）

明暗差に眩《くら》んだ目を瞬《しばた》かせ、波光のきらめく海を一望できるデッキの端《はし》、一番テーブルへと向かう山下は、そこではっと足を止める。

そわそわと落ち着かなそうにしている客に、見覚えがあった。後頭部が丸っこく、襟《えり》足《あし》のあたりがくるりと巻いた、短い髪《かみ》。

(まんまる、頭)

ぽかんと口を開けた山下が、定番の文句を口にするより早く、足音に気づいた彼が振り返る。

「あ……あのっ」

この間は青ざめたままだった小作りな顔が、今日はひどく紅潮していた。緊張《きんちょう》したように声を震《ふる》わせ、椅子《いす》から立ちあがろうとする彼の脚《あし》がもつれ、椅子が大きな音を立てる。

がたんという音で、衆目を集めた一葡ははっと身を竦《すく》ませる。そして山下は、逆に自分を取り戻《もど》した。

「……いらっしゃいませ」

意外だが、驚《おどろ》くほどのことではなかった。大智や真雪のにやにやした笑いはコレかと、ひとの悪い彼らに小さく胸の裡《うら》で悪態をつきつつ、習い性の完璧《かんぺき》な笑《え》みを山下は浮《う》かべる。

「あ、はい……あの……」

「どうぞおかけください。ご注文はこちら、レモンスカッシュおひとつで？」

おどおどと目を泳がせ、真っ赤になっている一葡に再度席を勧《すす》めて、慣れた仕種《しぐさ》で木製テーブルにコースターを滑《すべ》らせ、グラスをおいた。

接客する山下のすっきりうつくしい所作は、兄である晴伸のスパルタのたまものだ。

ざっくばらんが売りのブルーサウンドではいささかかしこまっているとも言えなくはないが、これが山下なりの接客スタイルなので、崩《くず》すつもりは毛頭なかった。

「またご来店くださったんですね、ありがとうございます」

大柄《おおがら》なわりに優雅《ゆうが》に映るそれをぼうっと見つめたあと、一葡ははっとしたように口を開いた。

「あのっ、おれ。ずっと連絡《れんらく》待ってたんですっ」

「なにか、ございましたでしょうか？」

「だ、だって弁償《べんしょう》……服、あんなにしちゃいました」

必死の声に、律儀《りちぎ》な子だなあと感心した山下の笑みが、営業スマイルからほんの少し感情を帯びる。わざわざ詫《わ》びを入れに来たのかと思えば好ましくもあった。

「あはは。気になさらないでくださいと申しあげたはずですよ。わざわざありがとうございます。……では、ごゆっくり、おくつろぎくださいませ」

「ま、待って！」

そのまま下がろうとした山下は、いきなりタブリエを摑《つか》まれて驚いた。厨房《ちゅうぼう》係のそれはフロア担当のものより長いため、ぴんと引っぱられた図はいささかみっともない。

（おいおい、子どもかよ）

一瞬《いっしゅん》呆《あき》れた気分になった山下だが、それを表情に出すほど未熟でもなく、やんわりと微笑《ほほえ》んで「なにか？」と目線をあわせてみせる。

（……あれ）

いやな予感がしたのは、笑んだまま見つめた一葡の顔が、みるみるうちに赤くなったからだ。

おまけに逃《に》げもしないというのに、山下のタブリエを摑んだ手を離《はな》そうとしない。

「お……おれ、あれからずっと、この店、来てたんです」

「ああ、そうだったんですか。じゃあもう、常連さんだったんですね。わたくしは厨房におりますし、常勤ではないので——」

気づかなくてすまない、と言いかけた山下の声に、一葡の言葉がかぶさる。

「知ってます。あの、真雪さんってひとが教えてくれて、で、今日ならいるって」

「え？　林田が……わざわざ、ですか」

なんだか妙な感じだと山下は再度首をかしげる。わざわざ山下のシフトまで、真雪が教える意味がわからない。というより電話の一本も入れれば済む話ではないのだろうかと怪訝《けげん》に思っていれば一葡は気まずそうにうつむいた。

「おれ、何度も訊《き》いたから、教えてあげるって……」

くるりと丸い頭、きれいな耳が赤い。そのことに気づいて、山下はひやりとする。

(これ、まずくないか？)

うまくない言葉をつなぎあわせるに、水ぶっかけ事件のあと、小柄な彼は店にわざわざ詫びに来たようだった。だが常勤ではない山下に会うことはできず、通いつめていたものらしい。

それだけでも、正直妙な話だ。あんないやな目にあった店の店員に、いくら迷惑《めいわく》をかけたからといって、詫びるためだけにこうまで必死になるものだろうか。

むしろ、こちらからの連絡がなかったのだから、お咎《とが》めなしとほっとするものじゃないのか。やりすごして二度と顔を出さないでいてくれれば忘れたことだし、わざわざそこまでしなくてもいいことだ。

「何度も申しあげますけれど、本当にお気遣《きづか》いなく」

「だって……あれから、風邪《かぜ》とか、ひかなかったですか」

律儀だなと思う反面、いささかしつこい一葡に面倒《めんどう》くさいとも思う。というよりも、これはあきらかに、まずい展開だと気づいた山下は、とにかくこの場を逃《のが》れるべく、あくまでほがらかな声を発した。

「あの日は暑かったですし、なにも問題ありません。それにお客さまにさほどのご迷惑をかけられた覚えもございませんし、なにもお気になさることはありませんから」

それはあくまで、客の迷惑には慣れているという、山下なりの意思表示だった。だが一葡はそのあっさりした態度に「器《うつわ》の大きな男だ」と思ったようだ。

「やさしいんですね」

うっとりしたように言われて、ますますまずいと思った山下は、さらに笑みを深めて告げる。

「いえ、ですから……。おそれいります、まず手を離していただいてよろしいですか？」

「あっあっ、ご、ごめんなさい」

さりげなくタブリエの裾《すそ》を引いて、山下は一歩距離《きょり》を取る。慌《あわ》てたように彼は手を離すけれども、じっと見つめてくる目はもの言いたげで、逃げきれない。

「では、ご注文は以上でよろしいでしょうか」

それでも笑みを浮かべたまま、話は終わりと告げたつもりだった。しかし目を潤《うる》ませた一葡は熱っぽい息をついて、あとずさろうとする山下に言い放った。

「おれ……っ、あ、あなたのこと好きになりました！」

「……はい？」

震えた、しかし充分《じゅうぶん》に大きな声のその告白に、しん、と周囲は静まりかえる。山下は笑みを貼《は》りつけたまま硬直《こうちょく》し、テラスに注文を取りに来た真雪は、ぶふっと噴《ふ》きだした。

（好きになりました？　スキニナリマシタってなんだ？）

そんなメニューはあっただろうかと、思考のフリーズした山下は思う。

「おそれいります、お客さま、いったいそれは――」

突然《とつぜん》の告白に、内心ではかなりの大混乱を見せている。だがすでに反射のみで、慣れた客あしらいの態度を取ろうとしたが、それをまたも邪魔《じゃま》したのは一葡のうわずった声だ。

「あっ、うわ違《ちが》う、えっと！　そっちじゃなくって！」

「は、はあ……」

「ごめっ、ごめんなさい、こっちがさきだった。ケ、ケーバン教えてくれませんかっ⁉」

大あわてになる一葡に、山下はどっと脱力《だつりょく》するような気分になった。そして背後で、がしゃん！　と音を立てたのは、おそらく真雪だろう。

（いや、あととかさきとかじゃ、ねえだろ……）

よりによって、よく晴れた秋の休日のかきいれどき。この間のように人気《ひとけ》の少ない日ならともかく、今日は店内もテラス席にも、客の姿が満ち満ちている。

あちこちから突《つ》き刺《さ》さってくる、好奇《こうき》の目がかなり痛い。正直、なんで俺はこんな目にあってるんだろう、と思わなくもない。

だがここは店で、自分は接客中の店員で、相手はお客さまだ。

（あー、はい、落ち着こう俺。まず深呼吸）

不条理だったり理不尽《りふじん》だったり、そんな相手でもお客さま。男の子のくせに突然、男の店員に告白する相手でもお客さま。

内心で念仏のように唱え、肩《かた》を軽く上下させる。そのほんの一瞬で惑乱《わくらん》を払《はら》い、さきほどよりもなお完璧《かんぺき》な笑顔を浮《う》かべると、山下は一葡にきっぱりとこう言った。

「申し訳ございませんが、当店ではそのようなお申し出にお応《こた》えけできかねます」

「あ……の。いや、そうじゃなくって……ただ……」

告げたとたん、一葡の顔色がすうっと白くなっていく。一瞬だけ、状況《じょうきょう》も忘れて同情しそうになるほど、それは鮮《あざ》やかな変化だった。

（こりゃ、さくっととどめ刺してやらないとだなあ）

だが、この場合変な気を持たせるほうが可哀想《かわいそう》だろう。そう自分を正当化して、山下は最上級の微笑みを浮かべ、毎度の常套句《じょうとうく》を口にする。

「それから、その前のお言葉ですが。お気持ちは嬉《うれ》しいけれど、現在恋人《こいびと》を作る気はないので」

「そ……」

ほぼマニュアル的なそれで丁重《ていちょう》に断る山下に対し、一葡はうっと声をつまらせた。

サービス業に従事していると、勘違《かんちが》いをした客からのこの手の告白は案外と多い。同性である場合も、正直ないとは言えない。その際に、性別での断り文句をけっして口に出してはならない。性差別や人格否定だと言われてしまうこともあるからだ。

取り乱ししどろもどろになっていた彼に、どこまでも冷静に対応する山下の態度のせいだろうか。周囲の空気も、どこか感心を含《ふく》み、ちょっと安堵《あんど》したようなそれに変わる。

「これは俺個人として、ごめんなさい」

「……そう、です、か」

しかし、見るも哀《あわ》れな状態で目を潤ませた一葡には同情的な視線も向けられて、いささか理不尽だと思った。

（面倒な……）

しおしおとしおれた一葡は哀れでもあったが、正直なところ、鬱陶《うっとう》しくもあった。

こうした感情というのは、お互《たが》いに通じていれば嬉しいものだが、一方的に向けられれば困惑と迷惑以外なにもない。山下もいらぬ罪悪感を覚えなければならず、なおかつ、衆人環視《しゅうじんかんし》で断る羽目になる場合には、判官贔屓《ほうがんびいき》の野次馬《やじうま》たちはどうしても『ふった男』に批判的になる。

だがそれを顔に出すようでは、山下ではない。

「あの、ごめんなさい。……すみません、でした」

「いえ。……では用事はお済みでしたら、わたくしはこれで」

泣きそうな顔で謝られると、なおのことばつが悪い。さすがに軽く眉《まゆ》をひそめ、辞去の言葉を告げた山下の背中に、「あの」と一葡はなおも言った。

「み……店には、来てもいいですか」

涙目《なみだめ》で言うのも少々卑怯《ひきょう》ではなかろうか。いつのまにやら周囲の視線は完全に山下批判になり、一葡はすっかりふられたヒロイン状態だ。

(これじゃ俺、悪役じゃん)

どういう厄日《やくび》だとため息をつきそうになりつつ、それでも山下は笑《え》みを絶やさなかった。意識さえしていませんとそういう顔で、一葡に対しあくまで礼を失しないよう振《ふ》る舞《ま》う。

「それはむろん。またのご来店をお待ちいたしております」

にっこりと微笑《ほほえ》んで、歓迎《かんげい》しますと言い添《そ》えた。大抵《たいてい》このパターンで来る客は、いいですよと言ってさえおけば、しまいにめげて来なくなるはずだ。

だが、一葡はその言葉にしょげるどころか、ぱっと顔を輝《かがや》かせ、山下は「あれ」と焦《あせ》る。

「ありがとう……！　やっぱりいいひとだあ……！」

嬉しげに微笑んだ一葡に、苦笑《くしょう》が浮かんだ。ここでよくそんな台詞《せりふ》が出てくるモノだと思う。

「……ごゆっくりなさってくださいね」

呆《あき》れるような感心するような気分だった。だからこそ、ことさらやさしく声をかけ、山下は今度こそ背中を向けた。

その瞬間《しゅんかん》、強い視線を感じたけれど、表情も変えずけっして振り向きもしなかった。

そのまま徐々《じょじょ》に足を速め、バックヤードのひと目がないところに向かうころには、このいささか珍妙《ちんみょう》なトラブルは、山下の脳裏《のうり》からすっぽり抜《ぬ》け落ちていた。

「お待たせしました。内田くん、柴田くん、もういいよ」

「あれ。もう終わり？」

厨房《ちゅうぼう》に顔を出し、いつものように微笑んで告げると、大智が拍子抜《ひょうしぬ》けしたような顔をしている。その表情にふと思い当たり、山下はつかつかと近づいた彼の頭を、トレイで殴《なぐ》った。

「いでえ！　なにすんだ！」

「ひとが悪い。状況知ってて俺に黙《だま》ってたでしょうが。……はいそこふたりも、フロア戻《もど》って」

あっさりと肩を竦《すく》め、一発で終わらせた山下に対し、大智はあれ、という顔をする。

「なに、そんだけ？」

「それだけですが、なにか？……ああ、こっち下ごしらえ途中《とちゅう》ですね。やります」

「ああ、頼《たの》むけど……って、だって告《こく》られたんでしょ？」

「はい、されましたよ」

「されましたよって……リアクション薄《うす》いなあ」

つまらなそうに大智は口を尖《とが》らせるが、知ったことかと山下はとりあわない。

「ま、いいですよその話は、終わりましたから」

そんなことはいいから料理にかかれと、どっちがチーフなのかわからない指示を飛ばし、山下は手元に集中した。

もの言いたげな大智の視線は、いま手にした包丁の切れ味ほどにも山下の気持ちを揺《ゆ》らがせることはできなかった。

まして、泣きべそをかいたまま告白してきた一葡の赤い顔などは、次々やってくる注文に追われ、あっさりと記《き》憶《おく》の端《はし》に押し流されていったのだった。

＊　＊　＊

いつもよりも閉店時間を二時間早めた、ブルーサウンドのバックヤードでは、大智のカンボジア行きに関してのミーティングが行われていた。

「――じゃ、そういうわけで、シフトは厨房が山下くん、フロアは瀬里ちゃん、真雪、内田く

ん と柴田くんでまわしていくということで」

「はい」

「あと厨房のアシストに柴田くんが入ると。その間、場合によっては曾我さんからバイトの人員を回してもらうってことで、いいかな？」

シフト表を手にした藤木が、やわらかな声で告げる。ミーティングの内容は、すでに前々からそれぞれに伝達されていたことなので、ほぼ全員が再度の確認《かくにん》をするだけの話だったが、そこで手をあげたのは内田だった。

「……あのー、ちょっといいですか」

「なに？」

藤木は、にこやかに微笑んできれいな顔を向ける。それに対し、ふてくされたような顔のまま、内田はつっけんどんに言い放つ。

「そのシフトなんですけどぉ、俺、ちょっと都合が悪いんです」

「……え？　都合ってどこが？」

「土日はやばいんっすよね。できれば金曜もはずしてほしいんですけどー」

言うまでもなく、観光地にあるこの店で、週末はかきいれどきだ。こんなことをいまさらになって言い出した内田に、さしもの藤木も呆気《あっけ》にとられたようだった。

「ええと……それは、毎週ってこと？」

「はあ。水曜日なら空いてるんですけどー」

しゃあしゃあと言う内田に対し、さすがに藤木は小さく唸《うな》った。真雪はあからさまに顔をしかめ、瀬里と柴田もまた困った顔になる。

「あのね、この件に関してはだいぶ前から確認してあったよね？　いまになって店休日に手が空いているって言われても、ちょっと困るんだけどなあ」

「困るって、俺も困るんです」

状況《じょうきょう》を考えれば、過分なほど穏便《おんびん》な諭《さと》しかただった。だが内田は藤木のやわらかな物言いに対しても、むすっと口を歪《ゆが》める。

「……うーん。そもそも、土日がまずいならなんで、最初にそう言ってくれなかったの？　バイトに来る前から、週末休みはないってわかってたよねえ」

「えー？　だって人手足んないっていうから紹介《しょうかい》されただけですしぃ。シフトは都合でＯＫって、店長も言ったじゃないですか」

叱《しか》られたことが不当とでもいうように内田が言い返すと、藤木はかすかに眉をひそめた。真雪は絶句し、大智は呆れたようにため息をつく。瀬里と柴田は顔を見合わせている。

（まずいな）

なにしろこの店は藤木のシンパで固められていると言っていい。その藤木に食ってかかった内田に対し、場が険悪なムードになりかけている。

空気を逸《そ》らすべく、山下は、できるだけさらりとした声で問いかけた。

「――ねえ、その土日の予定って、きみが勉強してるやつのこと？　ダンスだっけ」

「あ、はい。そうっす。クラブでトモダチが、皿回してて、イベントでステージやるんで、出てくれって言うんすよね」

水を向けると、自慢《じまん》げに胸を張ってみせる。あっさり乗ってくるあたりは扱《あつか》いやすいのかな、と思いつつ、山下はにこにこと、相手の警戒心《けいかいしん》を解く笑みのまま「すごいね」と言った。

「俺はよく知らないけど。ステージ任されるなんて、けっこううまいんだ？」

「やー、そんなないっすけど。ただ好きでやってるだけだし」

「練習とかしてるの？　だからいつも大変そうなのかなあ。よっぽどそれがやりたいんだよね。毎週踊《おど》るなんて、足腰《あしこし》も疲《つか》れそうだ」

さらっと、だから店ではだるそうなのかという皮肉を混ぜてみるが、いい気になった内田は気づきもしなかったようだ。

「ええー、なんでもないですよ、こんなの。俺とかけっこうタフだし」

「ふうん、そうか。でもこまめに勉強に通ってるなんて感心しちゃうなあ」

「べっつに。感心されるようなことなんか、ないっす。まあ、興味ないひとには、わかんねえ世界だと思いますけど？」

内田は鼻を鳴らす勢いで、せせら笑うようにそっぽを向く。ひとがよさげに微笑んでいる山下の態度に『なにもわからないくせに』という嘲弄《ちょうろう》を滲《にじ》ませたのは見てとれた。

周囲の温度がさらにすっと下がり、大智や真雪らが眉《まゆ》に皺《しわ》を寄せるのを見ても、山下はなおも笑ったままでいた。藤木はなにを思うのか、このやりとりを無言でじっと見ている。

いやな沈黙《ちんもく》にさすがに耐《た》えきれなくなったらしく、真雪がきつい声を発した。

「あんたさあ、そういう言いかたはないんじゃないの」

「なんですか？　べつに林田さんには関係ない話っしょ？」

だが内田はせせら笑うばかりだ。関係なくないだろう、と真雪は苛立《いらだ》ちを隠《かく》さないままに声を尖らせる。

「話ずれてっけど、いまになってシフトずらすとか言い出すと、まわりが困ると思わない？」

「なんでです？　趣味《しゅみ》のことに力入れてんのは、中河原さんもじゃないですか」

そこにいる男と同じだと決めつける内田に、くさされた大智は無言で肩《かた》を竦めるばかりだが、真雪の薄い肩が怒気《どき》を孕《はら》んだ。

「てめっ……その物言いがだなあ！」

「――まあまあゆちゃん。落ち着いて」

いきり立ちそうになった真雪の肩を叩《たた》き、むっつりと顔を歪めた内田との間に山下け割ってはいる。

「内田くんもそうつっかからないで。で？　それが忙《いそが》しいからシフトは入れられないのかな」

「……さっきっからそう、言ってるじゃないですか。俺なんか間違《まちが》ってますか」

唸るような声、しかしその視線は唯一《ゆいいつ》内田サイドに向いていると思える山下に、どこか縋《すが》るような色で向けられている。

おそらく、穏和な——言いかたを変えればちょろそうな山下ならば、話を呑《の》んでくれるとでも思っているのだろう。見え見えの態度になんら動揺《どうよう》もせず、山下はあっさりと言った。

「うーん、あのさ、きみなんでそう感じ悪いの？」

「え……」

にこにこした笑顔《えがお》でずばりと切りこむ山下に、内田はぎょっとした顔をした。周囲は「あちゃ」という顔をして、けれど山下は悪びれない。

「いつもそうやって、けんか腰だよねえ？　俺はふつうに話してるだけなんだけど、そうツンツンされると困っちゃうなあ」

「そんなつもりないですけどっ」

「……声が大きいよ？」

のんびりした口調で指摘《してき》すると、相手の顔がかあっと赤くなった。睨《にら》むような目を向けてきた彼に、山下はにこりと笑いかける。

「冷静に聞いてください。誰《だれ》もきみに対して皮肉を言ったわけでも、攻撃《こうげき》したわけでもないよねえ。なのになんでそう、いちいち悪いほうに取って反論したりするの？」

「だっ……だって、林田さんがっ」

「きみがさきに挑発《ちょうはつ》しなければ、まゆちゃんもたしなめたりしなかったんじゃないかな」

俺のせいかよ、と内田は顔をさらに歪めた。だが淡々《たんたん》とした山下の諭しには嚙《か》みつききれないのか、ごく小さな声で告げる。

「けんか売るとか、そういうつもりは、なかったですけど。気に障《さわ》る物言いだったんなら、俺の言いかたが悪かったんでしょ。スミマセンでした」

形ばかり謝罪したが、あきらかに内田はふてくされている。斜《なな》めを向いたまま口を尖《とが》らせるという子どもっぽい態度に、また真雪がむっと眉をひそめた。

「ちょっと、あんたね――」

なにごとかを言いさした真雪を手のひらで制し、山下は冷静かつ穏和な声で続けた。

「うん、ならいいけど。悪いとほんとに思ったんだよね？」

だが内田からは返事がない。困ったなあ、とでも言うように、山下はため息をついてみせる。それが気に障ったように、内田は理不尽《りふじん》だと声を荒《あら》らげた。

「だったら中河原さんはどうなんすか？　なんで俺ばっか怒《おこ》られるのか、意味わかんね」

趣味で仕事を休むのは一緒《いっしょ》じゃないかと、自分の言動をわきまえない内田に対し、山下は話が違うと言った。

「彼の旅行については数ヶ月前から予定を組んで、だからこのシフトにした。それについては、再三、店長からも通達があったと俺は聞いてるし。穴埋《あなう》めに俺がいるのは、だからでしょう」

静かにやわらかく告げると、相手はさすがに気まずそうに目をうろつかせた。

「週明けからはこれでいくって決まったあとに、いま言い出されたら困るでしょう。突発休《とっぱつきゅう》とか取るよりはそれでもマシだけど。少なくとも休みたいなら、さきに事情をきちんと述べて。感情論はそのあとじゃないかな」

「だから俺言ってんじゃないっすか！　なんなんですかみんなで、よってたかってっ」

「……あんたがひとりで怒ってんじゃん」

「なんだよ⁉」

ぼそりと吐《は》き捨てた真雪に、内田はなおも食ってかかろうとする。けっと舌打ちをしてそっぽを向く真雪まではさすがに扱いきれず、山下は目顔で大智に『彼女を抑《おさ》えてくれ』と告げ、息をついた。

「わかった。じゃあ、俺とマンツーマンで話そう。店長、ブレイクいれましょ」

「うん、そうだね。……ちょっと真雪、おいで。ほかのみんなも」

コーヒーでも淹《い》れるから、と藤木はむくれている真雪の背中を押し、瀬里と柴田もそれに続く。大智は無言ですれ違いざま、山下の肩を叩き、静かにドアを閉めて出ていった。

「さて。言いたいことあるなら、聞くよ」

「……なんで山下さんなんすか」

「ン？　だってそりゃ、中河原先輩《せんぱい》が旅行に出たら、俺がチーフ代理だし。実質のところフロア担当と接するのは厨房《ちゅうぼう》の俺でもあるんだから、コンセンサスは取りたいから」

まずは落ち着いてね、と言って、自分よりも目線の下になる彼の肩に、ぽんと手を置いた。

「あのさ。ひとの言葉尻《ことばじり》に、そこまで過敏《かびん》になってると自分がきついだけでしょう。なにか、ここにいる誰かがきみに対して、悪意を持っているという感覚でもあった？　違うよね」

「……違う、です」

不承不承、といった感じでうなずく内田だが、さきほどよりはだいぶ険が取れている。どうもやはり、真雪や大智といった面子《メンツ》の前では素直《すなお》になれないようだが、馴染《なじ》みの薄《うす》い山下に穏和に諭《さと》されると、少しは態度が軟化《なんか》するようだ。

「じゃあ勝手に拗《す》ねるのは得策じゃないし、ここは仕事場です。仲良しにしていこうとは言わないけど、なんでも穏《おだ》やかなほうが物事はスムーズだと思うよ」

「けど俺、バイトだし……シフトだってゆるいって聞いてたのに」

言われなくてもわかっている、という顔をする内田に、なおも微笑《ほほえ》みながら山下は言う。

「それはだから、最初の時点で言うべきだったんじゃない？　それに、お客さんにはバイトか正社員かなんて区別はつかないよ」

「はあ……まあ……そうっすけど」

山下の声は、ことさらにやわらかく、穏やかで物静かだ。だがそれは藤木のようにあたたかな甘いモノではなく、どこかひやりとしたものを含《ふく》んでもいる。しかし、どこにも攻撃的な要素がなく、内田は摑《つか》み所のない雰囲気《ふんいき》に戸惑《とまど》うように背の高い男を見た。

「もしもそれがうるさいと思うのなら、きみは自分の自由意志で辞《や》めることもできる。そうだろ？　バイトは誰に強制されたものじゃないわけだし」

いつだって辞めていいよ。にっこりと言うそれを皮肉ではなく告げると、「べつにそんなつもりは……」と内田は口ごもった。

「サービス業の対価ってのは、ただモノを売ればいいってだけじゃない。けどべつに相手に媚《こ》びる必要もない。ただ気持ちよく飲んで食べてもらえれば、それでいいわけ」

むずかしいことはなにも要求していないよねと、目を覗《のぞ》きこむ。少しだけ拗ねた気分を残しつつも、内田は存外素直にうなずいた。

この店の問題児でもある内田は、山下の目からはいきがっているスタイルが丸見えだった。

こういう、誰彼《だれかれ》かまわず突《つ》っかかる手合いは、いわゆる弱い犬ほどなんとやら、というパターンが多い。

こういうタイプは、口調と表情をゆったりさせたまま、相手を否定しなければ、案外と懐柔《かいじゅう》できるものだ。

（もう一押しかなあ）

冷静に判断しつつじっと内田の様子をうかがっていると、ぽつりと彼は言った。

「けど俺、口のききかたとかよく、わかんねーし」

「はは、そんなのちょっと気をつければいいだけだよ」

基本的に、他人に傷つけられたり否定されたりすることに過剰《かじよう》に怯《おび》えるからこそ攻撃的な構えをみせる手合いは、最初に叱《しか》ってあとでやさしくするとあっさりと手なずけられる。

「伝達は正確に、それから温厚《おんこう》に。ひとに言葉を返す前には一呼吸おいて、いちいち目くじらをたてない。声を出すときには喉《のど》と口先だけで話すんじゃなくて、腹から出すようにすると印象がよくなる。あまり高すぎる声も低すぎる声もださない。一定のトーンでゆっくり話す。それだけで違うよ」

「はあ……そんなもんすかね」

「うん。内田くん声もいいし、すぐにできると思うなあ」

だめ押しににっこりと笑ってやると、内田は「そうかな……」と頰《ほお》を搔《か》いてみせる。持ちあげて相手をいい気にさせる、これもまた山下の慣れたことだ。

「店長とかに言いにくければ、俺になにかあれば言ってくれていいし。しばらくの間は。中河原先輩もいないんだからさ。いっしょに頑張《がんば》ろうよ」

「まあ……はい」

そこまで言うなら、という態度ではあったが、なんとかうなずいた。あとは適当に世間話をし、まったく興味のないダンスの話にもうんうんと相づちを打って、なごやかな空気に持っていくと、ドアがノックされた。

「あの、コーヒー入りましたけど……どうですか?」

ひょこんと顔を出したのは柴田だ。笑ってOKだとうなずき「すぐに行きます」と答えた山下は、内田の肩《かた》に手を置く。

「とりあえずシフトの件は、もう一度店長と見直すにしても、さっきのことは一応頭下げておきなよ。スムーズにこなすのも、ひとつの手だよ」

「ま、そうっすね……俺だってべつに、そこまでガキじゃねえし」

うまいこと操縦されているとも知らず、内田は尊大に言ってのける。口端《こうたん》で苦笑《くしょう》を噛《か》み殺しつつ、ふたりは藤木がコーヒーを淹れるカウンターへと近づいた。

「あのー、さっきはすんませんでした」

反省しているとは微妙《びみょう》に言いがたいけれど、とりあえず頭を下げた内田に藤木がなにかとりなすようなことを言った。真雪はそっぽを向いたままだが、とりあえずさきほどの険悪さはない。

(ま、いまのところこんなもんか)

場合によれば内田は切るしかあるまいと、穏やかな表情の下で考える山下に、大智がすっと近づき、呟《つぶや》いた。

「出たよ山下マジック。どやってあのきかん坊《ぼう》に頭下げさせたの」

「マジックってなんですか先輩」

ほれ、と渡《わた》されたカップに礼を言い、ネルドリップの深煎《ふかい》りを啜《すす》ると、どうやらこっそり、バックヤードでの会話を聞いていたらしい大智はしみじみと言う。

「いやいや。おまえって態度と口調だけだよねほんとに。言ってることとこの場の誰《だれ》よりきっついのに、にこー、ほやー、ってしてるから叱られて相手が喜んじゃう」

「ひとのこと言えないでしょうが。さっきのアレにしても、俺が言わなかったら、先輩のほうががつっと怒鳴《どな》ったでしょう」

「まあねー、だからおまえに任したんだけどね」

笑う大智はあっけらかんとしていて、山下は「これだから」とため息をつく。

「先輩のほうこそ、正論で相手追いつめるのよしてくださいよ」

内田は最初からけんか腰《ごし》で、あそこまで身がまえるには大智らとそれなりのやりとりがあっただろうことは予想に難《かた》くない。おそらく今回山下にふってよこす前には、彼か真雪が小言を告げるなりして、それを相手が受け入れないという場面があったことも察せられた。

「手綱《たづな》の操縦も大事でしょう。あとまゆちゃん、ちゃんと止めといてくださいよ」

「そこはおまえがいるから平気っしょ？　山下、昔っからこういうの得意じゃんよ」

「あのねえ……得手じゃないとは言いませんが、面倒《めんどう》は面倒なんですけど」

「そうは言っても、ことの始末に関しちゃ右に出るやついなかったじゃんよ」

幹事体質というか部長体質というか、なんにせよ山下は場の仕切りを任されやすかった。小学校のころにはクラス委員、高校に入れば生徒会、大学ではクラブやサークルのトップをなんとなく任されて、なんとなくこなしてしまっていた。

これだけ聞くと目立ちまくりのリーダータイプかと思われそうだが、そういうわけではない。むしろ端《はた》からはお人好《ひとよ》しのしっかり者と見なされていたのも自覚している。

「人格者山下、って言われてたからなあ、おまえ」

「人格者ねえ」

大智の発言に関して、否定もせずやんわりと山下は笑うだけだ。だが、内心では自分のどこが人格者なのだか、と呟いている。

(面倒なだけ、なんだけどね)

穏和《おんわ》でやさしいと言われる山下だが、怒《いか》りの沸点《ふってん》が高いのは、心が広いからなどではない。じっさいのところはまっとうな感情を交《か》わすことさえ、面倒くさいというのが先に立つ部分もある。また相手に対してやわらかく振《ふ》る舞《ま》えるのは、相手の言動を観察して顔色を読むのがうまいからだ。

それについては、幼いころからいろんな人間が出入りしていた、家業のおかげとも言えるだろう。小学生のころから手伝いをやらされ、社交辞令と『いい子に見える』表情の作りかた、そして相手の顔色を読む方法を、山下は知らず知らずのうちに身につけた。

大智や藤木のような天然のやさしさとは少し違《ちが》う。それでもべつに自分を嫌《きら》いなわけじゃない。やりすごして生きていく、それが山下の処世術でもある。

「ま、おまえのその寛容《かんよう》さってのも、案外食えないなあと思うけどね。見るからに腹芸やりそうな顔じゃないだけに」

「顔は関係ないでしょうが」

ぎくりとしつつ、雑《ま》ぜ返す。他意がないようでいて、ときどき侮《あなど》れないのが大智なのだ。おおざっぱで適当なふりをして、内心まで見透《みす》かしてくる。

「ま……本音を言えば、今日は言葉通じないやつばっかで、疲《つか》れましたけど」

さすがに毒気を隠《かく》しきれないまま呟くと、大智は器用に眉《まゆ》をあげた。

「奥菜ちゃんのこと?」

「もう『ちゃんづけ』ですか。つか俺がいない間、どんだけ通ってたんです?　あの客」

「んーまあ、俺の知ってる限りじゃ三日にあげずってとこ?」

「うわ、ウザ……」

取り繕《つくろ》いもしない本音を呟くと、大智はけらけら笑いながら「けなげじゃないのよ」と背中を叩《たた》いてくる。

「ストークするわけでもなく、あんまりそわそわして毎回『あの背の高いひとは』って訊《き》くもんでさあ。真雪が同情して教えてやったの。おまえのシフト」

「まゆちゃんもまた……」

勘弁《かんべん》してください、と呻《うめ》くと、なんだよと大智はつまらなそうに口を尖《とが》らせた。

「おまえさあ、そのテンションの低さはどうなの？　モテて嬉《うれ》しくねえの？」

「少なくとも、モテたくない相手から向けられた好意は面倒ですし、俺は先輩《せんぱい》みたいに恋愛《れんあい》に対してガッツがないんですよ」

あまりに堂々と迫《せま》られているので皆《みな》失念しているようだが、そもそも一葡は同性なのだ。そして山下は恋愛――というかおつきあいの対象に、いままで女性以外を選んだことがない。だがたとえこれが女の子だったとしても、返した言葉は同じだっただろう。

――現在恋人《こいびと》を作る気はないので、ごめんなさい。

一葡に告げたそれは、まんざら方便というばかりでもない。

山下は、とにかく基本が恋愛体質ではないのだ。惚《ほ》れた腫《は》れたに関して、とことん『薄《うす》い』性格だという自覚はある。

それもこれも目の前で、恋愛に対して派手にやらかしていた大智を見ていた弊害《へいがい》もあるかもしれない。しみじみ元気だなあ、と思うが、見ているだけで疲れてしまうのだ。

「ガッツってな……真雪が言ってたぞ。おまえって、なんかおじーちゃんっぽいって」

落ち着いていて取り乱さないし、いつもにこにこしているが、そのぶんどうも枯《か》れている。

そんなふうに、巻いた髪《かみ》の気の強い彼女は山下を語ったらしい。

BLUE SOUND
BLUE SOUND

「あー……そうかもしれませんねえ。基本、おじいちゃんキャラでいきたいです」

のほーん、と笑って答えると、大智は頭を抱《かか》えていた。

「ったくさー……じつはこんなんで俺よりモテ男だからむかつくんだよなあ、おまえ」

大学時代からよくつるんでいたふたりだが、見目の華《はな》やかさや洒脱《しゃだつ》さで言えばはるかに上の大智より、じつは山下のほうがよくモテた。本気の告白を受けるのは大抵《たいてい》山下のほうで、大智は遊び相手か、そうでなければ遠巻きに憧《あこが》れるだけというスタンスをとる女子が大半だった。

「まあそうじゃなきゃ、モテてうぜえだの言わないだろうけどよ」

さっきの台詞《せりふ》にしても、世の男が聞いたら目を剝《む》くぞ。ぐりぐりとこめかみに拳《こぶし》を押し当てられつつ、山下は動じない。

「そりゃ先輩が派手すぎるからでしょう」

「派手って、モデル時代のアレはどうだっつの」

「あれは俺がモテたんじゃなくってモデルの『ショウシン』がモテただけですし、実際のところ私生活にはたいして影響《えいきょう》なかったです」

「……おまえそれ、もとから自分はモテ男だって認めてんじゃんかよ」

むかつく、と腹を叩いてくる大智に、違《ちが》う違うと山下は笑った。

「俺はしょせん、安全パイなだけですって、ほんとに」

肩を竦《すく》めて言ったのは、ただの本心だ。山下という男は、女性たち曰《いわ》く『やさしそうなところが『ステキ』なのだそうだが、見る目のないことだと内心では冷めていた。

（なにが、やさしいだ）

感情を殺して接客をすることがあまりに身についていて、なにをするにも相手のさきを読むのに長《た》けてしまった弊害だろうか。

皆、他人に対して自分の都合のいい幻想《げんそう》を押しつけているだけだという、拭《ぬぐ》い去れないしらけた気分が、山下には常につきまとっている。

正直いってこの世の中で一番わからないのが、恋愛感情と言ってもいい。

彼女もいたしキスもセックスもひととおりこなしてはいるけれど、じつのところ、自分から好きだといってつきあった彼女というものが、ひとりも存在しない。

なんとなく告白され、なんとなくつきあって、大半は自然消滅《しょうめつ》。そんな薄い関《かか》わりのおかげで別れた相手とも大半は良好な関係のままだ。

本音を言えば、顔色を読むことに長けた山下は、おそらく完璧《かんぺき》な彼氏を演じることができていたはずだ。だがそのため、相手のあしらいが簡単すぎて、結局は飽《あ》きたり疲れたりしただけだった。

生まれついてのサービス業体質なのだろう。相手のしてほしいこと、言ってほしいこと、とってほしい態度が全部わかっていて、そのとおりの振る舞いさえすれば不満はもたれない。

ただ、別れ際《ぎわ》には毎度言われることがあった。

──山下くん、やさしすぎるの。全部言うこと聞いてくれちゃって、それが怖《こわ》い。不安だとか、本当はそんなにわたしのこと好きじゃないんだよねとか。続く言葉はもろもろだったが、結局彼女たちには山下自身の『薄さ』を見透かされてはいたのだろう。

なにを言っても微笑《ほほえ》んで、わがままをすべて許されて、だんだん息が苦しくなる。そしてそれをどうにかしろと言われても、山下自身変わりようもない。結果、別れを切り出されて追いかけるほどの気力も、勝手な言い分を叱《しか》って正すような気力も、一度も湧《わ》いてこなかった。

(だってそういう性格だしなあ)

結論として、適度なおつきあいはかまわないけれども、熱の高い惚れた腫れたは自分には向かないのだろうと、山下は感じている。

むしろ自分は冷たいのかもしれないと、ときどきは思う。相手に対する感情が薄ければ薄いほど、山下はやさしく振る舞うことができるからだ。

そんなことも知らないのに、一葡はなぜあそこまで無防備なのか。

表面だけを見て思いこみを押しつけてきた一葡に対する不快感と、そんな自分に対する嫌悪《けんお》感《かん》が一瞬《いっしゅん》だけよぎった。だがそれすらも、慣れた感情としてすぐに消え去る。

(……いつものことだし、まあいいや)

いいひとだ、と言った瞬間の涙目《なみだめ》の笑顔は、うっかりかわいいとは思った。もともと顔立ちとしてはかなり女の子に近い雰囲気《ふんいき》の一葡で、ルックスだけならまあ、嫌いではないと思う。

しかし——この状態で告白されてしまったら、いくらどんなに好みの相手であろうとも。

(俺は、無理。つか、パス)

TPOの読めない相手は、山下がもっとも苦手とするものだ。よしんば好意があったとしてもいまの件で萎《な》えまくっただろう。

一葡はかなり直情径行のようだし、そういう手合いはあとにもさきにも厄介《やっかい》すぎる。

「……ただ単に無害ってだけですよ。それとも、俺ってお手軽なのかな?」

結局、山下にそういう告白をしてくる相手は冒険《ぼうけん》をしていないだけなのだ。派手な大智に気《き》後《おく》れしたり、それこそ山下の兄のような完璧主義の相手ではついていけなかったり。

ほどほどのルックスにほどほどの性格、ほどほどの能力の自分はきっと、気が楽なのだ。人間相手に引け目を感じたりすると疲れてしまう。妥協《だきょう》は大事だし平穏《へいおん》いちばん。

そんな自分をつまらないかもと思っても、まあそんなものだと居直る二十数年だった。

「まあそのうち飽きますよ。俺なんかつまんないやつですからね」

なにしろ彼氏にふられたその場で山下に一目《ひとめ》惚《ぼ》れしたと言い張るような子だ。また色男が現れたならそちらに気がいくに違いない。さらっと呟《つぶや》くと、大智はため息をつく。

「……おまえって自分をわかってないと思うんだけどね。それに奥菜ちゃんに失礼よ、それ」

「そうですかね?」

大智の言葉に曖昧《あいまい》に笑う山下は、彼の言葉をあっさりと受け流した。

きっと一葡も、山下の性格を勘違《かんちが》いして惚れた気分になっただけだろう。そんな浮《う》かれた熱を真に受けても、いいことなどなにもない。

(ま、そもそも受け入れる余地もなし)

放《ほう》っておけばいずれ飽きる。そんなよくあるパターンのひとつに一葡を当てはめ、山下は心の中を整理した。

だが、この場合野生児の勘のほうが正しかったのだと山下が知るのに、数日もかかりはしなかったのだ。

*　*　*

大智がカンボジアに旅立ち、山下は実家の店に長期休暇《きゅうか》を申し出て、ブルーサウンドでの一ヶ月限定の常勤となって、すでに二週間がすぎた。

その期間中通勤するには遠いため、山下は家に戻《もど》らず、藤沢《ふじさわ》に住む大学時代の友人の家に居《い》候《そうろう》することにした。

かつてピンチヒッターを頼《たの》まれた際には、ブルーサウンドの真上にある大智の部屋を一時的に間借りするという方法を取っていた時期もあったが、二年前に真雪が住みはじめてからはやめた。

すでに慣れっこになっている藤木や大智はともかく、さすがに二十歳《はたち》の女性がすぐ隣《となり》の部屋にいる状況《じょうきょう》で寝起《ねお》きできるほど、山下は剛胆《ごうたん》にはなれないからだ。

そして今回身を寄せた朝倉《あさくら》という友人は、ひとり暮らしながら、住宅でプログラミングの仕事をしている。非常に多忙《たぼう》かつ高給取りで、使う暇《ひま》のない金はせめて住居と環境《かんきょう》にあてたいと、同い年ながら一戸建てに住んでいた。

――んじゃその一ヶ月、メシだけ作ってくれりゃいいよ。

空いている一室を好きに使っていい代わりに、朝晩の食事だけを作ってくれと言われ、契約《けいやく》は成立だった。朝晩といっても出勤するわけでもない朝倉の生活時間はめちゃくちゃで、完全な夜型だ。山下が遅番《おそばん》シフトで深夜をまわったころに帰宅すると、ほどよく腹を空《す》かせている。

おかげで実家にいるより気を遣《つか》わなくて済み、友人も快適な食生活に喜んでくれている。もういっそこのまま住んでくれてもかまわないとまで言われ、考えておくと苦笑《くしょう》した。

近場とはいえ、深夜シフトになると帰りの電車もないため、通勤には家から持ってきた愛車のヴェスパを使っている。体格のいい山下には妙《みょう》に小さめに見えるが、このクラシックな雰囲気が好きなのだ。のんびりと海沿いの海岸を走っていると、それだけで気分がよくなってくる。

数日猛威《もうい》をふるった秋の台風が去った翌日、デッキは少し湿《しめ》りを帯びている。暮れかかる空を映した海がオレンジに染まる夕刻。ディナータイムのはじまったブルーサウンドは、それでも平日とあっていささかのんびりムードだ。

（ストレスがないのはいいよなあ）

兄の怒声《どせい》を聞かなくてもいいうえに、気のいい同僚《どうりょう》のいる、ロケーションのいい職場とくれば、山下にとってはまるで天国のようだった。

だが、山下の機嫌《きげん》のいい笑みは、息せき切って現れた闖入者《ちんにゅうしゃ》によって微妙《びみょう》に歪《ゆが》んだ。

「やっましたさーん！」

からり、とした声が人気《ひとけ》のない店内に響《ひび》きわたる。またか、と思いつつも山下が顔を出すと、案の定、厨房《ちゅうぼう》から一番近いテーブル席の手前で、一葡がひらひらと手を振《ふ》っていた。

（また、まゆちゃんは……）

案内をしてきた真雪は、山下がうろんな顔になるのを無視するように顔を逸《そ》らしたまま、すっとメニューをおいて消えていく。接客放棄《ほうき》の態度は毎度のことで、細い背中を睨《にら》んだあとに山下はため息を押し殺し、にこやかな、しかし平淡《へいたん》でマニュアル的な声を発した。

「どうも……いらっしゃいませ」

「えへへ、また来ました」

にっこりと笑う一葡は、また、という言葉のとおり、三日と間を空けずに店に来る。感心するような呆《あき》れるような気分になりつつ、山下は席に着く一葡の前に立った。

個人的な感情で言えば、放置したいところだったが、目の前に客がいて店員としての自分がいる以上、無駄《むだ》に待たせるのは山下の中で許せることではないのだ。

「えーと、今日はオススメはなんですか？」

「……そうですね。今日は涼《すず》しいので、トムヤムクンスープかフォーなどはいかがですか」

基本はアジア系料理が定番のブルーサウンドだが、季節もののメニューも数点存在する。デイタイムのランチメニューも日替《ひが》わりだ。

とはいえ、地物の獲《と》れたてを活《い》かした料理などがあるわけではなく、たった三日前に来たばかりの一葡が眺《なが》めるメニューの中身は、なにも変わっていない。先日と同じですよという言葉を呑みこんで、淡々《たんたん》と告げるのはもはや、職業意識以外のなにものでもない。

「えっとじゃあ……トムヤムクンと、ナシゴレンお願いします」

「かしこまりました」

山下は貼《は》りついたような笑みを浮かべ、伝票とメニューを手に下がろうとする。だが、じいっと見つめてくる一葡の視線に居心地《いごこち》の悪さを覚え、自分から口を開いた。

「ほかに、なにかございますか？」

「ううん。……見てたいだけです」

目をきらきらさせている彼に、どうしたものかと思いつつ、山下はため息を呑《の》みこむ。

「……俺なんか見てて、楽しいですか？」

思わず一人称《いちにんしょう》も素《す》に戻る山下に、一葡はかすかに頬《ほお》を染めてうなずいた。

「かっこいいし、楽しいです。好きなひと見てられるのって、幸せでしょ？」

えへっと笑う一葡に、どっと脱力感《だつりょくかん》が襲《おそ》ってくる。もうだいぶ慣れてきたものの、この真っ向ストレートな愛情表現に、山下は困惑《こんわく》してばかりだ。

「それに、いつもちゃんと相手してくれるし、嬉《うれ》しいですよ。もう来るなって言われるかと思ってたから……」

(まあそりゃ、ご来店お待ちしてますとは、言ったけど)

しかし本気にすることはないだろうと、さすがにそれは言えずに山下は唇《くちびる》をぐっと結ぶしかない。

社交辞令、大人の言動。そんな感じであしらったのに、一葡はなぜかめげなかった。

一回きっぱりふったのだというのに、毎度毎度この調子。「好きです」「つきあってください」と頑張《がんば》ってアタックしてくる。

そのたび腹の奥になにか、重たい鬱陶《うっとう》しいものがたまる気がしたが、そのフラストレーションは店内にいる以上、けっして表に出せないものだ。

「あ、そうだ。山下さん、次の休みってありますか?」

「店休日は休みですが、その日は実家のレストランでシフトが入っています」

そわそわしながら問いかけてくる一葡を、あっさりと一刀両断する。とたん、小さな肩《かた》をしょぼんと落とす態度は小動物のような印象があって、山下は勘弁してくれと思う。

自分が大柄《おおがら》のせいか、どうにも小柄な相手にはもともと弱いのだ。一葡はまた感情表現が素直なせいで、しょげかえられると、まるでこちらがいじめたかのような罪悪感を覚える。

それがまた理不尽《りふじん》に思えるから、山下は困ってしまうのだ。

「あのですね。仕事中なので、これ以上はお話できませんが。もうよろしいですか？」

せいぜい、そっけない声を作る以外にできない自分のプロ意識をいささかわずらわしく思いつつ告げると、一葡はやっぱりこたえない。

「ああ、ごめんなさい。お仕事のお邪魔《じゃま》して。俺はかまわなくていいですから」

ぱっと顔をあげ、にこにこしながら言う一葡に、さようですかとうなずきかけると、彼はうっとりとした声でこう言った。

「ここで、ちょっとでも見てられるだけで嬉しいから、ぜんぜんいいです」

「……オーダー、承《うけたまわ》りました」

どうもこの直球さは、照れくさいのと同時に山下を困らせる。なんとも言いようがなくなって、山下はつい噴《ふ》きだしそうになりながら、一葡の前からそそくさと去る。

(なんなんだかなあ、あの子は)

変な子だなあ、と思いながら、いささか疲労感《ひろうかん》を覚えた。だが、完璧《かんぺき》に不快だと思えないのは、やはり向けられているのが純度の高い好意だからだろうか。

(うざいのは、うざいんだけど……)

あからさますぎて、怒《おこ》る気になれない。むしろあまりのストレートさに笑ってしまいそうになるほどだ。だんだん慣らされているようで、少し自分が怖《こわ》いかもしれない。

悶々《もんもん》としつつバックヤードに戻《もど》ると、トレイを抱《かか》え、なんだかわくわくした目で見ている真雪がいて、山下はむっつりと眉《まゆ》をひそめた。

「あのねえまゆちゃん。さっきのなに？　きみが接客するべきでしょう、あの場合」

め、と軽く小突《こづ》くふりでたしなめると、真雪は悪びれない顔でけろりと言ってのける。

「えー……だって奥菜ちゃん、山ぴー見たさに通ってるんだよ？　いいじゃん、けなげじゃん」

「あのね、けなげとかそういう問題じゃなく、フロア担当はまゆちゃんだろう」

「でもぉサービス業としてはぁ、お客さんがいちばん嬉しいことをするのもアリと思うのねっ」

きゃは、と首をかしげ、思いきり愛らしく微笑《ほほえ》んでみせる真雪に、山下は深々と息をつく。

「かわいこぶって、ごまかそうとしてもだめ。そういうのはまゆちゃんの性格知らない男にしか有効じゃないから。自分でわかってるでしょうが」

あっさりとあしらうと、真雪は舌打ちをして素の顔を見せる。

「ちぇ。けち。山ぴー、めずらしくあたしのこと女子扱《あつか》いするから、いいかと思ったのに」

ころりと変わる表情に苦笑を浮《う》かべつつ、そういう問題じゃないよと山下は言った。

「けちじゃないでしょうが。女子でも男子でも仕事は仕事、はい接客。はい伝票」

いささか疲《つか》れを覚えつつ、ため息をついて山下は真雪の手に伝票を差し出す。

「なんか山ぴーって、聖ちゃんとか大智よりよっぽど店長さんっぽい……」

「キャリアの問題だろ。店長はまだ七年、先輩《せんぱい》は五年だけど、俺は産まれてこのかた接客業みたいなもんなんだってば」

店屋に生まれた人間の慣れだと笑い、口を尖《とが》らせた真雪の薄《うす》い背中を店へと押し出した。

（ほんと言えば、仕事中に『山ぴー』もやめてほしいんだけどねえ）

山下個人の考えとして言えば、ファーストネームで呼び合うこの店の習慣はいまひとつ馴染《なじ》めないものもある。仕事相手に対してのあだ名的な呼びかけは、そのまま業務までもがなあなあになりかねない部分もあるからだ。

だが郷にいらばなんとやら。あくまでピンチヒッターはそこまで口を出すわけにもいかないと、とくに不服を訴《うった》えることもしないで来た。

「じゃ、フロア頼《たの》むね。いまんとこオーダーこれだけだから、すぐできちゃうし」

「ん―……」

これで用は済んだとばかりに、一葡のオーダー品を作りはじめた山下の背中を、真雪の猫《ねこ》のようなきれいな目がじっと見つめている。

「……なに？」

視線の強さに閉口し、辛味《からみ》のきいた焼きめしを炒《いた》める手を止めないまま、山下は問いかけた。

「うーん。あのさ。正味のとこ、どうなの？　山ぴーって」

どうってなに、と半ば意味を悟《さと》りつつも目顔で問い返すと、真雪は小首をかしげてみせる。

「だからさ。ホントに男の子だめ？　奥菜ちゃん、少しも対象外？」

「微妙《びみょう》に日本語が変だよ、まゆちゃん。それを言うなら、少しも守備《しゅび》範囲《はんい》に入らないの、だろ」

はぐらかすように微笑むと、真雪はむっと眉をひそめる。

「山ぴーさあ、ほんとにおじーちゃんみたい。ちっとは動揺《どうよう》とかしないの？」

「しないことはないよ？」

けっこう困ってはいるけれど、べつにそれを表に出したくないだけだ。しかしそれを反論してもしかたないので、ただ山下は笑ってみせる。

だが、その笑みに真雪はなんだか不服そうな、それでいて少し哀《かな》しそうな顔を見せた。

「ねえ。ずばっと訊《き》くけど山ぴーはさあ、奥菜ちゃん、嫌《きら》い？　迷惑《めいわく》？」

上目遣《うわめづか》いの真雪は、やはりかわいらしい。彼女の中身がどんなに暴れん坊《ぼう》だと知っていても、甘えるような顔を年下の子にされると、いささか弱いなあと思う。

またその問いにあっさりうなずくことが、山下自身も複雑なものがあって、できないのだ。

「んー……、困ってるけど、すごく嫌いとか迷惑、って感じはないんだよね、これが」

正直なところを呟《つぶや》きつつ、なんだかなあ、と山下は頭をかく。

自分でもよくわからないのだが、一葡に対して不思議と拒絶感《きょぜつかん》だけはない。たしかに呆《あき》れてはいるし、毎度脱力感を覚えるが、なぜかきつくは拒否しきれない。

（俺なんか、ほんとにたいしたことないのにねえ）

　まっすぐに、きらきらした目で自分に好きだと言う彼のあの必死さが、眩《まぶ》しいとも思える。なにか、自分にはけっして持ち得ないものを持っているようで。ただ同時に、滑稽《こっけい》なまでに真摯《しんし》なあの情を理解できず、じりじりした苛立《いらだ》ちも覚えてしまうのだが。

「ねえ。あんだけ好き好き頑張られてんのに、なんとか思わんの？」

「なんとかって言われても……いや、まあ、正直おもしろい子だなーとは思うけど」

　なにしろ一葡はどれだけ山下がつれなかろうと、あきらめないのだ。

　ともだちからでいいです、と粘《ねば》られ閉口しつつ、からっとした空気はすでに冗談《じょうだん》混じりのそれのようで、山下も奇妙《きみょう》なレクリエーションを楽しんでいる気分になっているのかもしれない。

　毎度毎度の「好きです」攻撃《こうげき》には閉口してはいるものの、一葡はじっさい、それを除けば大変おとなしい。ストーキングじみた真似《まね》をするわけでもなく、ふつうに食事をしたらあとを引いたりぐずぐずせず、さっさと帰る。

　かといって、全面的に好意を受けとめられるかと言われれば、やはりむずかしい。

「悪気はなさそうだし、まあだんだん慣れてきちゃったしねえ」

「慣れてって……慣れちゃあかんでしょ山ぴー」

　実害はないからいいかと、近ごろではそんな気分になっていた山下を、しかし真雪は咎《とが》めた。

「もっとこうさあ、アグレッシブな感じになれんもんなの？」

「アグレッシブったって……」

「だってあんなに一生懸命《いっしょうけんめい》なのに。山ぴー、のらくらーっとしてんだもん。はっきりしようよ」

好きだ好きだと頑張《がんば》る一葡に対し、いつまでもリアクションの薄い山下は残酷《ざんこく》だと言う真雪に、ちょっと待ってくれと山下は苦笑《くしょう》した。

「あのねえ。俺、ちゃんとお断りしてるんだよ、毎回。でもめげないのあっちだろ？」

「じゃあさあ、ほだされてあげるとかさあ、一回くらいデートしたげるとかさあ」

なぜそうなるか、と山下は呆れてしまう。どうでも一葡の想《おも》いを成就《じょうじゅ》させてやりたいと同情しているのかもしれないが、山下の意志はどうなるというのだ。

「あのねまゆちゃん。それこそ逆に期待持たせちゃうでしょ。却《かえ》って可哀想《かわいそう》でしょ」

「でーもー……端《はた》から見てるとさあ、なんでだめなのって思うんだもん。そもそも山ぴー、男か女かとかどうでもいいひとじゃん？」

「へ……」

ずばっとひとの性癖《せいへき》を決めつける真雪に絶句して、山下は一瞬《いっしゅん》言葉を失った。

「いや、いやいやまゆちゃん、それ違《ちが》うから」

「なにが違うのさ？　だって山ぴー、バイでしょ？　大智とおんなじで」

「待て待て！　中河原先輩と俺と一緒《いっしょ》にしないでくれる？　俺、いちおうは女子オンリーなんですけど！」

「え、そうなの!?」

「というより、まゆちゃんとそんな話したことないはずだけど……」

そんなに意外そうに目を丸くされると、なんだか逆に驚《おどろ》いてしまう。なんでそう思ったのだと問いかければ、真雪はあっさり言ってくれた。

「え、だって大智が、山下は俺なんかよりよっぽど食い散らかしてるとか言ったし」

「先輩……」

「それに、うーん。あたしの勘《かん》だけど、山ぴーってどっちでもいいでしょ？　どっちにしろ、どうでもいいっていうか……なんにつけ、薄いっていうか」

真雪の言葉に、山下は苦笑するしかない。

野性児の大智もそうだが、真雪も他意がないまま他人の心の奥にざっくり踏《ふ》みこんでくるところがある。悪気もないし、彼ら自身がそれをどうとも思っていないのがわかるだけに、不快感は少ないけれど。

(意外に鋭《するど》いから、驚くよな)

だが、その気まずさをむろん顔には出さないまま、曖昧《あいまい》に首をかしげてみせた。

「まあ……薄い、ってのは事実そうだねえ。俺、ほんとに恋愛《れんあい》向きじゃあないから」

「向いてないって、なにさ」

「正直言っちゃえば、そういうのに興味がないんだ、ほんとに。仕事とか、スポーツとかは好きなんだけど、恋愛体質じゃないんだよね。夢中になれないっていうか」

とりたてて隠《かく》すことでもない、と山下が告げると、その態度に真雪はため息をつく。不服そうな彼女に、山下は自分に置き換《か》えて考えなさいと告げた。

「まゆちゃんだって、好きじゃない相手に好き好き言われたらどうよ？」

「んん、それは、まあ……わかんなく、ないけどさ」

ぽつんと呟く彼女自身、男よりサーフィンというタイプだ。そこを突《つ》っこまれると二の句も継《つ》げないようで、むうっと口を尖らせてみせる。

「ていうより、なんでそこまであっちに肩入《かたい》れしちゃうのかな。それが不思議」

そもそも真雪は、基本的にはあまり他人事《ひとごと》に干渉《かんしょう》するタイプではない。なにがどうして一葡を応援《おうえん》するのやら、とこれは純粋《じゅんすい》に不思議で問いかけると、真雪はけろっと言う。

「だって、奥菜ちゃん、気合い入ってんだもん」

「気合い？」

「うん。ああやって言い続けるのすげえ根性《こんじょう》だなあと思うし。なんか応援したくなった」

気合いと根性ねえ、と山下は失笑する。藤木をはじめとするこの店の面子《メンツ》は意外と体育会系で人情派だ。一緒に暮らすぶん、彼らはそんなところも、似通っているのだろうか。

「……だって、あんなにはっきり、好きって言えるのすごくない？」

ぽつんと呟く声に、真雪らしくない曖昧な感情が滲《にじ》んだ気がした。どういう意味だろうと思って山下が小さな頭を見下ろすと、真雪は笑みのない顔で呟くように言う。

「あたしは、あんなにめげずに好きって言ったことないし、言われたこともないしさ。……好きって、あれはなんだろうね？　どっから出てくるものなんだろう」

「え……」

その声が、どことなく寂《さび》しげに響《ひび》いてどきりとした。うつむいた真雪の表情は、恋《こい》に不慣れな女の子の憧《あこが》れというよりも、どこか途《と》方《ほう》にくれた子どものような顔だった。

「しかも何度もふられてんのに。すごいじゃん？」

だがその表情の意図するところを山下が読みとるより早く、真雪はぱっといつものとおりの、明るい顔を見せてしまう。

一瞬見せた、真雪の憂《うれ》い顔。それを追及《ついきゅう》して深く関《かか》わるほど、彼女に対して情があるわけではない。あくまで、不定期な仕事先での同僚《どうりょう》でしかない自分は、そこに触《ふ》れるべきじゃない。

（たぶんそれは、俺が見ていいもんじゃない）

だから山下もまた、そこに触れずにいようと思い、気づかないふりで話を続けた。

「うーんまあ、そうね。その気合いと根性は認めるところじゃあ、あるよ」

ああまでふられ続けてめげないのはたいしたことだと思う。そう山下が言うと、真雪は「じゃあさ」と目を輝《かがや》かせた。

「一回くらいはデートしてあげるとか！」

「それはだめ。話がべつ。ていうか俺にはそんな暇《ひま》がない」

「暇がないって、お休みくらいはあるでしょー？」

「あったとしても、彼とのデートに使う時間はない。てか、ほんとに俺は恋愛する気はないの」

本音を言えば、できるとも思わないのだが。そこまでを言う前に真雪は眉《まゆ》をひそめてしまう。

「……あたしちょっと可哀想になってきた。奥菜ちゃんが」

そんなことなら、好きなひとがいると言われたほうが百倍マシだろう。同情的に呟《つぶや》く真雪に、これは山下もうなずいてみせた。

「ああ、それはちょっと思うねえ。見こみないのに、よく頑張るなーって」

皮肉でもなんでもなく、あれはむしろ感心すると呟くと、真雪はさすがに眉をひそめる。

「他人事みたいに言ってんじゃないよ……意外にひどいね、山ぴー」

少しは前向きに恋をしろ。そんな勢いで睨《にら》んでくる彼女に、山下はあくまでさらりと言った。

「……俺は、自分がいいひとだなんてひとことも言ってないですよー？　はい、ナシゴレンにトムヤムクン、できました。持ってってください」

「あーあーあーもう、その余裕《よゆう》がむっかつくう！」

会話の間中、いっさい手を止めずきっかりと二品作りあげた山下の台詞《せりふ》に、真雪はきいっと声を荒《あら》らげつつもトレイをひったくる。

「今日は店長も昼抜《ひるぬ》けしてるんだし、店のほうよろしくね」

「わかってるよっ」

口調はこれだが、真雪の仕事っぷりはまじめそのものだ。ずかずかと足音荒く、しかし手の中のトレイをぴくりとも震《ふる》わせずにフロアに出て行く真雪を見送って、山下は笑《え》みを消す。

「……余裕ねえ」

ただの事実なんだけどね、と呟く声は低い。

自分がいいひとだなんてひとことも言ってない。けれど周囲がそう誤解するなら、べつに解いてまわるほどに、正直ではないだけだ。

「ほんとにあの子も、俺のどこがいいのかねえ……」

ひとりの厨房《ちゅうぼう》に響いたそれは存外に苦くて、山下は苦笑を禁じ得ない。ふと口寂しさを覚え、煙草《たばこ》が欲しいなと思ったけれども、さすがに大智不在のいまは置き煙草も見つからない。

オーダーもない厨房は、スープを煮込《にこ》む鍋《なべ》の音以外静かなもので、店内の会話も聞こえてくる。真雪も手が空いているらしく、一葡とふたりで世間話に興じていた。

「――えー、んじゃ働いてんだ？　学生かと思ってた」

「あはは。歳《とし》は真雪ちゃんと一緒だよ。そっちだって社会人じゃんか」

「まあそりゃそおだけど。なに関係のやってんの？」

「ん？　おれ？　いまね、ふく――の勉強してるんだ、でね……」

聞くともないまま会話を耳にしていると、ぶしゅっと鍋が噴《ふ》きそうになった。気が散っていた山下は慌《あわ》てて火の調節をする。

（いかんな。気がゆるんでる）

やはり一度気分転換《てんかん》をすべきか。幸い、いまは一葡以外は客の姿もないようだ。キャッシャーカウンターに常備してある煙草でも買いに行くかと考え、山下はそんな自分に眉をひそめた。

——おまえ、煙草でも吸ってるのか。

昨日は着替《きが》えが足りなくなったため、ひさしぶりに実家に顔を出した。朝倉宅でも洗濯機《せんたくき》は使わせてもらっていたのだが、このところ急に秋めいてきたため、薄物《うすもの》だけでは心許《こころもと》ないと上着ほかを取りに戻《もど》ったのだが、その際にすれ違《ちが》った晴伸はあからさまな顔で山下を咎《とが》めた。

——店のお客さんとか、一緒《いっしょ》にいるやつが煙草のみだから、におい移ったんだろ？

そうごまかしたけれど、まったく喫煙《きつえん》しなかったわけでもない。料理人らしく嗅覚《きゅうかく》の鋭い兄は、ふんと鼻を鳴らしただけで、あとはそっぽを向いてしまった。

一ヶ月間の休みを取ったことで、実家の中での山下の立場はさらに悪くなっている。葉菜子だけは『修業《しゅぎょう》と思って好きにさせたら』ととりなしてくれているが、父も兄も、もうおまえなんぞ知らんという態度だ。これで大智が帰国したのち、山下の足場はますます狭《せま》くなるだろう。

（マジでほんと、ひとり暮らししようかなあ……）

だがそれにはこの店なり、どこかべつのところなりに、きちんと就職しなければ無理な話だ。いずれにせよいつまでも、実家でも曖昧な立場と担当、ブルーサウンドでもピンチヒッター、という適当な立場ではいられないことはわかっている。

どうしたものかと惑《まど》いつつ、踏《ふ》ん切りがつかない。結局それは、兄言うところの『半人前』な自分を自覚しているからなのだが。

(だめだ。頭の中がループしてる)

どうも思考がマイナスに行くのは、半端《はんぱ》に暇なのがよくないのだろう。これは軽く外の空気でも吸うかと、頭を振《ふ》った山下はバックヤードから抜《ぬ》けて、駐車場《ちゅうしゃじょう》への階段を降りた。

薄暗《うすぐら》い通路を抜け、ドアを開くと目の前には国道越《ご》しの海が見える。うん、と伸《の》びをして長い手脚を軽く振り、山下はため息をついた。

「……店長戻ったら、いろいろ相談してみっかなあ」

さきほど真雪に言ったとおり、所用があるとかで、藤木はこの日少し長めの昼休みをとっている。先日、オーナーの曾我から電話があり、なにやら相談があると言われていたので、その話し合いだろうかと山下はぼんやり察していた。

残りのシフトは真雪と内田、瀬里は大学に卒論関係で用があるとかで休みだが、平日の昼ならばこの人員で充分《じゅうぶん》まわせるのは、いいのか悪いのかはさておき。

(つっても、先輩《せんぱい》がいりゃ、俺の出番はそうそうないし)

どこか曾我の知っている店あたりでも、紹介《しょうかい》してもらえないだろうか。ツテに頼《たよ》るのは甘いとわかっているのだが、ここまで環境《かんきょう》のいい店もほかにそうそうないだろう。

どうしたものか――とこのさきのおのれについて思いを馳《は》せていた山下は、ふと駐車場の奥からぼそぼそという声が聞こえるのに気づいた。

(誰《だれ》だ?)

なんだかあまりいい雰囲気《ふんいき》ではないなと、コの字形にまがった奥へと足を踏み入れれば、案の定そこには内田が携帯《けいたい》片手にサボっているのが見えた。またか、と眉をひそめてしまうのは、とにかくこの男がまともに働いている姿など、ろくに見たこともないからだ。

「あーもー、たりーよ。なんで俺がこんなだっせえ店で茶とか運ばなきゃなんねえのって感じ」

制服であるタブリエのポケットに手を突《つ》っこみ、内田は壁《かべ》に向かって背中を丸めてしゃがみこんでいる。コンビニの前にたむろする青年らにありがちな、だらりとした態度もいただけないし、なにより足下《あしもと》には灰皿代わりの缶《かん》を置いているのも気に障《さわ》った。

(一、二……四本も吸ってるのか?)

ねじ込みきれなかったのだろう吸い殻《がら》が周囲に落ちていて、いったいどれだけ長い間こうしているのかと呆《あき》れた山下の耳に、内田の軽い声が響《ひび》いてくる。

「だいたいさー、店長とかすんげえちょれーの。ここのチーフとか言ってる……そうそうそう中河原ぁ? ばかじゃねえのかな、あいつ。いまどきバックパッカーとか信じらんねえし」

電話の相手は友人か、それとも彼女なのかは知らないが、ずいぶんな言いぐさだ。そもそもこんな時間にだらだらと喋《しゃべ》り続けられる状態からして、彼の『お仲間』であるのは確実だ。

どのタイミングで注意するか、この場は放《ほう》っておいてとりあえずあとで藤木に報告か——と考えていた山下の耳に、ひやりと感情を逆撫《さかな》でる言葉が飛びこんできた。

「あー、うん。いやほれ、俺的にはさあ、わりとソトヅラいーじゃん？　だから『ハイワカリマシタ－』とか言っておきゃ、ひとのいいばかはだまされてくれるわけよ。……ああ？　俺、イイヒトぶってるやつとか嫌《きら》い、つかうぜーし」

（俺のことかね）

やはり先日のわかったような顔は、その場をやりすごすだけの従順さだったらしい。まあそれもありなんとため息をついた山下は、ふっと視線を感じて顔をあげた。

「……あの」

どうしてここにいるのかと、問うまでもなかった。一葡はすでに帰り支度《じたく》を済ませていて、おそらく姿の見あたらない山下を捜《さが》しに来たのだろう。来店時と帰り際《ぎわ》には、必ず声をかけていくのが習慣になっている。

（あちゃ、挨拶《あいさつ》でもしに来たか）

やばいなあと感じたのは、一葡に問題があるわけではない。山下のポリシーとして、店員が見苦しくサボっている姿は客にこそ見られたくないからだ。

ぺこりと頭を下げた彼には内田の姿はおそらく死角で見えないだろうから、いまのうちに会《え》釈《しゃく》でやりすごしたいと思っていた山下は、次の瞬間《しゅんかん》ぎくっと肩《かた》を強《こわ》ばらせた。

「つうかホモの客に言い寄られてっし。……そー！　ホモ！　マジきもいって。あんなヤツ来店禁止にしちまえばいいのにさ」

内田がおもしろおかしく語った声は、いままでのものに比べて格段に大きかった。車のない駐車場、コンクリートの壁にうわんと響きわたるけれど、げらげらと下品に笑う彼の声は止まらない。

(しまった)

はっとして一葡を見ると、いつもにこにことしている彼の顔が、さすがに青ざめているのに気づいた。小作りな顔はそれでもなんとか笑おうとしていて、山下はぐっと腹の奥にいやなものがこみあげるのを感じる。

「そうそうそう！　みんな見てんのにさあ、よくやるよって。また言い寄られてるほうもさあ、じつはあれまんざらじゃねえんじゃねえの？　店長とかもたーだ笑ってるだけで、たりーしよ。あーあーもう、オヤジが言ったんじゃなきゃこんな店さあ――」

「……こんな店がなに？」

気づいた瞬間、大股《おおまた》で歩み寄った山下は、内田の手から携帯をひったくっていた。あっと目を瞠《みは》った彼は、山下の顔と自分の足下を慌てたように見比べたあと、薄笑《うすわら》いを浮《う》かべる。

「や、やだな山下さん。携帯、返してくださいよ」

「返すけど、五秒で切れ」

ふだんのようにやわらかい口調でもなく、表情に笑《え》みのひとつも浮かばない山下に、内田は愛想笑《あいそ》いをやめる。そしてふてくされたように口を尖《とが》らせ、取り返した携帯に「ちょっとあとで」と告げて通話を切った。

「えーっと、なんすか」

なんすか、じゃないだろう。いますぐに怒鳴《どな》りつけたい気分でいたけれど、もはやこの相手
にはなにを言っても無駄《むだ》だと感じた山下の顔には、冷えきった笑みが浮かぶ。

「うん。きみね、今日帰っていい。そのかわりバイト代は出ないと思って」

「は……？　なんすかそれ、いきなり。意味わっかんねえ」

「うん。俺もきみに関しては、まったく意味がわからないね」

言ったとたん、山下は足下の缶をがつんと蹴《け》った。飛び散ったのは灰の混じった缶コーヒー
の残りと吸い殻で、ぎょっとしたように内田はその飛来物を眺《なが》める。

「何本吸ったのかな。そして俺が朝、シフトに入ってからいっさい店内できみを見ていないね。

それでも拘束料《こうそくりょう》としての給与《きゅうよ》を求めるなら、せめて店内にいなさいよ」

「あ……あんたが言う筋合いの話じゃねえだろ!?　何様だよ！」

「こんなところで怒鳴るな。それから、何度も言わせるな。――帰れ」

いっさいの表情をなくした山下の長身が、ぐっと怒気を帯びた。静かながら有無《うむ》を言わせな
い声に内田は息を呑《の》み、一瞬で青ざめた。

「や……やってらんねえよ！」

吐《は》き捨て、舌打ちをして走り去る。そのまままっすぐに、バックヤードの階段を駆《か》けあがったことにほっとしたのは、背後の一葡とすれ違《ちが》うことがなかったからだ。

困り果てて立ち竦《すく》んでいた彼に振り返ると、びくっと一葡は肩をふるわせる。

「あの……おれ……」

「申し訳ありませんでした」

深々と頭を下げたあと、山下はいま自分が蹴散らした空き缶と吸い殻を片づける。もくもくと拾いあげ、奥に常備してあったほうきでさっと清める。

「ま、待ってください。謝るのおれのほうです」

「いえ。見苦しいところをお見せしましたし、……店の者が、大変失礼なことを言いました」

背中にかけられた細い声に、山下はまだ冷静さを欠いた自分を意識しながら、淡々《たんたん》と告げた。

(ばかか、俺は)

滅多《めった》にないことだが、本気で怒《おこ》ってしまった。感情のセーブもろくにできない自分にこそ、もっとも腹が立つ。なにより、一葡にその場面を見られていたにもかかわらず、切れてしまったことが恥《は》ずかしかった。

「おれが、迷惑《めいわく》かけてたんでしょ?」

頼《たの》むからもう謝ってくれなくていい。そう思うのに、一葡は立ち去ることもしないし、どうしてか山下を見てこんなことまで言う。

「ほんとにごめんなさい。あと、ありがとうございました」

「礼を言われるようなことは、なにもしてません。ただ、俺はああいう、差別的な発言が嫌いなだけです」

いっそ苛立《いらだ》ち、一葡の顔をまっすぐに見られないままの山下に、やわらかい声がかかった。

「うん、慣れてるから。おれは。でも……山下さんは、そういうの慣れるわけないいんだよね」

なぜだか、その声がいままででいちばん、山下を苛立たせた。

あんな侮辱《ぶじょく》的な言葉をぶつけられたのに、どうして一葡は笑っているのかわからない。

「みんな、やさしくしてくれるから。あんなふうに言われるのはおれだけでいいのに、山下さんも巻きこんで。でも、庇《かば》ってくれたし――」

「だからそんなんじゃねえだろ！　俺が勝手に切れただけだし！」

やさしいひとだと続くだろうそれを、声を荒《あら》らげて遮《さえぎ》った。ぶっきらぼうに告げ、顔を背《そむ》けることなど誰《だれ》にもしたことがない。

情けない、と顔を歪《ゆが》めた山下に、一葡はやはり甘い声を出す。

「だって山下さん、ほんとにすげえやさしいじゃん？」

言われて、なんだかまたいらいらする。少しもやさしくなんかないし人格ができているわけでもないことなど、自分がいちばん知っているのだ。いままで、それでかまわないと受け流してきたくせに、一葡にはなぜか腹の中の黒い感情をぶちまけたくなってしまう。

「ほんとに俺とか、べつにやさしくもないから」

「えー？　ぜんぜんやさしいよ」

お客さんだからあしらっておけとその程度の中途半端《ちゅうとはんぱ》な自分に、いったいどんな夢を見ているというのか。うろんな目で見ると、一葡はとんでもないことをあっさり言った。

「ふつうノンケのひとって、おれみたいのがまとわりつくだけでもうざがるし、場合によると殴《なぐ》られることもあるしさあ」

「殴るって……」

ぎょっとして声をつまらせた山下に、一葡はあくまでにこにこしている。

「だから、さっきのひとみたいな反応がふつう。おれに直接言ってたわけでもないし、ぜんぜんマシ。……ああいうのを、失礼だって、きちんと怒ってくれることのほうが、めずらしいよ」

気負いのない声に、なんだか胸が苦しくなった。能天気そうに見える一葡の背中に、なんだかうっすらと透《す》けたものが重たくて、山下は言葉もない。

「そんなの、べつに、ふつうだろ」

絞《しぼ》り出した声に、違うよと一葡は微笑《ほほえ》みながらかぶりを振《ふ》った。

「山下さん、おれが宏樹と一緒《いっしょ》になってお店に迷惑かけて、恥《はじ》かいて泣いてたとき、奥でお茶飲んだらって言ってくれた。いやな顔、一回もしなかった。おれが落ち着くまでほっといてくれたし、帰りもすごく気持ちよく送り出してくれた」

「それは……だから」

店でこれ以上騒《さわ》ぎを起こしたくなくて、場をおさめたくて取った行動だ。そう言おうとした山下の言葉を綴《つづ》らせまいとするように、一葡はきっぱりと言ったのだ。

「だから、好き。自分じゃわかってないと思うけど、おれには、すげえやさしいもん」

「……奥菜くん」

ちょっとそれは一葡の基準がおかしいだけなんじゃないのか。そうは思うけれど、じっと見つめてくる視線の強さに、山下はなにも言えない。

「おれが好きって言っても、好きになれないってちゃんと言ってくれる。それ、きっと女の子とかでも——誰でも同じなんだって、そう思わせてくれるから、山下さんのこと好きなんだ」

でもしつっこくてごめんね。ちょっとだけ眉《まゆ》を下げると、子どもっぽい顔が急に、雰囲気《ふんいき》を変える。なんだか一葡の中にあるせつなさに当てられたようで、山下は黙《だま》るしかない。

「重たかったらさ。ファンだとでも思っててくれればいいよ。それでいいよ」

こういうときは、いったいどうすればいいんだろうかとぼんやり山下は考える。

重苦しい話に同情してほしいわけでもなく、返事を求めているわけでもない一葡には、スマートに振る舞《ま》うためのマニュアルがどこにもない。

(好きじゃないし誰でも同じだから、それでいいって、そんなの)

いままで、自分を好きだと言ってきた相手の主張とまるで正反対で、どうしていいかわからない。なにも答えられないでいると、一葡はまたにこりと微笑んで、帰るねと言った。

「しばらく忙《いそが》しいからたぶん、来られないけど。ごちそうさま、おいしかった」

「あ、……ああ、はい」

なんだか間抜《まぬ》けな返事をしてしまった山下は、一葡の斜《なな》めがけにした帆布《ほぬの》のバッグばかりをじっと見ていた。そしてふと、いつもこざっぱり清潔な格好をしているなあ、と思う。

さきほど、真雪と会話をしていた際の言葉を漏《も》れ聞いていたけれど、拾った単語から推察するに、アパレル系とかなのだろうか。だがそれにしては服装がシンプルだし、もしかすると、いま自分が居候《いそうろう》している朝倉のように、作り手の側かもしれない。

「……服、の仕事してるの？」

「え？」

「あ、いや、なんでもない」

ぽつりと問いかけた声は小さく、一葡には聞こえなかったようだった。問い返され、ひとりごとだとごまかすと、少し不思議そうな目をしたけれども、さして気にしなかったようだ。

「また来ます、じゃあねー」

「ご来店、お待ちしています」

今度はふつうに答えることができた。いつもながらの元気な様子で、ぶんぶんと手を振って国道沿いを走っていく一葡の背中をぼんやり眺めながら、山下けふっと息をつく。

「さて……内田が厄介《やっかい》かな」

背を向けた瞬間《しゅんかん》、いつものように一葡のことは山下の頭から消えた。

けれど、自分からはじめて彼にプライベートな質問をしたことに、そしてその答えが得られなかったことを少しだけもどかしく感じていることに、山下はまったく気づいていない。

――……好きって、あれはなんだろうね？　どっから出てくるものなんだろう。

ただ、不思議そうな真雪の呟《つぶや》きだけが、妙《みょう》に頭の隅《すみ》に引っかかっていた。

＊　＊　＊

大智が来週には戻《もど》るという時期になったころ、ひさしぶりに曾我オーナーがブルーサウンドへと来店した。

実質的に店に顔を出すのは半年ぶりくらいだろうか。山下自身があのオーナーと顔を合わせたのは、タイミングの問題もあってさらに間が空くため、一年以上ぶりというところだった。

「――なあ、瀬里ちゃん。えらいひとたち、なんか難しい話してるっぽいなあ」

「そうなんですか？」

声をかけると、ぼんやりとしていた瀬里がはっと振り返る。まじめな彼らしからぬ状態に、めずらしいなと山下は思った。

（まあ、四年生だっってたしなあ）

卒論と大学の卒業準備で追われる瀬里も、このところ考えこむことが多い。まじめで成績もいい彼はすでに下準備は済ませていたようなのだが、やはり提出前にいろいろアラが見つかったらしく、休憩時間《きゅうけい》には白分のマシンでちまちまと論文を清書している状態だ。

「どうも新店がどうとか言ってるらしいよ。まゆちゃんがさっきちらっと聞こえたって」

「あ……新店、ですか」

このところ藤木はなにやら慌《あわ》ただしくしていたようだが、店の一角で真剣《しんけん》な顔で話しあうさまを気にかけていたのは店員の誰もが同じだった。

お茶だしを買って出た真雪が、もっとも耳が早かった。なにやらあの気まぐれなオーナーは、古いバーの入っていた店舗《てんぽ》をいきなり買いあげて、二号店を出す気らしいのだそうだ。

「西麻布《にしあざぶ》にめどつけてるとか……もしかすると、中河原先輩《せんぱい》、店長昇格《しょうかく》かな？」

「えっ……」

ふつうはこういう大事な話は、事前にそれとなく伝わってくるものだが、ひどく驚《おどろ》いた様子の瀬里に、彼も初耳だったのだと知らされる。相変わらず微妙《びみょう》にセオリーのおかしな店だと思いながら、山下は無意識のまま言葉を続けた。

「俺、正式に雇《やと》ってくんないかなあ。じつは俺イタメシより、こういうのやりたいんだよね」

ごくさらりとこぼれたそれに、自分ではっとする。たしかに兄にがちがちに縛《しば》られているあの料理よりも、自由度の高いブルーサウンドの厨房《ちゅうぼう》はやりがいがある。

いま現在悩《なや》みの真っ最中である山下としては、考えない話でもない。だが「やりたい」などというきっぱりした発言が自分から出るとは思わなかったのだ。

(……聞き流されたかな?)

かすかに息を呑《の》んだ音は、麺《めん》を炒《いた》める音でごまかせただろうか。いささかぼんやりとした瀬里を横目に、ほっと息をついたあとには、そう都合のいい話もないだろうと苦笑《くしょう》がこぼれる。

なにより、大智が新店に入ることを前提にしていること自体が、不可能というものだ。

(そもそも、あの中河原大智に腰《こし》を落ち着けろと言ってもなあ)

オーナーの曾我とも一年ぶりの対面となったこの日だが、正直言えば大智との顔合わせの頻《ひん》度《ど》と、オーナーの顔を見るそれとでは、大差がない部分がある。

そもそも大智自体と山下のつきあいは、年数のわりに実質顔を合わせた時間は少ないのだ。ここ数年は落ち着いているとはいえ、一時期——それこそ彼が大学生のころには、よくぞ卒業できたと周囲が仰天《ぎょうてん》するほど、日本に居着かなかった。

そんな彼に、店長職などという縛りの強い仕事がつとまるわけもないのだ。あり得ない話にかぶりを振って、山下は手元の料理を仕上げた。

「ランチラストのオーダーあがりましたよ。パッタイにえびせんべい、アイスジャスミン」

「——あっ、はい」

オーダー品を差し出すと、はっとしたように瀬里がトレイにそれを受けとる。いずれ来る卒業と就職を前に、彼もやはりナーバスなのだろうかと、軽い共感をもって山下は受け流した。

（まったく。ぼんやりした瀬里ちゃんの十分の一も、あいつは役に立たないし）

内田は、あれからも店をやめていない。だが侮《あなど》っていた山下相手に説教をされ、かなり衝撃《しょうげき》を受けたと見て、以前よりも態度はかなり硬化《こうか》した。

この日もまた無断欠勤で、すでに真雪などは彼を頭数には入れていないらしい。それはそれでどうなのだろうかな、と思いながら、山下はふと時計を見た。

（あれ、もう三時まわったな）

なんとなく、物足りない感じがするのはなぜだろうか。そう思って首をかしげていると、厨房で待機していた柴田がふと呟いた。

「今日、まだ来ませんね」

「ん？」

「いやほら。いつもの山下さん詣《もう》で。前に来たの土曜日だったから、ぼちぼちかと思ったんだけどなあ」

「……あー」

言われて気づいたのは、いまこの場に一葡の姿がないことだ。思えば、三日と間を空けずに通ってきていたのに、このところすでに五日以上彼の姿を見ていない。

(見てないって、だって、いなくたっていいことなんじゃねえのか?)

山下はその瞬間奇妙《きみよう》な焦《あせ》りを覚え、なにかを言おうとした。だが、もやもやとしたそれが言葉になる前に、真雪の明るい声が思考さえもかき消してしまう。

「——山ぴー、お客さん来たよーっ」

「あ、なんだ。やっぱり来た」

声をかけられた本人よりさきに、柴田のほうが反応する。そして軽い足取りでフロアへと出て行き、すぐさま楽しげに笑いながらとって返してきた。

「お客さん来ましたよ、山下さん」

「……言われなくてもわかってるよ」

めずらしく仏頂面《ぶっちょうづら》で答えると、柴田はにやにやとして厨房をあとにする。残された山下は、なんともつかないばつの悪い思いを持てあました。

(なんだかなあ。物足りないって、これか?)

むろん毎日通ってくるわけでもないし、いつ来ると確約しているはずでもないのに、一葡の来訪がすでにブルーサウンドでの慣例となってしまっている。そして気づけば山下自身、それに馴染《なじ》んでしまっているということか。

「山ぴー、奥菜ちゃん待ってるってばっ」

それっていったいどういうことだ、と思いながら、再三真雪に呼ばれてしまえばいたしかたもない。渋々《しぶしぶ》という足取りで、山下はフロアへと顔を出した。

「あ、山下さんこんにちは」

「どうも」

柴田や真雪が冷やかすようににやにやとしているのを手で追い払《はら》い、ぺこっと頭を下げて照れ笑いをする一葡に挨拶《あいさつ》をする。ごく自然に自分の手にはオーダー票があって、いつものように「なになさいますか」と告げると、最近ではメニューも見ずに済むようになった一葡が「いつものお願いします」と答える。

「はい、ではナシゴレンにトムヤムクンで。食後にはホットコーヒーとゆずアイス？」

「はーい。それで――」

手元のオーダー票にチェックをする山下が顔をあげると、ばちっと目があった。とたん、恥《は》ずかしそうにうつむいてみせる態度は、当初のあのあけっぴろげさが嘘《うそ》のようにしおらしい。

「え、と。じゃあ注文、お願いします」

「承《うけたまわ》りました」

ぽそりと呟く声が小さく、うつむいた耳は赤いままだった。いまどき女の子でもここまで純情な反応はしないだろうとぼんやり思う。

（しかも、初っぱながあれだったのになあ）

なんだか奇妙におかしいような、くすぐったい気分になりつつ、山下は無意識にタブリエのポケットに手を入れた。そして、指先にあたった紙片《しへん》の感触《かんしょく》に、「ああ」と声をあげる。

「そうだ。俺来週にはもう、来なくなるからね」

業務に関《かか》わりのない話だったため、言葉が素《す》の状態になった、突然《とつぜん》のそれにも言われた内容にも、一葡は目を丸くする。

「え……そうなの？」

「うん。もともと代打だから。いままでみたいに、こまめに来てもいないから」

「そう……ですか」

あっさりと教えると、一葡はがっかりだと肩《かた》を落とした。だが、すぐに続いた山下の言葉に、驚いたように顔をあげる。

「だからこれ、まあちょっとここよりお高くなるんだけど」

「え……？」

差し出したインビテーションカードには、『リストランテ・モンターニャ』の文字がある。

ぽかんとした顔でその名刺《めいし》大のカードを眺《なが》める一葡に、山下は言った。

「こっち、これ実家のイタメシ屋。まあこっちでも厨房だし、追い回しにされてる状態だから接客どころじゃないんで、来てくれても会えないかもだけど」

「い……行ってもいいの？」

意外そうに問われて、山下は逆に驚いた。喜び勇んで「行く」とはしゃぐかと思っていたが、これでも遠慮《えんりょ》をするらしい。

「お客さまなら歓迎《かんげい》しますよ。まあ、手が空いているときなら声をかけてもらえれば、お席に顔を出すくらいはします」

にこりと微笑《ほほえ》んで告げると、一葡は必死にカードを握《にぎ》りしめ、うなずいた。

「い、行く。行きますっ」

頬《ほお》を紅潮させた一葡に、「お待ちしています」と告げて山下は背を向ける。そのまま厨房《ちゅうぼう》に戻《もど》ろうとすると、トレイを抱《かか》えて妙な顔をした真雪が「ちょっと」と腕《うで》を引っぱった。

「あのさあ、なんなの？　いきなり、どういう変化？」

「なにが？」

なにがじゃないよ、と真雪は眉《まゆ》をひそめ、小さな声で鋭《するど》く告げる。

「いままで、うざいうざい言ってたじゃん。なんで実家のほうまで教える気になったのさ」

「なんでって……」

問われて、いまさらに山下は困惑《こんわく》した。今日のインビテーションカードはわざわざ家から用意してきたものではあったし、言われてみればべつに、いちいち一葡に教える必要もなかった。

「最初、山ぴー、シフト教えただけでいやがってたじゃん。どういうこと？」

かつては一葡が来ていると気づいたとたん眉をひそめていたのが、まるで普通《ふつう》の顔になったと真雪に指摘《してき》され、無自覚だった山下は自分の顔を撫《な》でてみた。

「そういやそうだなあ。……なんでだろう？」

むしろ、無言のままやりすごし、店の人間に口止めすれば、あの好き好き攻撃《こうげき》からも逃《に》げられたはずなのに、どうして自分はわざわざ、あんなことを言ったのだろうか。

本気で不思議になりながら真雪に問いかけると、呆《あき》れたようにため息をつかれてしまった。

「あたしに訊《き》くなよ」

「まあそれもそうだよね」

そうだよねって、と真雪は顔をしかめ、なにも考えていなかったのかと呟《つぶや》いた。

「山ぴー、順応しすぎ。ウザくすらなくなっちゃったのは、こりゃ本格的にだめかも……」

「え、だめってなにが？」

「なんでもないよ。んっとに、うっすいキャラだなあ、もう」

首をかしげている間に、真雪はさっさとその場から立ち去ってしまう。山下は手持ちぶさたな気分で頭を掻《か》くと、とりあえず一葡のオーダーをこしらえるべく厨房に戻った。

(だって、べつに迷惑《めいわく》とか思えないんだよな、もう)

内田にひどい言葉をぶつけられて以来、一葡の態度はすっかりおとなしくなった。

真雪らがおもしろがってフロアに山下を呼び出さない限り、自分からは声もかけてこないし、いたってふつうの客としてしか振《ふ》る舞《ま》わない。

ただ、視線で追いかけてくることだけはやめられないようで、さきのように目があえば真っ赤になってしまう。そんなしおらしさを見せつけられると、なんだかあしらいきれないのだ。

また、山下が彼に冷たくしきれなくなったのには、やはり先日の発言もあるだろう。

――ふつうノンケのひとって、おれみたいのがまとわりつくだけでもうざがるし、場合によると殴《なぐ》られることもあるしさあ。

一葡の過去の重たさには目眩《めまい》を覚えたものの、あっけらかんとした声が、どこか痛ましいと思った。そして、べつにやりすごしさえすれば、迷惑らしい迷惑もかけられてはいない。

これでもう少し若ければ、柴田や真雪のからかいに対して閉口しただろうけれども、幸か不幸か山下はあの手のことをすべて受け流すことに長《た》けてしまっている。

「まあ、いいか」

考えてもわからないことはわからない。ともあれいまの自分は一葡を以前ほどそう苦手とも思っていないし、実家に客が増えるのは悪いことでもないだろう。そう結論づけて、手早く食材を調理しはじめた山下は、じっさいそれどころではないと息をつく。

(来週から、どうすっかな)

週が明けるころには、いくらなんでも家に戻らねばならないだろう。いま居候《いそうろう》しているさきの友人は、このまま居着いてくれていいと言ってくれているが、兄曰《いわ》く『わざわざ本職を休んで』のバイト期間も終わる。

結局、藤木か曾我に就職先の相談をすることはできないいままだった。新店の話はかなりのラインで煮《に》つまっているようであったが、その店長をどうするかということで頭を悩《なや》ませている彼らに、自身を売り込んでしまえる勢いは山下にはなかった。

（チャンスだとは、思うけどさ）

冷静に考えても、望みはあまりなさそうだ。大智を新店に据《す》えるとなっても、この店には柴田がいる。そのために教育もして欲しいと言われていたし、そもそも山下は臨時の人間でしかないのだ。またぞろ大智がどこかに飛び出ていくことがあれば呼び出されるだろうけれども、その不確定な筋に頼《たよ》るわけにはいかないだろう。

ため息をついて、手が止まる。やってみたいなあ、などと瀬里には口走るくせに、いざとなるとしりごみしている半端《はんぱ》な自分が情けなくはある。

いままでの人生もそうだった。アルバイト気分ではじめたモデルも、本気になればもっと上のレベルが狙《ねら》えると言われたけれど、その肝心要《かんじんかなめ》の『本気』が出なかった。結果、与《あた》えられた仕事はなんとなくこなしはしたが、気合いの入った連中に押し負けて、数冊の雑誌に登場したのちにはなんとなく声がかからなくなり、事務所との契約《けいやく》もあっさり切れた。

——もっとこうさあ、アグレッシブな感じになれんもんなの？

真雪の問いがふっと浮《う》かんで、山下は無意識に苦笑《くしょう》をこぼす。

（アグレッシブになれるくらいなら、いま俺はここにいないんだよな）

考えごとをしつつも、手は機械的に動いていく。料理をしていると、ぐちゃぐちゃと絡《から》まっていた頭がすっと無心になっていく。

刻んで炒《いた》めて味を見て、うまいと思える瞬間《しゅんかん》には口元が自然とほころぶ。たしかに兄のような一流の料理人にはなれないのかもしれないけれど、これ以外にできることも、自分に適性のある仕事もあるとは思えない。

（やっぱ本腰《ほんごし》入れて、就職情報誌でも見るかな）

まあ、半端なら半端なりの生きざまもあるさと結論を出し、できあがったばかりの料理を盛りつける。

「はい、あがりましたよ。トムヤムクンとナシゴレン、お願いします」

いつもどおり、穏《おだ》やかに明るい山下の声に、はあい、と真雪が答えた。

（ま、その場で考えりゃどうにかなるでしょ）

とりあえずは週明けまで、こうしてやりすごしていればいい。気詰《きづ》まりな実家に戻ることを考えると気は重いけれど、いまは目の前のオーダーが最優先だ。

そんな暢気《のんき》な山下の思惑は、しかし、あっけなく潰《つい》えることとなったのだ。

＊　＊　＊

「――ってわけで、昭仲。おまえもう、独立しろ」

敷居《しきい》の高い実家の居間で、厳然と言い放ったのはいまや家長となった晴伸だった。青ざめた顔で口元を押さえる葉菜子は、つわりのひどさにいつものようにとりなす気力もないらしい。

一ヶ月ろくに連絡《れんらく》をとらなかった実家では、兄嫁《あによめ》でもある葉菜子の妊娠《にんしん》という、とんでもないイベントが彼を待ち受けていた。

「独立……って言われても」

「この一ヶ月を振り返って、俺も考えた。結局おまえは他人の代理程度の仕事しか、したくないだろうが」

びしりと決めつけてきた兄の声は、いままでになく落ち着いていた。怒《おこ》ることもなく淡々《たんたん》とした口調は、それだけ真剣《しんけん》だということが重く伝わってくる。

「晴伸さん、そうつけつけ言わなくても……」

夫をなだめようとする葉菜子の声は力がない。口元をしきりにおさえる彼女を気遣《きづか》わしげに見つめはするものの、晴伸の声は容赦《ようしゃ》がないままだ。

「葉菜子もこの体調で、新しいシェフを暫定《ざんてい》的にでも雇《やと》い入れなきゃならん。そこで、いつまでも手伝い気分で出たり入ったりしてるおまえがいるのは、店の体制的に問題になる」

「……はあ」

「それに、このあと子どもが産まれたとなれば家も手狭《てぜま》になるし、おまえをいつまでも甘やかして実家においておく余裕《よゆう》もなくなる。だったら早めにひとり暮らしをしたほうがいいだろう」

「はあ……」

突然《とつぜん》の事態に困惑しつつも、山下は間抜《まぬ》けな返事しかできなかった。その煮え切らない声が兄を苛立《いらだ》たせたようではあったが、いつものように怒鳴《どな》ろうとした彼は、ぐったりした葉菜子を見てさすがにまずいと思ったのか、開いた口を無理に結ぶ。

山下が相づちしか打てないのは、呆然《ぼうぜん》としているというより、ついに来たかと思っているからだ。いままで言われてもしかたのなかったことを、ついに切り出されたのだと思った。

(まあ、当然だな)

神妙《しんみょう》な顔でうなずいていると、深々と息をついた兄は山下の予測を超《こ》えたことを言いだした。

「いいか。そんなわけでおまえは、来週から先日独立した大神の店に入って修業《しゅぎょう》しなおすこと。それから、独身寮《どくしんりょう》として若いシェフ用に借りた部屋があるから、そこに住め」

「は?」

つけつけとした口調に唖然《あぜん》としているうちに、兄はどんどん話を進めてしまう。

「その際には完璧《かんぺき》に、あの湘南の店に出ることは禁止する。あとけ――」

「ちょっ……ちょっと待ってくれよ!」

なぜ話がそっちに行くのかと慌《あわ》てて、山下は立ちあがった。いくらなんでもその命令には従いかねると、ひりひりした焦《あせ》りを覚えながら早口に言いつのる。

「この店をお払《はら》い箱にされることも、家を出るのも俺はべつに、いいよ。言われたことももっいってのもわかる」

ともだし、たしかにメインシェフの弟がしょっちゅう休んじゃほかの店に行くのが示しつかな

「ほかになにがわからん」

じろりと睨《にら》んでくる晴伸に、山下は気圧《けお》されまいと声を強くした。

「だからなんでそこで、大神さんとこ行けなんだよ。しかも決定事項《じこう》なのか？　考える余地くらいくれたって――」

「この、ばか！」

兄の我慢《がまん》もそこが限界だったようだ。大喝《だいかつ》され、山下は思わず息を呑《の》む。葉菜子は顔をしかめ、父親はやれやれと首を振《ふ》った。

「なにが考える余地だ！　おまえはいまいったい、いくつになった!?　二十五にもなって腰も据わらず、適当なお手伝い仕事で実家によりかかって、それじゃあニートの連中となにも変わりやせんだろうが！」

甘えるのもたいがいにしろと言いきった晴伸の言葉に、いくらなんでも侮辱《ぶじょく》的すぎると山下は青ざめる。

「ちょ……そこまで言うのか!?」

「言われてあたりまえだ。そもそもこんな話は、おまえが学生のころにしてしかるべきだったんだろうが！」

激昂《げっこう》した晴伸に、葉菜子がさすがに「あなた！」と声をきつくする。だがそれでも兄の怒りはとどまらず、興奮したように一気にまくしたてた。

「モデルだの言って、ばかみたいな遊びにうつつは抜《ぬ》かす、店に雇ってやったところで適当にしか仕事も覚えようとしない、そんな弟がいて俺がどれだけ恥《は》ずかしい思いをしてると思ってるんだ！」

すうっと頭が白くなった。さすがにそこまで家族にいわれるとは思わなかったと、山下け絶句していたけれど、言葉を切った兄の怒り顔を見ているうちに、なんだかどうでもよくなった。

「あー……まあ、なるほど。わかりました」

ははは、と薄《うす》く笑って、山下はどさりと腰を落とす。指の先が細かく震《ふる》え、なんだかなあと首をかしげるけれど、自分でも完全に意識と言葉が乖離《かいり》していた。

「そこまで恥《はじ》をかかせているとは思わなかったよ。ただひとつだけ言ってもいいかな」

数年前に封印《ふういん》したはずの記憶《きおく》が蘇《よみがえ》る。大学在学中、モデルとしてもう少し食いついてはどうか、と事務所に言われ、悩《なや》んだあのころ、雑誌を見つけた兄にこんなふうに怒鳴られた。

――芸能人みたいな水商売に手を出しやがって、恥ずかしい！　おまえはいったいなにを考えているんだ、こんなちゃらちゃらした真似《まね》をさせるために大学に行かせたわけじゃない！

激情家の兄は、そう言って山下が表紙になった雑誌を目の前で引き破いたのだ。

それで、すっかり、冷《さ》めてしまった。たしかに好きこのんでやっていたバイトでもなく、使い勝手のいい体格に目をつけられただけのことでもあったけれど、山下は山下なりにまじめにそれをつとめていたのだ。

そして大学の三年になったころ、就職活動で忙《せわ》しない周囲をよそに、山下は兄になかば無理やり家の手伝いに縛《しば》りつけられ、自分の時間などろくに取れない状態にまで追いこまれた。

――早く覚えろ、ばかもんが！

いまよりもっと頻度《ひんど》は低いとはいえ、当時すでに大智の代理であの店のバイトに入るようになっていた山下に、基礎《きそ》から仕込んでやると、夜半まで店から帰さなかった。

それでももう、終わったこととして受け流していたのだ。だがこうまで理不尽《りふじん》に非難されてしまえば、さすがに我慢も限界だと山下は鬱屈《うっくつ》した嗤《わら》いを浮《う》かべて言いきった。

「俺に考える余地なんか、あったか？　もう少し待ってくれと頼《たの》んでも、俺の意見なんか無視して走るだけだろう」

「な……」

「だったら考えたって無駄《むだ》じゃないか。ばかばかしい」

いつものように笑いでごまかすでもなく、きつい目つきでつけつけと言う山下に、晴伸は一瞬呆気《あっけ》にとられた顔をする。そこでまた、晴伸は自分が逆らうことなどなにも考えていなかったのだと気づかされて、腹の奥にどろどろとした熱がたまっていくのを感じた。

「高級イタリアン？　リストランテ？　なんなんだそりゃ。俺はちっともそんなもんに興味ないし、うまいとも思わない」

「昭伸！　口がすぎるぞ」

「本音だからしょうがないだろ」

　この兄にとって、自分の料理を継承《けいしょう》する以外の仕事は、全部邪道《じゃどう》でしかないのだ。それ以外の選択肢《せんたくし》はすべて、強権を発動させて阻止《そし》する。それでもどうにか、あの店に逃《に》げこむことで山下は自分を保ってきたけれど、もう限界だと思った。

「あんたの味は、押しつけがましいんだよ。兄さんの性格そのまんまだつって――っ」

「きゃ……！」

　言った瞬間、拳《こぶし》で殴《なぐ》られた。葉菜子は悲鳴をあげたが、山下は動じない。殴られるだけのことは言ったと思ったし、幼いころにはこの手の鉄拳《てっけん》制裁はあたりまえのことでもあった。

　ただ、いまではなによりも料理人としておのれを律する兄が、拳を痛めるかもしれないことも加減も忘れ、手をあげたということに、相当度を失っていることを知る。

「おまえは……そんなえらそうに……なにさまだ！」

「そっくり返すよ。っていうか、妊婦《にんぷ》の前で暴力はまずいんじゃないの」

　わななかいた声で告げる兄に飄々《ひょうひょう》と肩《かた》を竦《すく》め、山下は立ちあがった。

「どこに行く気だ！」

「出てくよ。そうしろつったの、あんただろ」

「誰《だれ》がそんなことを言った！　俺はだな——」

「大神さんの店にもいかない。何度でも繰《く》り返す。俺はあんたの料理の腕《うで》は認めるけど、だからって好きにはなれないんだ」

気色ばむ晴伸がなおもなにかを言おうとするが、居間から去り際《ぎわ》、冷たい顔で振り向いた山下は、この家の権力者である兄に向かってきっぱりと言ってのけた。

「それに、俺は——悪いけど俺は、洋食屋だったころのうちの店が好きだったよ」

苦く、いままで何年も口にしなかった本音をこぼすと、晴伸が顔色を変える。

もっと雑多で、こんなに上等ではなかったけれど、『洋食屋・ヤマシタ』の味と接客はやさしくアットホームだった。

「母さんが生きていたころの店の味が好きだった。いまは気取ってて、なんかよくわかんねえ」

無言でその話を聞いていた父親はぴくりと頑固《がんこ》そうな眉《まゆ》を動かしたが、やはり口を開くことはしなかった。

「湘南のあの店は、ちょっとそのころの雰囲気《ふんいき》に似てるんだ。一流じゃないかもしれないけど、くつろげる。……この店みたいに、あんたみたいに、ひとを選ばない」

山下の声に、口元を歪《ゆが》めた晴伸は唸《うな》るような声を発した。

「……負け犬の言い訳か。努力したくないからそうして言い訳するのか」

「そう言うと思ったよ」

吐《は》き捨てた兄に諦念《ていねん》の滲《にじ》んだ笑《え》みで答えて、山下は歩き出す。

「昭伸さん、ちょっと、待って」

「ああ、義姉《ねえ》さん。ごめんね、騒《さわ》がしくして。だいじょうぶかな」

部屋を出たとたん、葉菜子が追ってきた。ちらりと、まだ膨《ふく》らんでもいない腹部を眺《なが》めて告げると、葉菜子は青ざめた顔のままかぶりを振った。

「あの……あのね。あのひと、あなたのこと考えて言ったんだと思うの」

「うん。わかってる。でもね、俺はどうやってもそれは、無理……いてて」

笑うと、口の中に血の味がした。殴られて腫《は》れた頬《ほお》を軽くおさえて、山下は言葉を切る。葉菜子は義弟《ぎてい》の腕を引っぱり、「手当をするからこっちに来て」と告げた。

台所で手早く氷嚢《ひょうのう》を作り、差し出してきた葉菜子に礼を言って、唯一《ゆいいつ》の理解者である義姉《あね》に山下は謝った。

「ごめんね。イタリアン全部のことばかにしたわけじゃないんだ。義姉さんとかの作るもんは、俺は好きだよ。けど、それを俺がやりたいかっつうと、そうでもないんだなあ、これが」

「……うん」

わかっている、とうなずく葉菜子に、山下は息をついて続けた。

「適性ってもんがあるし。たしかに俺も半端《はんぱ》なんだけど……半端なのにも理由はあんのよ」

氷嚢を頬にあてつつ呟《つぶや》く山下の言葉に、葉菜子はわかっているとうなずいた。

「義姉さんがいちばん、わかってるよね。……俺はこのまま兄貴の下《した》で修業《しゅぎょう》したって、ものになんないだろ？　それこそ、適性がないし、才能がないの」

決定的な事実を呟くと、無言で、葉菜子は目を逸《そ》らした。そのことが答えであると、もうわかっているんだと、山下は笑う。

「負け惜《お》しみだけじゃなくって、俺はほんとに、うちの料理みたいなものに、興味はないんだ。だからだめでもかまわないし」

気は遣《つか》わなくていいと告げると、逡巡《しゅんじゅん》した葉菜子はなにかを決意したようにうなずいて、はっきりと言ってのけた。

「うん。……あのね、昭伸さんは本当に、才能がないわけじゃないと思うの。そこいらの子より、ぜんぜん、いい素材なのよ。でも、なんか……高級料理店のシェフになるとか、っていうのとは違《ちが》うと思うの」

彼女自身が修業をこなした料理人であるだけに、それは一目瞭然《いちもくりょうぜん》であろう。あの兄はやはり、家族というひいき目のせいで、どこか判断を間違っているのだ。

「まあ、こんくらいしなきゃ俺も踏《ふ》ん切りつかなかったし、これでいいと思う」

葉菜子のきっぱりした声にいっそすがすがしくなり、山下は息をつく。だが気のやさしい義姉は、そんな山下を心配そうに見やった。

「でも……あなたこれから、どうするの」

「ん？　とりあえずともだちんとこ居候《いそうろう》して、早めに仕事と家探すよ。まあ……じつは貯金なんかもしちゃってるんだけどね」

つい昨日まで転がり込んでいた友人、朝倉は、べつにいつまでいてもいいと言ってくれていた。しばらくはあそこでハウスキーパーをやりつつ、職探しをすればいいだろう。

腰《こし》が重かった自分も、結局は悪いのだ。どうにでもなるくせに、面倒《めんどう》がって動こうとしなかった。方法はいくらでもあるし、まるっきり考えがないわけでもない。

「でも、探すって言っても――」

不況《ふきよう》のいま、どうするんだと葉菜子が心配顔をするのに、平気だと山下は手を振《ふ》った。

「それこそ、ブルーサウンドで新店作るらしいから。そこでまず厨房《ちゆうぼう》空いてないか訊《き》いてみる」

「あ、なんだ！　そうか、あてはあるのね。心配しちゃったじゃない」

ほっとしたように胸を撫《な》で下ろす義姉に微笑《ほほえ》もうとしたが、まだ痛む頬がひきつった。

じっさいにはそれで就職が叶《かな》うかどうかはまったく不確定なことで、もしかするとすでに藤木と曾我のほうでいろいろと決めてしまったかもしれない。

だがいまそれを、心やさしい葉菜子に言いたくはなかった。

「それよか、義姉さん。頼《たの》むね、あいつら」

「……うん」

静かな声に、小柄《こがら》な義姉は神妙《しんみよう》にうなずいた。それを見届け、山下は立ちあがる。

「さて、明日の朝には出ていくよ。荷物とかは、ちょっとずつ……住むところ決まったら片づけに来る。それまで、兄貴に捨てられないようにだけ、頼んでいいかな」

「わかった。なにかあったら、ちゃんと連絡《れんらく》してね」

「身体《からだ》、大事にしてね。甥《おい》か姪《めい》かは、まだわかんない？」

「さすがに、それはまだだね」

今度はうまく笑えただろうか。照れ笑いをする葉菜子におやすみなさいと言い置いてその場を去ると、山下は二階にあがり、母の遺影《いえい》の前で手をあわせた。

「えー、母さんは聞いていただろうと思いますが、とりあえず家は出ます」

なんだか妙《みょう》にさっぱりした気分でひとこと告げ、線香《せんこう》をあげると山下は六畳間《ろくじょうま》を出た。そこで、ぬうっとなにかが廊下《ろうか》の陰《かげ》から出てきて、一瞬《いっしゅん》心臓がひっくり返る。

「うお、びっくりした……なんだよ、驚《おどろ》かすなよ」

ぎくりとしたのはそこに、無言でたたずむ父がいたからだ。父の寝室《しんしつ》はこの六畳間でもある。当然かと思って去ろうとすると、背中に静かな声が投げかけられた。

「おまえは、ずっとあんなこと考えてたのか」

「……ん？」

「洋食屋の味。好きだったか」

ぽつんと問われて、あの怒《おこ》りっぽい父がさきの話の間中、口を挟《はさ》まなかった理由がわかった気がした。

「うん。好きだったよ。……ふつうのオムライスとか、カレーとかさ」

時代遅《じだいおく》れの洋食屋から、繁盛《はんじょう》したイタリアンレストランに変わって、いまの父はせいぜい、店のマネジメントと経理に関《かか》わっているばかりだ。

だが兄に押し負けたときから、一度として不平も愚痴《ぐち》も口にしたことはない。頑固ながら、筋はとおった父だと思う。

「おまえは、あんなもん食って育ったから、味覚が鈍《にぶ》いんじゃねぇのか」

「……あんたが作ってたんだろうがよ」

父自身、自分がたいした料理人ではなかったことを知っているのだろう。そんな皮肉を言うので、山下はつい苦笑《くしょう》する。

「ただ、だから、俺は俺の料理が作れたらいいなあと、思うだけだ。兄貴ほど、一流にけなれないかもしれんけどさ……っても料理人、っていうのとはちょっと、違うんだけどね」

「生意気を言って」

ふん、と鼻を鳴らし、山下の言葉を肯定《こうてい》するでも否定するでもなく、父はさっさと部屋に入る。そしてぴしゃんとふすまを閉じられ、やれやれと山下は肩《かた》を竦《すく》めた。

兄に対してぶつけた憤《いきどお》りはもうすでに去ってしまったが、それだけに現実の問題が迫《せま》ってくる。とりあえず携帯《けいたい》で友人に連絡を入れるかと、自室に置きっぱなしだった鞄《かばん》を取りあげると、メールと着信が数件入っていた。

ひとつはあてにしようとしていた朝倉からの『作り置きの卵の料理をあったためたらレンジが爆発《ばくはつ》した、どうすればいいのかわからん』という情けないヘルプコール、もうひとつは帰国した大智からの簡単な礼と報告、土産《みやげ》があるから取りに来いという誘《さそ》い。

「……あれ」

そしてもう一件の着信と留守電は、なぜかブルーサウンドからだ。大智のメールは入ってきているし、いったいなんの用があるのかと思ってメッセージを再生すると、藤木の声。

『先週までみっちりのシフト、お疲《つか》れさまでした。もし山下くんに余裕《よゆう》があれば、またお願いします。それから相談というか、お話ししたいことがあります。都合のいいときにでもご連絡お願いします』

時間いっぱいに簡潔に述べられたメッセージを聞き終えて、はて話とはなんだろうと山下は首をかしげる。

「新店に雇《やと》ってくれるってんでもないだろうしなあ……」

もしそのつもりがあるなら一ヶ月の間に打診《だしん》なり、それとなくにおわせるなりということもあるはずだ。じつのところ山下が自分を売りこめなかった理由のひとつに、藤木がいっさいその手の話を振ってこなかった、という現実に腰が引けた部分もある。

あのときは、それでもし『きみはべつに必要ない』などと言われてしまうと、代打のバイトもやりづらいという非常に情けない心理も働いていたわけだが。

（ま、いいや。こうなりゃ使えるツテはなんでも使おう）

とりあえずもう、なくすものはなくなった。変な見栄《みえ》や気苦労ばかり抱《かか》えている場合ではないのだと居直り、山下は朝倉に『レンジは掃除《そうじ》してやるから、しばらく泊《と》めてくれないか』という簡潔なメールを打つ。

プログラマーの友人は、一応は仕事用に持っているけれど、電話が嫌《きら》いで、それ以上に携帯メールが嫌いだ。彼の愛機であるPCのアドレスに宛《あ》ててメールすると、速攻《そっこう》で返信がある。

『いつでもOK。ただしうまいめし希望』

そっけない返答に笑いながら、けっこう自分はしあわせだなあと思った。

少なくとも明日のねぐらは心配しなくていいのだから。

＊　＊　＊

朝倉宅にとりあえずの荷物を運びこみ、しばらくの間、山下は就職情報誌に掲載《けいさい》されている募集《ぼしゅう》先に片っ端《ぱし》から当たってみた。

だがこの冬も近づく時季、来年度、再来年度《さらいねんど》の新卒生が目の色を変えて就職活動にいそしむ状況《じょうきょう》では、中途《ちゅうと》の山下は非常に厳しい立場であることを思い知らされた。

——あなた調理師免許《めんきょ》持ってないんですか。うーん……経験があるって言ってもねえ。

実際のところ、調理師免許を持っていなくても料理の仕事をすることは可能だ。むしろ免許を持っているからといって腕《うで》がいい証明になるわけではなく、現場で経験を積んできた人間が、一応の安心感と信頼《しんらい》を客に持たせるために、取得するというパターンのほうが多い。

とはいえ、免許と名のつくものがあるのとないのとでは、こうしたときに差が出る。

実家の手伝いと知人の店の手伝いという曖昧《あいまい》なキャリアでは、なかなかむずかしいのだと、常々兄が半端《はんぱ》だと罵《のの》った言葉の意味を山下は嚙《か》みしめた。

(ここもダメだった、と……これで何軒目《なんけんめ》だかなあ)

レストランでの面接を終えた山下は、鞄から取りだした就職情報誌に大きく赤ペンで×をつけた。今日の店は大型チェーン店系列のコックもしくはウエイター募集であったため、そう敷《しき》居《い》は高くないだろうとタカをくくっていたのだが、逆にここは『リストランテ・モンターニャ』に山下がいたことを知るや、「本格的すぎる」と言われてしまったのだ。

——うちみたいな店はほんとに、冷凍品《れいとうひん》を解凍して焼いたり煮《に》たり、ってくらいなんですよ。マニュアル以上のことをする必要はまったくないので。

せっかくの腕もうちのようなチェーン店ではもったいない、それなりの店で活《い》かしてはどうですかと言われては、山下はなんとも言いようがなかった。

よくニュースで、退職した中高年のひとが、かつての職歴やキャリアや収入が高すぎるのを理由に、再就職を断られることがあると聞いていたが、まさにそんな感じだ。

かといって、完全にお高い店では、この程度のキャリアでは相手にされもしない。

「もう俺、ほんとに半端……」

呟《つぶや》くが、ある意味では兄のあの店の知名度も、まだ中途半端なのだとおかしくなった。最初に訪ねたレストランではイタメシ屋がなんだという態度だし、次の店では「あんなところにおっとめならうちに来なくても」と来た。

（いや笑ってる場合じゃないんだけど）

とりあえず今日のところ、予定していた面接は終了《しゅうりょう》だ。また明日から、めどをつけた店に連絡をつけて、履歴書《りれきしょ》を書いて——と考えていると、疲労《ひろう》が募《つの》った。

横浜《よこはま》、本牧《ほんもく》のこの付近はアメリカンテイストのレストランが点在しているが、どこも人手は足りているらしい。そもそも山下にしても、結局得意なのはイタリアンとアジア系創作料理という、非常に偏《かたよ》った部分がある。むろんふつうの洋食程度は作る腕はあるけれど、果たして誰《だれ》が作ってもOKの店にやりがいがあるかと言われれば首をかしげるのも事実だ。

やりがいか、と考えてふと自嘲《じちょう》の笑《え》みがこぼれる。

（そんな場合でもねえのにな）

兄に大見得《おおみえ》切って出てきたくせに、そもそも明日の仕事口さえない。そんな状況で精神的な部分を尊重したいなどお笑いぐさでもあるのだが。

「なんかメシでも食うかな……」

思考が後ろ向きになっているときは、空腹時が多いものだ。おまけに冬も近づいたせいで冷えこみもきつく、吹《ふ》きつけたビル風に寒気を覚えた。だが、山下の身体《からだ》がぶるっと震《ふる》えたのはポケットに入れていた、面接中マナーモードにしていた携帯のせいだ。

「——はい？」

『おー、山下。おまえ俺が帰ってきたっつーのに、顔も出さない気かよ』

反射的に名前も見ないで取ったあと、聞こえてきたのは大智の声だった。気分がくさくさしていたところに、すっと風が吹いたような気がして、山下は口元をゆるめる。

「すみません。ちょっとばたばたしてたんですよ」

『ちょっとじゃねえだろ、俺、帰国してからもうけっこう経《た》ってんぞ？』

言われて考えてみると、あの店の代打シフトを終えてからもう月も変わってしまっていた。家から出て、必死になって就職活動に飛び歩いている間に、無駄《むだ》に月日は流れてしまったんだなと思うと愕然《がくぜん》とする。

「……あー、そういえばそうですね」

苦い気分をこらえて笑うと、大智はなにかを察したように一瞬《いっしゅん》だけ言葉を切った。だがすぐにいつもの声で『今日は暇《ひま》か』と問いかけてくる。

「今日ですか？　まあ、もう用事はないですけど」

『んじゃちょうどいいわ。おまえこれから店に来いよ』

相変わらず唐突《とうとつ》で勝手な誘いではあったが、わかりましたと山下は快く了承した。ひさしぶりに大智の料理も食べてみたかったし、たまにはあの店に客として行くのもいいだろう。

だがそう暢気《のんき》にかまえた山下に、大智はつらっと言ってのける。

『いま曾我さんと聖司さんふたり揃《そろ》ってっから。おまえ連絡《れんらく》よこせって言われてたのに、しなかったろ』

「あ……そういえばそうだった」

とりあえず目先の就職かと考えるあまり、藤木の伝言を忘れていた。というより、妙《みょう》な期待を持ちたくないのであえて封印《ふういん》していた部分もあったのだが、礼を失したのはたしかだ。

『そうだったー、じゃねえっつうの。とにかくいまから来いよ。土産も渡《わた》してねえしさ』

「はあ、じゃあうかがいます」

この傍若無人《ぼうじゃくぶじん》が土産まで用意しているのに、受けとらないとあとが怖《こわ》い。すぐに行きますと告げると、大智はなんだか妙ににやにやした声で『待ってるからな』と告げて電話を切る。

(話なんか、電話でも済みそうなもんなのになあ)

いささか妙な気配に首をかしげたものの、まあいいか、と山下はそのまま愛車にまたがった。

家から持って出たなかでもっとも価値が高いのはこのヴェスパだろう。

シェイク・ビートの似合いそうな街並みを横目に走るのはなかなかいい気分だ。しかし首筋を叩《たた》く風が痛くて、本音はちょっと寒い時季のバイクは厳しいなあと軟弱《なんじゃく》に思う。

だいぶ長いこと乗っているそれでたらたらと走りつつ、さて藤木はいったいなんの話があるのだろうかと考える山下の腹は、空腹だという不満を訴《うった》えていた。


湘南へとひたすら走って辿《たど》りつき、すっかり凍《こご》えた身体で店のドアをくぐったとたん、山下は間抜《まぬ》けな声を出した。

「――あ」

「あ……ども、こんちは」

私服で顔を合わせるのははじめてだなあと思いながら、ヘルメットを片手にした山下は間抜け顔の一葡にひょこりと頭を下げる。そしてなぜ大智が、来い来いと言っていたのかの理由を悟《さと》り、脱力《だつりょく》するような気分になった。

「おひさしぶりです」

だが、一葡はいつものように赤くなることもなく、すっと眉《まゆ》をさげて曖昧な顔を作る。

なんだか態度が変だ。どうしたんだろう、と思った直後、山下はざっと血の気が引く気分になった。

（しまったっ……忘れてた！）

これからは世田谷の店にいる、などと言っておいて、その直後に家族会議、半ば兄から勘当《かんどう》をくらう形で出てきたため、一葡のことをまるっきり失念していたのだ。

焦《あせ》りながら、周囲のことも忘れて大股《おおまた》に一葡に近寄ると、山下は深々と頭を下げた。

「ご……ごめん、もしかして、店、来てくれた!?」

「え？」

「俺あのあと実家と揉《も》めて、いまいっさい出てないんだ。無駄足踏《ふ》ませてたらごめん」

いまさらのように、実家の店に来いと言っておきながらすっぽかした形になっていたことを詫《わ》びた。わざとではなかったけれども、一葡にとってはひどいことをしたと思われただろう。

「ほんとにごめん。悪かった」

山下は必死だったが、一葡のほうはひきつって謝ってくる男を不思議そうに眺《なが》めている。そして、ぽかんとしていた顔をゆっくりとゆるめて、ちょっとだけ目を潤《うる》ませて笑った。

「……もう、ほんとに、いいひとだなあ」

「え？」

山下が問い返すと、一葡はにっこりしながら『なんでもない』とかぶりを振《ふ》ってみせる。

「おれ、気にしてないよ。ていうか……店にいったら、すごい剣幕《けんまく》でお兄さん？に『あんなやつもういない』って怒鳴《どな》られたけど……」

「兄貴……」

逆鱗《げきりん》に触《ふ》れたとはいえ、客にまで切れてどうする。おそらくはタイミングが悪かったのだろうが、重ね重ね失礼したともう一度頭を下げた。

「ほんとごめん。ああでも、今日会えてよかったよ」

「え……なんで？」

ほっとしたように山下が言うと、一葡ははじかれたように顔をあげ、目を丸くする。その勢いに驚《おどろ》きつつ、山下は思ったままを口にした。

「なんでって、いや、ちゃんと謝れたから」

「あ……そう」

あっさりと返すと、一葡がなぜかがっかりした気配があった。なんだろう、と怪訝《けげん》に思う山下の脇《わき》を、つんつんとつつく腕《うで》がある。

振り返ると、思いきり存在を忘れていた大智がにやにやと笑っていた。

「あ、ども先輩《せんぱい》お久しぶりです」

「……なあに？　俺のいない間になんでそんな仲良しさんになってんの？」

「あのね、べつに――」

仲良しになどなってない。反射的に言い返しそうになって、それも一葡には失礼な話だと山下は口をつぐみ、話題を変えた。

「あの、腹減ってるんで頼《たの》みたいんですけど」

「おう、なに食う？……ってそれはいいわ。作ってる間におまえ、ちょっとこっち来てくんねえ？」

「はい？　なんか用ですか」

手招かれ、上着を脱《ぬ》ぎながら問い返すと、大智は呆《あき》れた顔を見せた。

「おまえさっきの話忘れた？　聖司さんとオーナー待ってるつったろが」

そういえばそうだった。一葡の顔を見たとたん、そんなことさえ失念していた自分に気づかされると、妙に気まずいものがある。

「ごめん、それじゃ……」

「はーい」

山下がぺこりと頭を下げると、コーヒーを飲んでいた一葡は「げいばい」という感じに手を振って静かに笑うだけだった。あっさりした態度にむしろ気がかりな感じもあったが、いまはとりあえずオーナーとの話だと大智のあとに続く。

「ああ、来たね山下くん。忙《いそが》しかったんじゃない？　大智が無理言ってないかな」

「いえ、平気です。お久しぶりです、オーナー。店長も、電話いただいてたのにすみません」

大智に連れられていった先は十二番テーブル。店の中でもっともひと目につかない奥まった席に座る、オーナーと店長に会釈《えしゃく》をすると、そのまま椅子《いす》を勧《すす》められる。

「いいから座って。ええと食事は済んだのかな？」

「いえこれからで……」

言いさしたとたん、山下の腹がぐうっと鳴った。思わず赤くなっていると、にやりと笑った大智が「待ってろ」と言い置いて去っていく。

「ははは、若いひとはいいね！　この歳《とし》になると食欲旺盛《おうせい》ともいかなくなるからねえ」

「どうもすみません」

快活に笑う曾我は、髭《ひげ》のある口でからからと笑った。中肉中背の彼は、白いものの混じった髪《かみ》や髭を除けばずいぶんと若々しく、一見は年齢不詳《ねんれいふしょう》にも見える。

隣《となり》に座る藤木は、相変わらずの美青年ぶりだが、先だっての疲《つか》れた様子はもう見えない。

オーナー曾我の気まぐれで決定した新店についての計画が具体的になり、だいぶ振り回されていたようだが、もしかするとその話も一段落したのかな、と山下は見当をつけた。

「で、話がある……とか。なんでしょう？」

とりあえず料理が来るまでの間に聞くことを聞いてしまえと山下が水を向けると、うむ、と曾我と藤木がうなずきあった。そして口を開いたのは藤木のほうだ。

「このところ、俺が打ち合わせとかなんとかで、外に出ること多かったのは山下くんがいちばん知っているよね？」

「あ、ええ。具体的に話が煮《に》つまったんですか？」

それもあるんだけど、と藤木はいささか言いよどんだ。

「その間ちょっと、いろいろあってね。まず、内田くんの件なんだけれど……直截《ちょくさい》な意見をくれないかと思って」

「ああ……」

なるほど話とはこれかと、山下はうなずく。

藤木が新店関係で振り回されたあの一ヶ月間、偶然《ぐうぜん》ながら大智はほとんど店にいなかった。真雪と柴田では怒りすぎて冷静な判断はつかないだろうし、瀬里は大局的にものごとを見られるほど器用ではないし、冷静に報告をするには性格が繊細《せんさい》でおとなしすぎる。

（それで俺に話ね）

なにより内田は、曾我の紹介《しょうかい》だ。ある程度外側にいる人間のほうが言いやすいと藤木も思ったのかもしれない。たしかにそれには自分が適当だろうと、山下は真摯《しんし》な気持ちで口を開いた。

「そうですね。はっきり言わせていただけるならば、バイトの内田くんに関しては即刻《そっこく》、クビにしていただきたいですね」

ずばりと結論から言ってのけると、藤木は苦笑《くしょう》し、曾我は首をかしげた。

「……ほう。なにか彼が重大なミスでも？」

「接客の態度がどうとか、ミスをする以前の問題ですね。まず、彼は勤労意欲そのものが、皆無《かいむ》です。営業時間中、隠《かく》れてメールをする、かたときも電話を手放しませんし、突発休《とっぱつきゅう》も頻発《ひんぱつ》していましたね」

山下が淡々《たんたん》とした口調で事実を述べると、曾我は驚いたように藤木を振り返る。

「そうなの？　藤木くん。そんなことなら、なぜ言ってくれなかったんだい」

「はあ……その……」

困ったように眉《まゆ》をひそめた藤木の返答より早く、山下の言葉がさらりと続いた。

「おそらく店長は、そこまで細かくご存じないとは思います。バックヤードの、目につかないところでうまいこと隠れていますから。それに店長が打ち合わせで店を空けるときに限って、内田はそういう態度を取っていましたし」

そして大智や真雪、瀬里は、告げ口するタイプではない。現場のことはそのまま自分らで解決しようとするし、なにより、このところ疲れ気味の藤木に心労を負わせるのは、彼らの本意ではなかったのだろう。

それもまたこの店のアットホームな空気につながってはいるのだろうが、仕事のうえでは甘いとも言えなくはない。必要とあればこの手の報告はすべきだと、山下はきっぱり告げた。

「彼がいることで、店員も——またお客さまも、かなりの不愉快《ふゆかい》な思いをしているのは間違《まちが》いがない事実です」

言いながら山下は、あの日のじんわりとした不快感を思い出す。

——うん、慣れてるから。

そう言って一葡は微笑《ほほえ》んだけれど、少しも平気そうになど見えなかった。たしかに面倒《めんどう》だし

BLUE

も少なくとも、彼はしていない。迷惑《めいわく》だとも思ってはいたけれど、あんなふうに傷つけたりしたかったわけじゃない。少なくともあんな、ばかダンサー崩《くず》れに罵《ののし》られるような、そんな悪いことは、彼はしていない。

「お客さま？　なにか、具体的なことでもあった？」

「……サボっているだけではなく駐車場《ちゅうしゃじょう》で電話をかけ、店の愚痴《ぐち》を大声で喋《しゃべ》っていました」

細かい話をすればまた一葡に累《るい》が及《およ》ぶと、にごした言葉で山下は告げる。だがそれだけでも藤木と曾我には充分《じゅうぶん》だったようだ。

「それはもしかして、早退させた日のこと？」

そうだとうなずくと、藤木は優美な眉をひそめて「そういうことか」と言った。

「なにか聞いてらっしゃいますか」

「んー……なんか、一度きつく言って帰らせた……というか、追い返されたというのが内田くんの言い分ではあるんだ。で、真雪に訊《き》いても状況《じょうきょう》は知らないっていうし」

駐車場で叱《しか》りつけた件を根に持って、陰口《かげぐち》でも叩《たた》いたのだろう。だが店の誰《だれ》も把握《はあく》していない出来事だけに、対処しあぐねていたらしい。

「でも事実ならそれは、かなりまずいね」

「ええ。できれば早急な対応をはかられたほうが、ダメージは少ないと思いますが」

一葡に対して、わざとではないとはいえ無神経な真似《まね》をした自分への反省もあるだけに、山下の口調にはいささか熱がこもった。

「うーん……そうなのか。それはまた予想以上に困ったことだね」

「監督《かんとく》不行届で、すみません。俺も把握しきれてなかった」

ふむ、とうなずく曾我の前で、藤木は困ったように眉を下げている。彼らもそこまでとは思っていなかったのだろう。

だが、これといった対応策を口にしない彼らに、常々思っていたことを言いたくなった。

「それから……もうひとつ気になることがあるんですが、いいですか」

「はい、なんでしょう？」

きれいな目でまっすぐに見つめてくる藤木に対し、山下はずばりと切りこんだ。

「いささか、この店はそういう点で、甘いんではないかと思います」

「ふうむ？　どういう意味かな、それは」

答えたのは藤木ではなく曾我で、洒脱《しゃだつ》な髭を蓄《たくわ》えた口元がおもしろそうな表情になる。

「店長やオーナーが、基本的にお人柄《ひとがら》がいいこと、この店の自由さが雰囲気《ふんいき》のよさにつながっていることも、むろん俺は認めていますし、それはそれでかまいはしないでしょう」

けれど、それならば雇《やと》い入れる人間は、自由と勝手をはき違えない、権利を振《ふ》りかざす前に義務を果たす、そういう程度にわきまえている相手にしなければ、ただの給料泥棒《どろぼう》が寄り集まってくる。誰も彼も大智や真雪のように、やるべきことをやった上で趣味《しゅみ》に生きる、筋のとおった自由人ではないのだ。

アットホームな気遣《きづか》いは、うつくしくもある。しかし時と場合によるし、この際それをはっきりできるのは、いささかスタンスの遠い自分しかいない。だから、おのれも大きな口が叩ける人間ではないと思いながら、山下はあえて言った。

「その店独自のやりかたもあるとは思いますから、俺はそれを否定しません。しかし、どのような経緯《けいい》でお雇い入れになったのかわかりませんが、迷惑を被《こうむ》ってまでいつまでもアルバイトに雇う義務もないと思います」

自分自身、いま就職で苦しいという事情もあるだけに、雇用《こよう》側の厳しさを噛《か》みしめながら語った山下の真剣《しんけん》さに、曽我と藤木もまた真摯な顔でうなずいている。

「もし、オーナーがなにかおつきあい上で困ることがあるなら、いずれ、年明けには宮上くんも正社員になるわけですし、余剰《よじょう》人員をカットした、というお話になさるのもひとつかと」

これは内田を目にするたびに考えていた、紹介相手への言い訳までを口にして、山下は言葉を切った。生意気も承知の上であったけれど、これだけは言わないとと思っていたのだ。

正直、自分はばかだなあと思っていた。新店の話が出ているいま、オーナーの曽我にこんなえらそうなことを言って、生意気な若造にけんかを売られたなどと思われてしまったら、せっかくの就職口のあても潰《つい》えるかもしれない。

(でも、それはそれだ)

大智のあとがまとしてこの店の厨房《ちゅうぼう》に入れたら、それは助かるとは思った。だが矜持《きょうじ》を曲げてでもいるというのなら、実家で使いっ走りをさせられていても変わらない。それがいやだからこそ、いま自分はばかなあがきを繰《く》り返しているのだから、いまさら遠慮《えんりょ》もしない。

「いろいろ差し出口を申しましたが、俺としては、そんな感じです」

さあ生意気だといわば言え。

そんな気持ちで真正面から曾我に対峙《たいじ》していた山下に、藤木の満足そうな声が聞こえてくる。

「……ね？　曾我さん。言ったとおりでしょう」

「うんうん。なるほどね」

「は……？」

なにやら、にこやかに微笑みうなずきあっているふたりを前に、山下のほうが怪訝《けげん》な顔になる。てっきり、内田とろくに立場も変わらない非常勤アルバイトがなにをえらそうな、とか、そんな言葉が返ってくると思っていたのだが、どうも様子がおかしい。

おまけに、にこにこと満足そうにした曾我は、突然《とつぜん》こんなことを言いだした。

「うん。山下くんきみね、西麻布《にしあざぶ》の店長やらない？」

「は……？　てん、ちょう？」

なにかとんでもないことを言われた気がして、山下は目を剝《む》いた。聞き間違いだろうか、と思ってまじまじと曾我の髭《ひげ》を眺《なが》めてしまうと、白いものの交じったそれが楽しげに揺《ゆ》れる。

「ちょうどいい人材、いたじゃない。中河原くんじゃだめだってことだったしさ」

ああ、大智の代理ということか。少しわかったぞ、と自分を立て直し、山下は口を開いた。

「えーっと……あ、厨房に雇い入れてくださる、とかそういう——」

「うん。料理も作れる店長がいいなーってぼくは思ってたんだよね。でも中河原くん、店長やるには向いてないでしょ？　あの性格だし。となれば誰かどこかから拾ってくるかねえ、と思っていたんだけどねえ……いやいや！　いいひといたじゃない。うん、彼がいいなぼく。ねえ藤木くん？」

「は……」

だが山下の頭が落ち着く暇《ひま》もなく「うんそれがいいよ」とどんどん勝手に話を進めてしまう曾我に呆気《あっけ》にとられていると、藤木は藤木で同意だとうなずいてしまうのだ。

「正直言えば、俺的にはそこが堅《かた》いラインだとは思ってたんだよねえ。これ以上に適任はないというか」

「え、そ……そうですか？」

そうだよ、と藤木はおっとりとうなずく。

「さっき言われた意見は非常に耳が痛い部分もあるけれどね。ただ、きみのキャリアは俺なんかよりある意味では上でしょう。ご実家のレストランの方針なのかな、きちんと教育された所作と、店員としての目と、経営者としての目も同時に持ってる。いつも感心してたよ」

俺なんかはひとに助けてもらわないと無理だけど。やわらかにひとを受け入れる、それが美徳であり能力である藤木は、山下の耳が熱くなるようなことを言ってくれた。

「ただ山下くん、おうちのほうがあるからどうかなと思ってたんだ。でも瀬里ちゃんに、本当はイタリアンよりこっちのほうがやりたいって言ってるの教えられたんで、じゃあ脈ありかと」

「え……」

藤木の補足に、山下はうろたえる。たしかに瀬里に、それらしいことを言った覚えはあったからだ。

——俺、正式に雇ってくんないかなあ。

あれは本当に軽口混じりのものではあった。その中に本音も相当含《ふく》まれていたのは自分自身わかっているけれど、まさかこんな展開になるなどと思ってはいなかったのだ。

「だから今日、ちょっと内田くんにかこつけて、テストしてみたんですけど……熱心にうちの店のこと考えてくれてる。ほんとなら俺がきみの下で働きたいくらいだねえ」

「いえ、そんなことはないです！　生意気言いました、すみません」

大あわてで山下は手を振って見せた。この店の雰囲気がいいのは、間違《まちが》いなく曾我の鷹揚《おうよう》な方針もあろうが、藤木の醸《かも》し出す空気によるところが大きいのだ。

「俺は、藤木店長のお人柄は尊敬してます。ほんとです」

あのクセの強い面々がまとまっているのも、藤木だからこそだ。本心からそう告げると、藤木はくすぐったそうに「ありがとう」と言って、こうつけ加える。

「おうちのほうも、きっと山下くんみたいな人材は手放したくないと、思ってると思う。けれども、きみにその気があるなら俺も一緒《いっしょ》に説得に行くけれど、どうかな」

おっとりとしているようで、締《し》めるところは締めるのがこの藤木なのだろう。堂々とした口調に惑《まど》いはなく、ただ責任は取るという安心感だけが伝わってくる。

気負っていた自分がおかしくなって、山下は肩《かた》から力を抜《ぬ》いて、情けない事実を吐露《とろ》した。

「いえ、じつは……家のほうは先日、クビになってしまいまして。現在、就職活動真っ最中なんですよ」

「えっ、そうなの?」

「あらなんだ。じゃあ問題ないじゃないか」

驚《おどろ》いた藤木と、渡《わた》りに船だとある意味無神経に言ってのける曾我に毒気を抜かれ、山下は力なく笑ってしまう。こほんと咳払《せきばら》いをして、曾我を軽く睨《にら》んだ藤木は声をあらためた。

「さて、まあ話の流れでおおむね理解していただいたと思うんだけど。あらためて訊《き》きますが、山下くんは、どうかな。この話、受けてくれる気はある?」

「そうですね……」

願ってもない話だとは思いながら、一瞬《いっしゅん》だけ言葉につまった。たしかに展開が急すぎて、やや感情がついていけない部分もあるけれども、しかしそれは、怯《ひる》むような気持ちからではない。

(兄貴とは正反対だなあ)

　あくまで自分の意思を押しつけた晴伸と、目の前の店長の見せた対処の違い、そして真摯《しんし》な目でじっとこちらを見る藤木と曾我が、返答を急《せ》かさないことで逆に覚悟《かくご》がついた。

「はい。やりたいです」

「おお、じゃあこれで決まりだね！」

　曾我が喜色満面で顔をほころばせ、大きくうなずく。しかし山下はひとつだけ懸念《けねん》があると口を開いた。

「あの、お話はありがたいと思います。しかしそれでは、俺がこの店の代打に入ることができなくなるんですが……」

「うん、だからそのためにいま、柴田くんを徐々《じょじょ》に厨房のほうにシフトさせようと思ってるんだ。ただまあ、それもあって内田くんは、まあ……新規の誰《だれ》かが入るまでは切れないかな」

　どうやらこちらが心配するまでもなかったらしい。というよりそこまで浅慮《せんりょ》ではないのは店長としてあたりまえの話で、さすがにこれは失礼だったと山下は頭を下げた。

「なるほど。わかりました。すみません、よけいな口を」

「いえいえ、さすがの気配りです」

　藤木は気分を害するでもなく、にこりと微笑《ほほえ》む。そこに、タイミングを見計らっていたらしい大智の声がした。

「ういーす。大智特製、豚《ぶた》の角煮《かくに》入りフォー、できましてございます」

るから」

「おお、運んであげてくれ。ささ、山下くん、食べて食べて。就職祝いで、ぼくのおごりにす

「では、いただきます」

ここは遠慮するまいとあっさりうなずき、平麵《ひらめん》をひとくち啜《すす》る。

大智の料理はやはり、こうして口にしてみると敵《かな》わないなと思わされる。本気を出せばそれこそ、晴伸が言うような料理人になれるのはこの男なのだろうと思える味だ。

だがこれほどの腕《うで》を持っていても、大智にはそれ以上の大事なものがある。なんだか宝の持ち腐《ぐさ》れというか、才能の無駄遣《むだづか》いというか、そんな気分になるのはいつものことながら、だが。

「……んだよ？」

「さすがですよね。やっぱ、うまいですよ」

「お代は負けねえぞ」

素直《すなお》に負けたなあと思えることがひどく楽しく、微笑んで告げると、大智はいやそうな顔をした。照れやがったと思いながら山下はにやにやして、ふと思い出す。

「あ……そうだ。奥菜くん、どうしました？　俺、話途中《とちゅう》で」

「ああ、もう帰ったよ。今日はなんか急ぐって。んでおまえ話が立てこんでそうだしって」

挨拶《あいさつ》もしないで帰ったのか。まあむろん、今日ここに山下が来るとは思わずに訪ねてきたのだろうし、と考え、そのうぬぼれた思考に山下は愕然《がくぜん》とした。

（うわ、俺やなやつ）

惚《ほ》れたと言ってくれている相手が、なぜかいつもどおりの行動を取らなかった。そのことで、妙《みょう》に拍子抜《ひょうしぬ》けしている。応《こた》える気があるならともかく、なんなのだこの思い上がりは。

さきほど、藤木に褒《ほ》められたのとはまったく反対の感情で耳が熱くなる気がした。

一葡のあっさりとした引き際《ぎわ》を不思議に感じている自分をこそ、いちばん恥《は》ずかしいのだと思えてならなかった。

＊　＊　＊

西麻布という街に、じつは山下はプライベートではろくに足を踏《ふ》み入れたことがなかった。

十八から二十歳《はたち》までの二年、モデルのバイトをしていたときには撮影《さつえい》でよく訪《おとず》れたのだが、周囲を大人に囲まれ、洒落《しゃれ》た店の前でポーズを作るだけ作って移動した、という印象ばかりが強い。逆にそのせいで足が遠のいていたのかもしれない。

またなんとなく、西麻布は銀座《ぎんざ》ほどではないにせよ、二十代半ばの若造程度ではまだ気軽に遊びに行ってはいけないような、そんな大人のための街、という印象があったのだ。

これはただ単に山下が、洒落っ気のある空間に気負って、馴染《なじ》めなかったせいもあるのだろう。いざ訪れてみれば、なんの変哲《へんてつ》もない、ちょっと小ぎれいな街だった。

「こっちだよ、山下くん」

「は、はあ」

にこにこと笑う曾我は、今日はハンチングに革《かわ》のジャケットという洒落た出《い》で立ちだ。年齢《ねんれい》を重ねたからこそできる着こなしに脱帽《だつぼう》しつつ、あとをついて歩く。

「ええと、目的地は」

「うん、だから一緒にいけばわかるから」

それはそうだが、せめて番地くらいは教えてほしい。右も左もわからないまま車に押しこまれ、降ろされたかと思えば歩かされ、なにがなんだかわからないのだ。

「……ごめんね、あのひと強引《ごういん》だから」

こっそりと謝ってくる藤木には、曖昧《あいまい》に笑う以外にない。とにかく曾我は独特のペースがある人間で、次の行動が予測できないタイプだ。だが慣れているからと山下は首を振《ふ》った。

「マイペースで読めない強引なひとは、もうひとり知ってますから」

「あ……大智ね」

そういえばそうだった、と苦笑《くしょう》する藤木と肩を竦《すく》めて笑いあっていると、曾我がぴたりと足を止める。

「ほら、ここ。どうかな」

「……渋《しぶ》いですね」

ついに連れてこられてしまった。これからここで働くのかと思うと、緊張感《きんちょうかん》がいや増す。

西麻布の交差点から、外苑西通《がいえんにしどお》りをスイス大使館方面へと向かう途中にそのビルはあった。コンクリート打ち放しのモダンデザインはそっけないくらいで、湘南のあのリゾートチックな店とはおもむきもかなり違《ちが》う。

「店は地下一階にある。内装はほとんどまだ手つかずで、いま改装の準備に入っているところだけれどね」

そもそもはここに、何十年と続いたショットバーがあったのだそうだ。階段を降りながら、曾我は嬉《うれ》しそうな声で語る。

「でもそこのオーナー店長が、もういいかげん歳《とし》も歳だし、引退したいって言い出してね。で、隠居《いんきょ》する金がないないって言うから、ぼくが買っちゃいました」

「買っちゃい……ましたか」

「うん、ついでに『おまけ』つけてくれるって聞いたしね」

おまけってなんだ、と目を丸くして藤木を見ると「え」と美形の店長は目を瞠《みは》る。

「曾我さん、その件説明してないんですか？」

「ええ？　だって藤木くんが言ってくれたんじゃないの？」

「俺だってろくに説明されないで、昨日概要《がいよう》を聞いたのに、できるわけないでしょう……」

のほほんと応える曾我に、藤木は頭が痛いとでもいうように首を振った。彼はこのところ新店のマネジメントと湘南店のシフトのダブルでかなり多忙《たぼう》な日々を送っているようだが、握《にぎ》っている情報は山下とどっこいだという状態だ。

なにがなんだか、と思いながらも曾我は笑うばかりで、地下のドア前に辿《たど》りついてしまう。

「曾我さん、ほんとに頼《たの》むから必要なことは、俺なり山下くんに、きちんと話してくださいよ」

「まあいいじゃないの。どうせわかるよ。……ほら」

藤木の小言を聞き流したオーナーがドアを開くと、そこはまっさらな空間——というわけではなかった。

すでに改装がはじまり、什器《じゅうき》の撤去《てっきょ》されたがらんとした店の中、埃《ほこり》よけのシートをカーテン状にかけて仕切られた向こう、カウンターバーだけはなぜか手つかずのままになっている。

ざらっと音の立つビニールの仕切りを、曾我はいっさい気にせず手で押しのける。

「や、江上《えがみ》くん。来ましたよ」

「……お待ちしておりました」

おまけにそこにはひとがいた。まるでこのバーに十何年も馴染んでいるかのような、三十代後半の渋い、というよりかなり強面《こわもて》の男前が、カウンターの中でグラスを磨《みが》いている。

いやな予感がして、ちょっと待て、と山下は頬《ほお》をひきつらせた。

「あの……こちらは？」

「うん。江上功光《よしみつ》くん。このバーの『おまけ』で一緒《いっしょ》にぼくがお買いあげ。かっこいいだろう？」

　おずおずと曾我に問いかければ、やけりという返事があった。山下は目眩《めまい》を覚えつつ、目の前の男を素早《すばや》く観察する。

（いや、なんつうか。かっこいいけど……）

　端的《たんてき》に言って、第一印象は『怖《こわ》い』だった。いかにもバーテンダーという雰囲気《ふんいき》の江上は、かなり体格がいい。山下もひけを取らない長身で、ワンゲルで鍛《きた》えた身体《からだ》にそれなりに自信はあるけれど、目の前の男のすさまじい重圧感とは雲泥《うんでい》の差だ。

　なにより、まっすぐに山下を見つめる眼光の鋭《するど》さに、喉《のど》がぐびりと鳴りそうになる。そしてまた、曾我は暢気《のんき》な声でさらに怖いことを言った。

「もうずうっと、十年以上になるのかな？　この店につとめててくれてね。江上くんがいるようになってからこの店、用心棒いらずでね」

「よ、用心棒？」

「六本木《ろっぽんぎ》あたりで呑《の》んで、勢いで河岸《かし》変えてきた連中が暴れたりするとねえ、彼がいつもたたんでくれるんだよね」

　すごいでしょう、といわんばかりの曾我の自慢《じまん》げな言葉に、血の気が引きそうだ。

（待ってくれよ……じゃあなにか、このバーのヌシみたいなこの男を、新装開店してのっけで俺は『使って』かなきゃなんないわけか）

ただでさえ、キャリアの長い人間を下につけるのはやりにくいというのに、自分は店長職ははじめてなのだ。だがここで怯《ひる》んで、初手で舐《な》められても困ると山下は腹に力をこめた。

「コック兼《けん》店長となります山下です、若輩者《じゃくはいもの》ですが、よろしくお願い申しあげます」

「藤木です。軌道《きどう》に乗るまでの間は、こちらと湘南店を行き来する形になります」

「新店長になる山下さんと、マネージャーの藤木さんですよね。お話はうかがっています」

目つきは鋭いが、江上ですと名乗るそれは想像よりもやわらかな声だった。少しだけほっとしつつ、もう一度しっかりと彼の顔を見つめると、高い頬骨《ほおぼね》のあたりに古い疵《きず》がある。

(……いや考えるのよそう、これは)

顔に疵のある西麻布のバーテンダー。しかも十数年のキャリア持ち。訳ありだろうがなんだろうが、とにかく山下の同僚《どうりよう》第一号が彼なのだ。

印象深い疵には目を留めないようにして、山下はにっこりと微笑《ほほえ》み、よろしくと告げる。

「こちらの街に関しては江上さんのほうがお詳《くわ》しいと思います。これから作っていく店ですし、接客は江上さんがメインになるでしょう。ぜひお力を貸してください」

しっかりと目を見て告げると、江上は軽く片眉《かたまゆ》をあげ、口端《こうたん》でかすかに笑った。

「わかりました。料理はわたしも少しはやりますので、サポート程度のことはできます」

シニカルにも見える表情だが、不思議と皮肉な空気はない。笑うと鋭い目元に皺《しわ》ができて、彼の懐《ふところ》の深さを思わせるやさしい表情になるのだと気づいた。

（うん、これなら）

今後、この新店はいわゆる頑固《がんこ》な男の集《つど》うショットバーではなくなる。接客にもそれなりの態度が必要になるが、江上はそういう点をちゃんとわきまえているのだろう。

「どうぞよろしく」

「こちらこそ」

手を差し出してきたのは江上のほうだった。握手《あくしゅ》をきつくかわしつつ、この男なら信頼《しんらい》できそうだなと山下は思う。

「――さて！　じゃあ顔合わせも終わりましたし、具体的な打ち合わせに入りましょうか」

ぽむ、と手を打った曾我の声を皮切りに、カウンター席へと――テーブル席はすでに撤去されていた――めいめい腰《こし》かける。

「それじゃまあ、まずはフロアの内装とコンセプトから――」

手にしていた書類を拡《ひろ》げる曾我の声に、山下はなぜか震《ふる》えた。期待と、緊張と不安のないまぜになった武者震《むしゃぶる》いに。けれど表情は少しも歪《ゆが》むことはないままだった。

＊　　＊　　＊

ブルーサウンド西麻布店の名前は、『アークティックブルー』に決定した。

直訳すれば『極寒《ごつかん》の青』ということになるが、海沿いとあって開放的で、どこか南国テイストな湘南店との対比を狙《ねら》ったらしい。

じっさい二号店とはいえ、客筋や場所に合わせ、内装の雰囲気もブルーサウンドそのままというわけにはいかないだろう、というのが曾我の意見でもあり、江上も藤木もそれに同意した。地下一階の店舗《てんぽ》は本店より、ぐっと大人向けなバーレストランになっている。営業時間もデイタイムは完全になし、夕方から早朝までと決められた。

料理もまたエスニックベースではあるが、山下の得意とするイタリアンの技術で大智のレシピをアレンジし、洋食系創作料理も織り交ぜ、もう少しオリジナリティの強いものにしていこうという話になっている。

「……というわけでこれ、試作品。どう？　ピリ辛《から》オムライス、中身はうちのナシゴレン」

「おお。卵がとろふわでおいしそうじゃん」

西麻布のほうにつめっきりになっていた山下が久々にブルーサウンドに顔を出したのは、冬の冷たい雨が降る日だった。自分なりに改良を重ねたレシピを試《ため》してほしいと、自作したそれらを容器につめ、休憩《きゆうけい》時間を利用して店の厨房《ちゆうぼう》でお披露目《ひろめ》をすると、入れ替《か》わり立ち替わり訪《おとず》れる店員たちはつついて感想を告げていく。

「ん！　ソースもこれ辛味が利《き》いててうまいかも」

「酒進んじゃいそうだなあ。腹減ってるときにもがつっといけるし、いいんじゃないですか」

めいめい勝手なことを言いつつも、うまそうに試食する面子《メンツ》の前で、山下はほっと息をつく。バーで出す料理ということで量は控《ひか》えめに見えるが、具も海鮮《かいせん》素材をくわえ、食べるとけっこうボリューム感のある一品でもあるそれは、数日悩《なや》んでいまひとつ味の決め手がなく、今朝方まで考えに考えて出した品なのだ。

（よかった、合格かな）

いささか赤い目を瞬《しばたた》かせ、次はこれだと、ヤム・ウンセンをアレンジした春雨サラダを出す。

「セロリをちょっとピクルスふうに漬《つ》けこんで、味を出してみたんだけど、くどい？　あと混ぜこむ具材は旬《しゅん》の海鮮でもいい気がするんだよね」

「うーん、これはまんま、生サラダでいいんじゃないのかな。海鮮は、うん、ＯＫかな」

もしゃもしゃと頬張《ほおば》ったサラダを飲みこみ、真雪が「これはこれでうまいけど」と言う。遠慮《えんりょ》しないで意見はどんどんくれと告げ、山下は手帳にコメントを書きつけた。

「じゃ、あとこっち、野菜オムレツ。ワク・エ・タルカリ」

ほうれん草とジャガイモのたっぷり入ったオムレツはミニココット皿でこれも小さめに焼きあげる。また大人数の場合はキャセロール皿を使うなどして、サイズを調整するつもりだ。

「どこの料理？」

「これはアフガンだね」

湘南店は基本的にタイ・インドネシア料理をベースにしたものが多かったのだが、西麻布店はひと味違《ちが》う方向にしたいという曾我の意向でメニューを再構築している。

山下はもういっそ多国籍《たこくせき》でかまわないかと、アジアにこだわらず世界各国のレシピをかき集めて自分なりのアレンジをした料理を提案してみた。むろん大智自身のレシピにある人気メニューはそのまま活《い》かすつもりだ。

「そういや、ひとは決まったのかよ？」

試作品をつつきつつ問いかけてきた大智に、山下はうなずいてみせた。

「ええ、あと数人面接がありますけど……とりあえず、フロア担当に瀬良《せら》さんってひとが。ギャルソン経験ありだそうで、即《そく》採用でしたね」

「何人雇《やと》うの？」

「えーと……とりあえず藤木店長がいる間に、ふたり正社員で欲しいんですよね。フロアと、厨房アシスタント」

「なるほど。ほかはバイトでまわすのかな」

正直いって、日々は死ぬほどめまぐるしい。毎日毎晩新メニューに取りかかり、こうして定期的に仲間に試食させては没《ぼつ》になったものを練り直す傍《かたわ》ら、店員の面接も曾我、藤木と一緒《いっしょ》にこなしている。

――でも山下くんが引き受けてくれてよかったよ。きみなら安心だし。

自身もいっぱいいっぱいになっているくせに、やわらかく微笑む藤木に、精一杯《せいいっぱい》やりますと告げたのは本心だ。

店の内装ほかまでは山下の手が回らないため、藤木と江上、曽我のほうで決めていくことになったのだが、打ち合わせの場にはむろん同席させられるし、意見も求められる。

右も左もわからない仕事を、大変だと思いつつも嬉《うれ》しいのは事実だ。自分自身に任せられるということが滅多《めった》になかった山下は、緊張感《きんちょうかん》と悦《よろこ》びを覚えつつも仕事に打ちこんでいる。

「なにしろ、そもそもが思いつきのうえに突貫《とっかん》工事ですからねえ。とりあえず春のプレオープンからグランドオープンまでは半年、テスト期間をおいて、その間で徐々《じょじょ》に体制は作るみたいですけど」

とはいえ春には客を入れる状態にせねばならないのだ。残り期間は半年をとうに切っており、毎日走り回らなければ間に合わないと山下が告げると、大智は聞いているだけで疲《つか》れるとため息混じりに言った。

「目ぇまわりそうだな……しかしさあ。だいじょうぶ？　おまえ」

「はは、もう目眩《めまい》起こしてる時期はすぎましたよ。やるしかないっつうか」

新店準備をしつつも、シフトの関係で湘南店にも入り、こうして新メニューを考える山下には、プライベートの時間が一切《いっさい》合切なくなった。だが充実感《じゅうじつかん》はあるのだと笑顔で答えると、

「気力の面はともかく」と大智はかすかに眉をひそめた。

「あきらかに顔色悪いぞ。ちゃんと寝《ね》てんのか？」

指摘《してき》され、ばつが悪く山下は肩《かた》を竦《すく》めた。じつのところ寝不足なのは、速攻《そっこう》で用意したひとり暮らしの部屋が、片づく暇《ひま》がないからなのだ。

「あー……つうかまだ、部屋に布団《ふとん》がないんですよねえ……」

「はあ!? なんだそれ。引っ越《こ》ししてからどんだけ経《た》ってんだよ」

「えーと……? 二週間は経った……かなあ?」

新店オープンに備えて、山下は曾我のツテを使わせてもらい、初台《はつだい》に2Kのマンションを借りていた。基本的に給料だけでは厳しいものもある家賃ながら、西麻布への通勤を考えると条件にあうのがその物件だけだったのだ。

幸い、家賃は曾我には住居手当も出すと言われたので、どうにかなった。しかし根城を確保したものの、実家から葉菜子に送ってもらった荷物は段ボールに突《つ》っこんだままだ。よもやこんなことになるとは思わず、送るのが面倒《めんどう》だろうし、布団ほかの大物は自分で調達するからいらないと言った手前、いまさら送ってくれとも言えない。

「おまえこの季節にどうやって寝てんの」

「や、学生時代のシュラフあるんで、それで床《ゆか》に転がってます。けっこうあったかいっすよ」

「げー、寝心地《ねごこち》最悪じゃゃんよ、あれ……なんだって、日本の部屋の中でそんなもんで寝なきゃなんねえの」

うんざりだという大智は、自身の旅行中はどんな場所で寝ようが平気だけれども、帰国したときには絶対にふかふかのベッドでしか寝たくないと言い張る。

「まあ、幸い丈夫《じょうぶ》ですからね。かまわんでしょ」

「んならいいけどよ……」

家具も少なくがらんとした空間に段ボールが積み上がる中、ちゃんと調《ととの》っているのは妙《みょう》に専門的な厨房器具と水回りのみというバランスの悪い部屋。それでもはじめての自分だけの城だ。嬉しさのあまりいささか興奮状態にもあるのだと思う。

「なんか寝ようと思ってもついついアイデア出ちゃうと、台所に立っちゃって……」

ふわ、とあくびをした山下に大智は呆《あき》れた顔を見せる。

「まあ……気合い入ってんのはいいけど、飛ばしすぎんなよ。おまえみたいに、ほどほどゆるくしてきたやつは、加減知らなそうで怖《こわ》い」

「言ってくれますねえ」

「事実じゃんかよ。なんかムキにでもなってるみてえ」

赤くなった目で睨《にら》みつつ、内心はぎくりとする。実際のところ、前向きな気持ちばかりでレシピのアレンジにいそしんでいるだけではないからだ。

(相変わらず鋭《するど》いな)

ムキになっている、という大智の言葉は図星でもある。

じつはこの新店店長の件は、実家にも報告していた。だがそのおかげで、兄とはさらに険悪な感じになっていた。昨晩も眠《ねむ》れなくなったのは、兄の嫌味《いやみ》な声を聞いたせいもある。

葉菜子に荷物の配送を頼《たの》んだ礼にと電話をかけたのだが、折悪《おりあ》しくその電話を晴伸が取ってしまった。この時間は店だと思ったのに、と驚《おどろ》いていた山下に、兄はいきなりまくしたてた。

――おまえは結局なんでも半端《はんぱ》なんだ。シェフとして修業《しゅぎょう》したこともろくにないし、いままで適当な仕事しかしなかっただろうが。うちで手伝いを適当にやっていただけのくせに。

どうせたいしたこともできないくせに、なにが店長だとひとしきりくさしたあと、責任の重い店長などできるわけがないと、頑固《がんこ》な兄は頭ごなしに決めつけた。

――はいはい。でもねえ、べつに今度の店はそう本格的な料理が売りじゃあないからさ。

反論するのもうんざりで、適当に受け流せばしまいには耳の痛くなるような声で怒鳴《どな》られた。

――そうやって適当にしている態度が気にくわないんだっ！

あげく一方的に怒鳴られ電話を切られては、閉口するしかなかっただろう。そのあと腹が立って眠れなくなり、勢いこの新メニューを作りあげたというわけだった。

「……ま、ムキになってるっていうより、いっぱいいっぱいってとこですかね」

ややこしい家の事情を口にしたくはないと、山下は微笑《ほほえ》んで自分のキャパが少ないだけだとごまかしてみせる。うろんな顔で横目に見ていた大智だが、ため息をひとつついたあとはなにも追及《ついきゅう》してはこなかった。代わりに、試食の皿を眺《なが》めて提案を口にする。

「おまえさ、家で作って持ってくるの面倒だろ。どうせあっためなおすんだし、もうここ来て作れば？　できたてじゃないと、味もはっきりわかんねえし」

「え？　でも邪魔《じゃま》じゃ……」

オーダーを作るそばでそれはどうなのだとためらうと、大智はひらひらと手を振《ふ》った。

「かまわねえよ。俺もよく試食品作ってまんま客に食わせたりしたし。な、瀬里ちゃん？」

「えっ……あっ、はい」

突然《とつぜん》話をふられた瀬里はびっくりしたように目を丸くして、そのあと恥《は》ずかしそうに微笑んだ。その反応に、山下は内心「あれ」と思う。

「俺も最初にこの店に来たとき、大智さんのデザートの試食、しました」

「へえ、そうだったんだ」

おいしかったですよ、と笑う表情から、だいぶかたくなさが抜《ぬ》けている。なにかあったのだろうかと思うけれど、そういえば先日卒論の提出が済んだと言っていたのを思い出した。

（いろいろ落ち着いたのかな）

大智を苦手そうにしていた彼だけれども、春からは正式にアルバイトではなく正社員として雇用《こよう》されると聞いている。そのあたりも割り切ったのかもしれないな――などと思っていると、フロアにまわっていた真雪が顔を出した。

「やーまぴー」

「なに……？」

にやにやしながら声をかける彼女に、いやな予感がすると思っていると、案の定。

「うふふ。奥菜ちゃん来たよう」

「……いちいち言ってくれんでもいいんだけど」

わざとらしい真雪の声に、うんざりと山下は呟《つぶや》いた。来たよ、もないものだ。この日の来訪は事前に伝えてあったから、間違《まちが》いなく一葡に情報を漏《も》らしているのは真雪のはずなのだ。

すると、山下の億劫《おっくう》そうな声を聞いて、なぜか瀬里がくすりと笑う。

「なに？　瀬里ちゃん」

「あ、いいえ。なんかちょっと、弟を思い出して」

「ん？　ああ、和輝《かずき》くん、だっけか？」

そういえばずいぶんと優秀《ゆうしゅう》な弟がいるらしいと聞いたことがある。山下はシフトの関係で顔を拝んだことはないが、瀬里とはまったく似ていない、長身の美形なのだと耳にした。

「で、なにを思い出したの？」

「いや、なんだかんだと言われても、山下さんって自分を引っこめますよね。からかわれても、わりと受け流せるっていうか……うちの弟はもう少し我《が》が強いけど」

瀬里曰《いわ》く、長子は比較的《ひかくてき》ムキになりやすい性格のような気がするのだそうだ。妙に責任感が強くて気負って、勝手に疲れてしまうと——自分がそうなのだと、苦笑《くしょう》混じりに告げる。

「そういうとこ見てると、面倒そうでも、するっと流せちゃうのが次男なのかなあと。あと、

BLUE SOUND
BLUE SOUND

不機嫌《ふきげん》そうにしててもわりと憎《にく》めない感じとかって、あるなって」

「……そういうもんかなあ?」

他意のない言葉なのに、どうしてか胸がざわついた。瀬里はただ単に自分の弟について語っただけなのに、のらくらとやりすごしている山下の内心を読まれた気がしたのだ。

(いや、そりゃ穿《うが》ちすぎってもんだよな)

瀬里の発言まで勘《かん》ぐるなんて、なんだか気が立っているのだろうか。ため息をつきつつ、ふと手にしていたココット皿に目を落とす。

その横顔をじっと見ていた大智は、突然山下の手からクク・エ・タルカリをひったくった。

「あっ、ちょっと。なにすんですか」

「せっかくだから常連さんにこれ試食してもらって来よ。いいだろ?」

いいも悪いもないだろうと、鼻歌混じりにさっさと歩いていく大智に呆気《あっけ》にとられていると、瀬里が小さく肩《かた》を竦《すく》める。

「あの、すみません。大智さん、あんなで」

「え、いや。それはいいけど、なんで瀬里ちゃんが謝るの?」

大智の性格は山下のほうがつきあいも長いぶん、熟知している。怪訝《けげん》に思って問いかけると、瀬里はものすごい勢いで赤くなった。

「あ、そ、そうですよね……あのっ、俺、フロア出ます!」

早口でまくしたてるなり、彼はわたわたとしながら去っていった。取り残され、山下はただ唖然《あぜん》とする。

（なに？　なにが起きたの？）

瀬里の発言に、山下はなぜか葉菜子を思い出した。そしてあれがまるで、旦那《だんな》の不始末を詫《わ》びたりフォローしたりする嫁《よめ》のようだ、と思い当たる。

「……まさか⁉」

そこまで連想した山下がやっとあの発言の意味に気づき、猛然《もうぜん》と真雪を振り返ると、彼女は両手の人差し指をクロスさせてにやあっと笑った。

「まあ、そういう感じ。大智だからね。わかるっしょ？　山ぴーも」

「うわー……そう来ましたか」

大智が両刀というのは知っていたけれど、あのおとなしそうでまじめそうな瀬里にまで手をつけたかと思うと、なんだかがっくり来てしまった。

「先輩《せんぱい》もほんとに、手ぇ早いなあ」

「いいんじゃないの。ラブ度数は瀬里もどっこいだし、暑苦しいカップルよ、あそこ」

「そうなの？　なんか苦手そうだったんで、だいじょうぶなのかと思ってたんだけど」

おおざっぱな大智に、繊細《せんさい》そうな瀬里。反りがあわない感じのする組み合わせなのだが、それはそれでうまくいっているのだろうか。首をかしげると、真雪は鼻で笑った。

「そりゃ、山ピーのラブセンサーが感度悪いんじゃないの」

なにかちくりとした皮肉を感じて、どういう意味だと目顔で問うと、真雪は親指でフロアを指す。顔を見せてやれと唆《そそのか》されているのはわかるのだが、言われてしまうと出ていきにくい。

(ほんとに、どうしろっつんだろか)

ひたすら山下詣《もう》でにやってくる一葡との関係は、相変わらずだ。たまに接客して世間話をして、あとはおしまい。

たしかに以前よりは鬱陶《うっとう》しさは減った。あちらも、もう迫《せま》ってくるというほどではなく、視線で好意を伝えてくる程度だ。かといってこちらのテンションがあがったわけでもないので、正直言えば持てあましている。

「ほれ新店店長。試食のチェックチェック。お客さまの生の反応見なさいって」

「……わかりましたよ」

渋々《しぶしぶ》、といった態度の山下だが、べつに口ほどいやなわけでもない。ただそうしてからかわれるから顔を出しにくいだけの話なのだと内心言い訳しつつ、すっかり常連になった一葡のもとへと足を運んだ。

「どうも、いらっしゃいませ」

「あれ、私服……あ、そうか。シフトじゃないんだよね。新店、忙《いそが》しいですか?」

すでに大智あたりから詳細《しょうさい》な状況《じょうきょう》までもリークされているようだ。いったいあの連中はなにがしたいのだか、と思いながらも「お味はいかがですか」と笑いを崩《くず》さず問いかける。

「おいしいよ。これ新しいメニュー？」

「そう。西麻布のほうで出す予定。あ、今度はほんとに、そっちにいるからDM出します」

先日の非礼を詫びると、気にしてないと一葡は笑った。だが、まじまじと山下の顔を見るなり、笑いをほどいて眉《まゆ》を寄せる。

「山下さん、相当寝《ね》てなくない？」

「え……わかる？」

この店の照明はかなり絞《しぼ》りこまれていて、日中でもかなり薄暗《うすぐら》い。厨房《ちゅうぼう》はさすがに明るくしてあるからべつだが、フロアで顔色を読まれるとは思わなかったと驚《おどろ》いた。

「だって涙道《るいどう》へっこんじゃってるもん。前に見たより顔色暗いし」

「ごめん、涙道ってなに？」

「あ、医学用語ではべつの器官のことなんだけど……これこれ。ここを涙道っていうのは人相学での言葉なんだけどね」

一葡は自分の目の下のふくらみを指さして、疲労《ひろう》がすごいとそこがへこむのだと言った。

「あんまり続くと色素沈着《ちんちゃく》して、皺《しわ》とかクマになるよ」

「そっか。まずいな、顔に出てるようじゃ」

いまは準備期間だからいいようなものの、客商売でいかにも疲《つか》れている顔をするわけにはいかない。どうしたものかと思っていると、一葡が「蒸《む》しタオルとかあててみてね」と言った。

「それで血行よくして、寝る前とかマッサージするといいよ、軽く。だいぶいいから」

「……なんか、詳《くわ》しいね」

そういえば一葡の顔はいつも血色がいいし、肌《はだ》もつるつるのぴかぴかだ。たしかファッション系の仕事をしているはずだと聞いたから、美容に気配りでもしているのだろうか。

(いや、ていうかほんとに仕事してんのか?)

毎度毎度山下が来るたびに顔を出すけれど、彼の仕事の時間はどうなっているのだろう。

そもそも住まいもどこなのかさっぱりわからない。近所ならば無理はなかろうけれど、一葡が来店するのは大抵《たいてい》、昼間ばかりなのだ。

「あの、きみさ――」

不思議になりつつ問いかけようとした瞬間《しゅんかん》、店のドアが開いてどっと団体客が押し寄せてきた。いらっしゃいませと反射的に口にしようとして、私服の自分を思い出す。

「あ、山下さんここにいるのまずいよね。もう、いいですよ。これ、ごちそうさま」

山下が逡巡《しゅんじゅん》したのがわかったのだろう。一葡はかるくかぶりを振《ふ》って、ココット皿を軽く持ちあげてみせる。促《うなが》すそのあっさりした態度に驚きつつ、山下は頭を軽く下げた。

「あ、ああ、はい。……じゃ、ほんとに新店もどうぞいらしてください」

「はーい」

ひらひらと子どものように手を振ってみせた一葡に会釈《えしゃく》して、バックヤードに戻《もど》った山下は、すでにオーダーを待機していた大智に「これで帰ります」と告げた。

「ん、今日なんかあんの？」

「ええ、まだ家で資料とか目を通さないといけないんで」

「……ちったあ休めよ。そんなんじゃオープン前にばてるか、なんかやらかすぞ」

たしなめるように胸を叩《たた》かれたが、山下は曖昧《あいまい》にそうですねと笑うだけだった。そのまま裏口から出るのでかまわないだろうとその場でレインコートを着こみ、ヘルメットを手に取る。

「なにおまえ、今日もバイク？　だいじょうぶかよ」

「平気でしょう、これで来たし」

雨がひどいけれどと心配する大智に笑って手を振り、厨房を出た。

「お疲れーす」

「お疲れさま」

荷物出しをしていた柴田に頭を下げられ、ふと内田の件はどうなったやらと頭をよぎる。

新店のことに関してばたばたしているせいで、ブルーサウンドのシフトについてまでは問う余裕《よゆう》がなくなっていた自分にいまさら気づかされた。

（いかんなあ、ほんとに）

このままでは本当になにか大きな取りこぼしだとか、ミスをやらかしそうだ。なにごとも見落としがないよう、慎重《しんちょう》にいかねばならないと思いながら、山下はヴェスパにまたがる。

「あれ、かかんね……」

到着時《とうちゃくじ》にも降っていた雨のせいで、まだ車体は濡《ぬ》れていた。じっとりとした雨に冷えているせいかエンジンのかかりが悪く、ぷすん、と言っては止まってしまう。

「あんまり回すと、プラグかぶっちゃうしなあ」

どうしたものかと思いつつ、山下が無意識に腕《うで》に力を入れた瞬間だった。

「——うぇっ⁉」

ずるり、と足下《あしもと》が滑《すべ》り、愛車の車体が大きく傾《かし》ぐ。やばい、と青ざめてとっさに身をよじった山下だったが、なにかに身体《からだ》を引っぱられてそのまま、ヴェスパの下に腕を巻きこまれるようにして転倒《てんとう》した。

「いっ……て、てて！」

どん、という衝撃《しょうげき》のあとに目を凝《こ》らすと、丈《たけ》の長いコートの裾《すそ》がスタンドに絡《から》まっていた。冗談《じょうだん》のような事態に恥《は》ずかしくなり、誰《だれ》も見ていないのに照れ笑いを浮《う》かべた山下が身体を起こそうとしたとき、びきっとすさまじい痛みが腕に走る。

まさか、と思って眺《なが》めたのは車体のしたじきになった左手の甲《こう》。圧迫《あっぱく》されて、なんだか妙《みょう》にひしゃげて見えるのは気のせいだろうか。気のせいだと思いたい。しかし。

「山下さん、どうしました⁉　なんか、すげえ音……って、うわ⁉　だいじょぶすか！」

物音に飛んできた柴田が悲鳴をあげ、バイクを起こしてくれる。だがそこで見つかったのは、あきらかにぶらりとなった左手だ。

「山下さん⁉　その手……！」

あげくには一葡までもが顔を出してきて、本当に最悪だなと思った。なぜかこの醜態《しゅうたい》を彼には見られたくなかった気がして、あえて一葡の顔を見ないまま、山下はのろりと立ちあがる。

「……悪い、柴田くん。タクシーか救急車、呼んでくれるかなあ」

告げた山下の顔色は、けがの痛みどころではない衝撃で、真っ青だった。

＊　＊　＊

バイクの転倒事故の数日後、ブルーサウンドのバックヤードでは、悄然《しょうぜん》とした山下が藤木に詫《わ》びを入れている姿が見受けられた。

「申し訳ありません、こんな大事なときに」

「謝ることじゃないよ。それよりだいじょうぶ？」

平身低頭する山下に、藤木はほっそりしたきれいな顔を心配に歪《ゆが》めるだけで、この時期に大けがなどした新店長を責めようともしない。それだけに心苦しく、山下の声は弱くなる。

「あんまり、だいじょうぶってほどじゃ……」

運びこまれた病院で、医師は山下の希望を打ち砕《くだ》くようにあっさり「骨折です」と言った。

――左手甲の第四中手骨。ぱっきりいきましたねー。でもこれならきれいにくっつきますよ。

全治三、四週間の見込みだと診断《しんだん》されて、けがの度合いも予想よりは軽かったが、安心するにはほど遠いものだった。

――あの、その間、手は……。

――動かせるわけがないでしょう。ギプスしますから。ま、利《き》き腕じゃないしマシだと思ってください。

ばかを言うなと一刀両断され、あっという間にがちがちに手が固められていった。どうにか指のさきだけは見えているけれども、細かい動きなどはできるわけもない。

――あの、俺、料理するんですけどっ……。

――しょうがないね、それは仕事休んでください。

そんなわけにはいかないと食い下がったけれど、医師にはじろっと睨《にら》まれるだけだった。

――折ったもんはくっつくまで我慢《がまん》です。いま動かすと骨がずれて、神経に影響《えいきょう》出ますよ。

それ以上の無駄《むだ》な反論もできず、山下はしおしおとなるしかなかったのだ。

「まあ、とにかくおとなしくしてるしかないよね、骨じゃあ」

「最悪ですよ、もう……」

痛み止めが切れたのかずきずきとした疼《うず》きはひどくなった。藤木の前であるというのに重たいため息がこぼれ、参ったと頭を抱《かか》えてしまう。

走ってもいないバイクで骨折とは、自分らしい間抜《まぬ》けなけがに呆《あき》れるほかない。ヴェスパはかすかに擦《こす》った程度で疵《きず》さえもなく、そちらの修理代がかからなかったのが幸いといえば幸いだが。

「この大事な時期に、……ほんとにすみません」

「仕事のほうはどうとでもなるよ。そりゃじっさいに作るのはむずかしいかもしれないけど……」

言いさして、藤木ははたと気づいたようにすっきりとうつくしい目を瞠《みは》った。

「そうだ、それこそここで、指示出して大智に作らせればいいじゃないか」

「え、そんなわけには――」

いい考えだと唇《くちびる》をほころばせた藤木に、それでは本来の業務にさしつかえるだろう、と言いかけた山下の言葉を、大智の声がかき消す。

「いいよ、やるよ。俺。ついでに柴田にも手伝わせりゃ、練習にもなるっしょ」

「先輩《せんぱい》、でも」

「あほ。言ったじゃねえかよ、ほどほど力抜《ぬ》かないとなんかやらかすって」

ぐうの音も出ない言葉にはさすがに笑《え》みも作れず顔を歪めると、ばしんと肩《かた》を叩かれた。

「あのな。新店の店長ってことで気負ってんのはわかるけど、俺も一応レシピ制作に関《かか》わっちゃいるわけ。だからこれは俺の仕事でもあるわけ。わかる?」

「……はい。申し訳ありません」

「だいたい、ここ来て作ればいいって言ってあったしな。それに……実作業をするヤツだけが料理をするのかどうか、おまえがいちばんわかってんだろ」

指摘《してき》され、ぐっと山下は言葉につまった。

シェフやコックというのはある意味では監督《かんとく》業でもある。料理を食べる人数が増えれば当然、料理人ひとりではまかなえなくなる。そのため下ごしらえや加熱といった部分は若手に任せられる。そして最終的に味を調《ととの》え、全体の味を管理するのが、トップに立つシェフである。

どこの料理であれそのシステムは変わらないはずだと、大智の鋭《するど》い目は告げる。

「おまえこのさき、新店の料理、一品たりとも自分以外に作らせねえつもりか? 頑固《がんこ》じじいの一品飲み屋じゃねえんだぞ。そんなんで店まわしていけると思ってるわけ?」

「……いいえ」

ふだんの陽気さなどかなぐりすてた大智の厳しい声で、いちばん耳に痛い言葉を告げられ、山下はけが以上の衝撃に顔を歪めた。

(なにやってんだ、俺は)

いつの間にかあの、ワンマンな兄と同じ状態に陥《おちい》りかけていたのだろうか。いや、兄ほどにも実力はなく、冷静でもないまま俺が俺がとひとり先走って、こうして周囲を不快にして。

唇を噛《か》み、ほどいて、深呼吸をした山下はぐっと腰《こし》を折った。

「お願いします。藤木店長にも、中河原さんにもお手数かけますし、柴田くんにも短期間でいろいろ覚えてもらうことになりますが、その点についてもご協力ください」

「最初っから素直《すなお》にそうしとけ、アホ」

あえて先輩と呼ばず頭を下げると、大智は深くうなずいて、声のトーンを変えた。素の顔で心配そうに見やるのは山下の手を包んだギプスだ。

「それよりおまえ、そんなんじゃ生活が困るだろ」

「ああ、そうなんですよねえ……寝袋《ねぶくろ》に寝るのも限界で」

そもそもこんな状態では、部屋の片づけどころか自分の着替《きが》えもままならないほどだ。

昨晩は熱が出たため、狭苦《せまくる》しいシュラフの寝心地《ねごこち》は最悪だった。おかげで一葡の指摘した涙《るい》道《どう》とやらはげっそりとへこみ、いよいよクマに変化しはじめている。

はじめてのひとり暮らしはいろいろ勝手が摑《つか》めず、それで疲労《ひろう》していた部分もあったのだが、いまさらのこのこと実家の世話になれないだろう。

というより、こんな情けないさまを知られたら、あの兄になんと言われるか。

(ほんとに、最悪だ)

藤木にも本当ならすぐにでも詫びを入れに来ようと思っていたのだが、骨折の治療《ちりょう》の際にじつは、栄養失調と貧血《ひんけつ》が判明し、点滴《てんてき》を打たれて一日入院させられていたのだ。

——倒《たお》れたのって、これあなた足が滑《すべ》っただけじゃないですよ。

コックが栄養失調とはなにごとかと怒鳴《どな》られ、そういえば料理を端《はし》から味見していたせいで空腹感を覚えなかったのだが、寝ず食わずでレシピ制作にかかっていたのだ。

さすがにあまりの恥ずかしい話で、これだけは大智にさえ打ち明けられなかった。

気負って空回りした結果がこの骨折かと思うと、すさまじいほどの無力感が襲《おそ》ってくる。

「まあ、あんまり気にしないようにね。こっちはどうにでもなるから」

「はい……」

ふだんの穏和《おんわ》な笑みが嘘《うそ》のようにこそげ落ちた山下を気遣《きづか》ってか、藤木と大智は代わる代わる肩を叩《たた》くと、その場からそっと出ていった。

(本当に、こういうところが助かるけど)

ひとりにしてくれてありがたいと思う反面、そんなにわかりやすく落ちこんでいる自分がいやでたまらなかった。感情の乱高下を他人に見透《みす》かされることは、山下にとってはたまらない苦痛と羞恥《しゅうち》を覚える事態だ。

呻《うめ》いて立ちあがり、試《ため》しに厨具《ちゅうぐ》を摑んで腕《うで》を動かしてみた。たしかに利き手のほうは問題がないけれど、重い鍋《なべ》などは摑んだだけで左に痛みが走る。

「——くそ!」

むろん包丁など扱《あつか》えるわけもなく、イライラと山下はシンクを叩いた。その激しい音に、背後で「わっ」と声がする。はっとなって振《ふ》り返り、鋭い目の山下は誰何《すいか》の声を発した。

「誰《だれ》？」

「あ……おれ、デス」

ひょこ、と顔を出したのはなぜだか一葡だった。あの日、山下以上に青い顔をしていた彼は、気になるらしく連日ここに顔を出していると真雪から聞かされていた。

「ああ、どうも」

今日はもうさすがに愛想《あいそ》笑いも浮《う》かべられない。そっけなく頭をトげただけでそっぽを向いた山下は、そのまま消えてくれという意思表示をしたつもりだった。だが一葡は少しも去る気配がなく、苛立《いらだ》ちがさらに募《つの》っていく。

「なに。なんか用？」

「うん。あの、話聞いたんで。腕、どう？」

「いまは、べつに」

心配などいらないから、早くひとりにしてくれ。そう思いながら顔も見ないでいる山下に対し、なぜか一葡は平然と言葉を続けた。

「……手の甲《こう》か。それじゃかなりきついよね。響《ひび》くでしょ」

まあね、とこれもそっけない声で答える。かなり感じの悪い態度を取っているというのに、それでも一葡は怯《ひる》みもしない。あげくにはあっさりと、とんでもないことまで言い出した。

「あのさ。よかったらおれ、家のこと手伝おうか？　いろいろ、大変でしょ？」

「……は？　なんで？」

「いや。片づけも済んでないし、寝袋で寝てるって聞いたから」

ひとり暮らしであることやけがをしたことなどは、一葡に同情的な大智や真雪がリークしたのだろう。たしかにいままでも、あれこれと勝手にシフトなどを教えてしまわれていた。

おそらくいま、バックヤードにまで彼を招きいれたのはあのふたりのどちらかだろうけれど。

（べつにそれはそれで、いいんだけどさ……なんなんだ？　いったい）

いつもなら受け流せるそれらもなぜか、神経に障《さわ》る。というより、そこまで踏《ふ》みこんでくるのはあきらかに、ルール違反《いはん》ではないのかと瞬間《しゅんかん》的な怒《いか》りがわき起こった。

「そういうお節介《せっかい》、俺好きじゃないよ」

考えるよりさきに、冷ややかな声は口を出ていった。いつもなら絶対にこんな物言いはしないと思うけれど、このタイミングで目の前にいる一葡が悪いと、そう思えてしかたなかった。

「ていうか、なんできみが俺の家にまで来るの？　ともだちでもなんでもないだろ」

「うんまあ、そうなんだけど」

ひんやりとした言葉を告げるけれど、なぜか一葡はさほど動じない。あっさりうなずいてまでみせるから、それが苛立ちに拍車《はくしゃ》をかけた。

（もういったい、なんなんだよ）

そもそもなぜ、プライベートのことについて他人にぐちゃぐちゃ言われなければならないのだ。もういいかげん、あきらめてくれと一葡には何度も言ったたし、大智らにもその気はないと訴《うった》えているはずなのに。

なにもかもが鬱陶《うっとう》しい。そんな気分のおかげで、無言のままの一葡に対する山下の尖《とが》った言葉は止まらなかった。

「俺さあ、いまほんとに仕事で手一杯《ていっぱい》なんだ。頼《たの》むから、恋愛沙汰《れんあいざた》とかそういう、くだらないことで振り回すのやめてくれないかな」

吐《は》き捨てるように言っても、一葡は表情を変えなかった。反論もしないし、ショックを受けた様子もない。そのことで山下はさらに追いつめられた。

（なんなんだよこいつ、鈍《にぶ》いのか？　ふつうここまで言われりゃ、腹立てるなりするだろ）

自分でもいやなことを言った自覚があるだけに、よけいに不快さは募っていく。

こんなことまで言う必要がないことも、八つ当たりだということもわかっているから、早いところ見えないところに消えて欲しかった。

もうこれ以上、ひどいことを言わせないでほしかった。投げつけてしまった言葉が、尖った破片《はへん》のように宙を浮いて、そのまま自分にも突き刺《さ》さってくるような気がする。

（勘弁《かんべん》してくれよ、ほんとに）

じくじくと身体中が痛むような気分で、やけのようにさきほど痛みを覚えたというのに重い中華鍋《ちゅうかなべ》を手に取ってみるが、どうにもうまく扱えそうにない。

「くそ……」

右を使うだけで肩《かた》のあたりに妙《みょう》な痛みが走る。こんなことではどうにもならない、とイライラしながら不自由な手で厨具に触《ふ》れていると、不意に肩を摑まれる。

「なにっ……」

「──あ、やっぱりね。凝《こ》ってるもん」

なにごとだと目を瞠《みは》る山下の顔に、相変わらずけろりとしたままの一葡が触れてくる。頰《ほお》に触れる手はあたたかいがさらっと乾《かわ》いていて、不思議と嫌悪感《けんおかん》のないものだった。だが山下が面食《めんく》らったのはじっさいで、そのせいか抗《あらが》うことはまるでできなかった。

「ん、ちょっと首こっち向いて。はいこっち」

「ちょ、なに、だから」

いいからいいからと笑った一葡はあちこちの関節に触れ、首などをこきこきと鳴らしては、絶妙なタッチで身体《からだ》をほぐしていく。身長差のせいで届かないとしまいには椅子《いす》に座らされ、頭を小さな手で抱《かか》えるようにして動かされる。

薄《うす》い胸にあたる後頭部、他人と突然《とつぜん》、こんなに密着しているのになにも不快感がない。むしろ清潔なにおいと体温に安心感さえ覚え、山下は無意識に深い息をついた。

「はい、ぐるぐるしてください」

「は、はあ……？」

言われるままに関節を動かして、ほんの三分程度だろうか。マッサージをされただけでおそろしく身体が軽くなり、なにごとかと山下は目を瞠る。

「ん、よし。じゃ、これ持ってみてね」

「……なんだこれ」

さきほど、摑《つか》むだけで痛みを覚えたはずの中華鍋が、軽々と持てた。呆然《ぼうぜん》としたまま一甯を見ると、うんうんと満足そうにうなずいている。

「あのね、山下さんひょっとして病院から戻《もど》ったあと、いまみたいに家でテストしてみたでしょ。だめだよ、安静にするときはしてないと。とくに治療後《ちりょうご》は興奮状態だし、場合によると麻酔《ますい》効いてるから痛みの自覚も薄いし、平気だと思って無茶するんだ」

「え、なんで……」

見透かすようなことを言われて、どきっとした。たしかに「これくらいなら平気か」と自宅で試《ため》しに鍋を振ってみたのは事実だった。

「あのね。どっかが使えなくなるときってどっかに負荷が来ちゃうんだ。山下さんの場合は利き手は右だけど、お料理するから左もかなり使うでしょう。バランス崩《くず》れてるんだよ」

「……バランス？」

「そう。とくに手は神経集中してるからね、思ってる以上に疲《つか》れるよ」

手首、足首、首とつく部分は重要で、そこに疲労《ひろう》がたまるのだと一葡は言う。

ちょっと手も貸してと言われ、右手を差し出すと、一葡のあたたかな指が手のひらのツボをあちこち押してくる。指のさきから痛みが抜《ぬ》けていくようなそれに、いっそ感服した。

「きみいったい……なんでそんなのわかるの？」

「あ、言わなかった？　おれリハビリ療法士《りょうほうし》の勉強中なんだ」

山下が目を瞠っていると、少し照れながら一葡は言った。意外なそれにさらに驚《おどろ》いて、山下はぽろりと、かつて疑問に思ったことを口にしてしまう。

「服とか売ってんじゃなかったの？」

「へ？　なにそれ。てかおれにそんなのできるわけないじゃん。見てよこのカッコ。いったいなんでまた、そんな勘違《かんちが》いしたの？　見ればわかるっしょ」

言われて見下ろした一葡は、今日もこざっぱりとしたシンプルな服装だ。たしかにあのときも、アパレル系にしては地味だと思ったけれど、作り手側なのかと誤解していた。

「でも、『ふく』の仕事って聞こえたから……」

山下がぼそぼそと答えると、彼は手首を揉《も》みながらぷっと噴《ふ》きだしてしまう。

「わはは、それ『福祉《ふくし》関係』だよ。施設《しせつ》に施療《せりょう》に行くことあるって真雪ちゃんに言ったの」

「あー……なるほど」

さらに詳《くわ》しく聞いてみると、一葡は高校を卒業後、理学療法士養成の専門学校の夜間部に通いつつ、そうした医療施設の助手のアルバイトをしたりしているそうなのだ。

「あ、ちゃんとマッサージの資格持ってるから、平気だよ。中学から弟子《でし》入りしてるもん」

素人《しろうと》の真似《まね》っこ技術じゃないぞと胸を張る一葡に、たしかにこの的確で心地《ここち》いいマッサージはプロの腕《うで》だろうと納得《なっとく》した。免許《めんきょ》見る？　と聞かれたので、そんなものを見なくてもわかると山下はかぶりを振《ふ》る。

「それより、弟子入りって？」

「柔整《じゅうせい》とマッサージの治療院やってるおっちゃんに習って、とりあえずそこでの資格はとった。つっても民間のだと厳しいから、いまの学校で勉強して、そのあと国家資格取りたいんだ」

「へえ……」

本当に失礼ながら、雰囲気《ふんいき》と誤解から、彼はちゃらちゃらしたフリーターなのかと思っていた。なのに、自分よりよほどすごい仕事をしていた一葡に、山下は感心してしまう。

そして、丁寧《ていねい》に自分の手から腕を揉みほぐす一葡に、ひどく申し訳なくなった。

「……ごめん」

「んん？　なにが」

「さっき、八つ当たりしたから」

ぽつりと謝ると、一葡は気にしていないと笑った。患者《かんじゃ》の不機嫌《ふきげん》には慣れているのだと。

「こんだけ痛かったら、機嫌悪くなってあたりまえだし。おれだっていきなり、家に押しかけるなんて言われたら気分悪いと思うよ。おれの言い方も悪かったよね」

「や、でも……」

くだらない恋愛沙汰、などとまで言ってしまったのは、さすがに言いすぎだと思う。もごもごと口ごもると、一葡は苦笑《くしょう》した。

「だからあ。あの程度屁《へ》でもないし、慣れっこ。気にしなくていいってば。ほんとにいいひとだなあ」

慣れているのは患者の八つ当たりにか、それとも一葡自身が暴言を吐かれることになのか。けろりとした言いざまからは推《お》し量ることはできなくて、山下は黙《だま》りこむ。

「んん、こんなもんかな。完全に凝りをとってもいいんだけど、そうすると揉み返し来るかもだし。とりあえずおしまい」

「はあ……」

びっくりするくらいに身体も軽いし、気づくと呼吸までも楽だ。一葡の技術はまるで魔法《まほう》のようで、呆然としていた山下は、そのまま去ろうとする彼に慌《あわ》てて声をかけた。

「どうも、ありがとう。……あっ、なんかお礼する」

「だってたいしたことしてないよ。ほら、この間おれ、無料で食べたじゃん。オムレツ」

それでいいよと欲のないことを言うから、なんだかよけいに気が焦《あせ》った。

「あれは試作品だし、金取るもんじゃないし」

「じゃあおれのこれも、お試《ため》しってことでいいんじゃん」

お礼なんかいらないよと一葡は言ったけれど、プロのマッサージを受けて無料というわけにはいかないだろうと山下は言い張った。困ったように眉《まゆ》を下げ、どうしたものかと考えこんだ一葡は、あっと声をあげて手を叩《たた》いた。

「じゃ、ともだちになって」

「はあ?」

「そんで山下さんちのご招待券ちょうだい」

「え、いい……けど、でも」

にこにことして言い出されたそれは、いまさら断れるものでもない。それくらいでいいのかとむしろ恐縮《きようしゆく》してうなずこうとすると、一葡は言った。

「それで、おれ部屋片づけてあげるから。マッサージもしてあげる」

「ちょ……それじゃ結局、悪いじゃんか。だめだよそんなの」

家での生活も大変だろうから手伝うと言う一葡に、そのどこが礼になるのだと、山下はいっそ呆《あき》れた気分になって、小さな顔をまじまじと見た。

「それに俺んち、初台で、都内だよ? きみ、この辺に住んでんだろ?」

「え? おれ、べつに近所じゃないよ」

これは本気で恐縮して告げると、あげくに自分は町田だとけろりと言うからさらに驚く。

「は⁉　片道一時間かかるじゃん。それで、いままでこんなに湘南まで通ってたの⁉」

「うん」

「うんって……バイトとか、学校どうしてたの？」

「ん？　学校はもともと夜間部だし、バイトのほうは早朝にしてもらえば午後は空くもん」

さらっとした一葡の返答に、山下は一瞬《いっしゅん》気が遠くなった。そしてなぜそこまでと思った。

（俺がいないときとかもあったのに……そこまでしたのか）

大智や真雪が協力体制をとるまで、一葡は山下のシフトなどろくに知らなかったはずだ。

それが小一時間以上かかるところからせっせと毎日のように店に通っていたと聞くと、さすがに申し訳ないどころではなくなってくる。

「あのさ。好きでやってることだし気にしないで。……てか、重くてごめんね」

「いや……もはや重いとかっつうより、感心した」

肩《かた》を竦《すく》めた彼にぽろりと本音を呟《つぶや》くと、一葡は一瞬目を丸くし、けらけらと笑った。

「じゃあいいよね。定期的にマッサージだけでもしてあげるし」

「いやそれは話がべつだろ。ちゃんと治療費、払《はら》うし」

「いらないってばー」

すっかり話が平行線だとふたりして困った顔をしたあと、妥協案《だきょうあん》を一葡は出してきた。

「じゃあ……えっとそうだ。おれいま、施療のバイトで新宿の店舗《てんぽ》に入ることあるんで、宣伝してくれるかな」

「ああ、わかった、宣伝しとく」

鞄《かばん》を探《さぐ》った一葡に差し出されたカードにはチェーン展開の指圧マッサージ店の名前があった。カード裏にはすでに『担当・奥菜』との手書きの書きこみがある。

「そこにおれの携帯《けいたい》のナンバー書いてあるから。つらかったらいつでも電話してね。あ、ちゃんと仕事用のだからね、それ」

にこにこする一葡にうなずいて見せつつも、山下はけっしてここに電話はすまいと思った。いくらなんでも好意につけこんで楽をするなんて、さすがに冗談《じょうだん》ではないと思ったからだ。

（それじゃ俺はあんまり、勝手すぎるよな）

マッサージは受けたいが、なるべくこの店に通おうと山下は考えた。そうすれば問題なく施療を受けることができるし、自分も負い目に感じなくて済む。

そうすればむしろイーブンな関係でいられるだろうと――このときの山下はたしかに、そう思ったのだが。

＊　＊　＊

「じゃ、はい。俯《うつぶ》せになってそのあと、息はいて」

「はい……てっ、て、ててて！」

ごり、と背中の筋に細い指がめりこむのがわかった。筋肉以外なにもないはずのそこには、なにやらしこりのような塊《かたまり》ができていて、ぐりぐりと一葡がそれを揉み潰《つぶ》していく。

「あのねえ山下さん……まじめにひどいよこれ」

「あー……あう？」

「もともとスポーツしてたでしょ。体格いいし、筋力あるからって、気づかないうちに無理してるんだよ。疲《つか》れたまりまくり。……ほらここことか」

「ぎっ！」

ため息をついた一葡が指を沈《しず》ませたあたりで、ごぎ、となにかいやな音がした。たしかに自分の中のなにかが潰れたと、短い苦悶《くもん》の悲鳴をあげ、悶絶しながら山下は思う。

「……ちなみにおれ、これくらいの強さで押してるだけだよ」

「うそだ……」

無事な手の甲《こう》に押し当てられた指は、そう強烈《きょうれつ》な圧迫感《あっぱくかん》はない。本当ですと一葡は顔を歪《ゆが》め、ごろごろするなにかと取っ組み合った。

「んっとにもう。早く電話すりゃいいのにさあ、なんでほっとくの」

「いや……暇《ひま》が……なくっ……ってってって」

指圧の痛みに涙目《なみだめ》になりつつ、言いにくかったのだという本音をうめき声でごまかした。

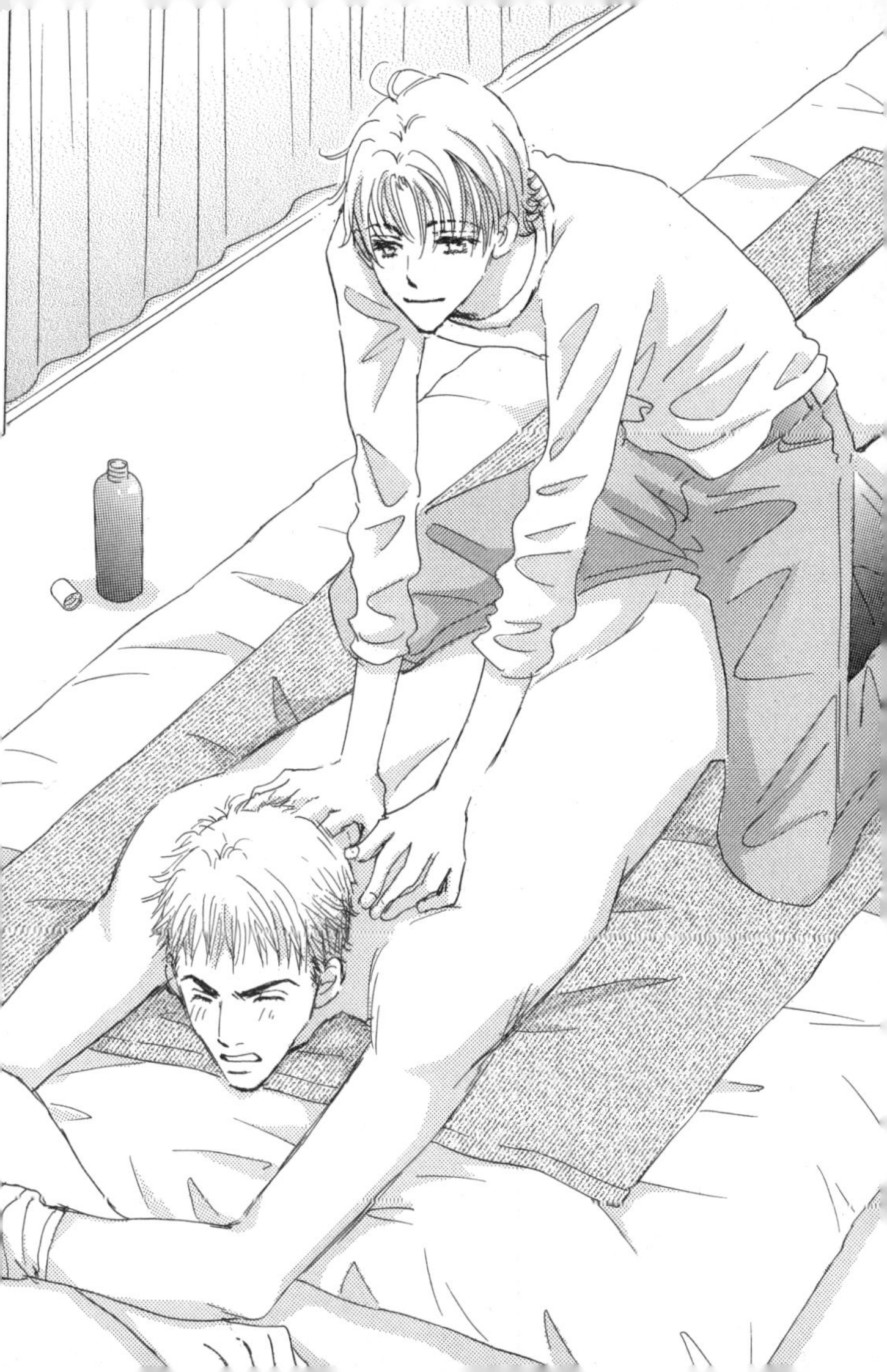

悶《もだ》えながら握《にぎ》りしめたのは、毎晩自分が眠《ねむ》る布団《ふとん》のシーツ。身体《からだ》の下には大判のバスタオルが敷《し》かれ、腰《こし》に乗りあがった一葡がハーブ入りのマッサージオイルを手のひらに垂らして、今度は全体に背中をほぐしていく。

「はあー……」

小さな身体は乗っかられてもたいして重みを感じない。一葡の手はひどくあたたかく、触《ふ》れられるとそれだけで力が抜《ぬ》けていく。心地《ここち》よさにほっとして声が漏《も》れると、一葡が笑う気配がした。

「ほら。楽になったっしょ」

「あー……どうもすみません。今日も来てもらって……」

「いいよ。むしろほっとかれるほうが心配」

結果として、あれから一週間も経《た》たないうちに、山下は一葡の携帯ナンバーに連絡《れんらく》を入れた。そもそも湘南と西麻布を行ったり来たりの生活で、一葡のバイト先に足を延ばす余裕《よゆう》など、山下にはなかったのだ。

だがそれでも試しにと、近所の施療院《せりょういん》に飛びこんでみたことがある。結果は、筋が違《ちが》えるかと思うほど力任せに揉《も》みまくられ、筋肉痛と青あざを増やしただけだった。

——ごめん、筋おかしくなったかもしれない。

あまりの痛みに耐《た》えかねて一葡に相談したところ、勝手にほかのひとに触《さわ》らせるなという厳しい小言がふってきた。

　──あのね、治療《ちりょう》中なの、山下さんの身体は。おれ途中《とちゅう》でやめたでしょ。その状態で他人にマッサージされると、やり方が違うからあんまりよくないんだよ。

　場合によると、一葡のやりかけたことがべつの施療のクセと相反する場合、むしろ身体によくない反応が起きることもあるのだそうだ。だから好転反応が出て落ち着くまでは、ほかの施術者にかからないほうがいいと、一葡はプロの顔で言った。

「山下さん、身体が大きいから無意識に腰屈《こしかが》めてるんだよ。厨房《ちゅうぼう》とかの特注キッチンはともかく、マンションの作りつけだと日本人向けだから、基本的にはそこまで大きくないでしょう」

「あ、うん……そっか、それで最近、腰痛いのか」

　レストランのそれは言うまでもなく、実家は兄も父も大柄《おおがら》なので、シンクからしてかなり大きめに作ってある。ブルーサウンドの厨房も大智の使い勝手を考えるまでもなく同様だが、ひとり暮らしをはじめたこの部屋のキッチンはたしかに手狭《てぜま》だ。

「接客のときは姿勢いいけど、野菜刻むにしても基本中腰だから。飲食関係のひとは皆《みな》さん、ここに来ます」

「ぐおっ」

　ごりっと腰に指が沈んで、また山下は奇声《きせい》を発した。強烈な痛みが襲《おそ》ってきたあと、じーんと痺《しび》れるような熱が走り、しばらくそれに耐えていると得も言われぬ心地よさがある。

正直いって、指圧などは年寄りの受けるものだと思っていた。だが一葡に「スポーツマッサージの院なんかには十代の子も来るよ」と言われてなるほどとも思った。

(筋肉疲労《ひろう》をほぐして、乳酸を出すにはいいんだろうなあ)

施術あとの身体が、非常に楽なのだ。筋肉や骨、関節があるべき位置で正しく動いている、そんな実感をもったことで、思った以上に自分の身体が疲労を蓄積《ちくせき》していたのだと知った。

「はーい。じゃあおしまいです。身体拭《ふ》いちゃうね」

「ありがとうございました……」

蒸《む》しタオルで背中に残ったオイルを拭《ぬぐ》われて、終了《しゅうりょう》を告げる一葡の声に、山下はぐったりと布団に伏《ふ》せたまま礼を言う。正直、他人に聞かせたことのないような情けないその声音《こわね》に、一葡はくすくすと笑うだけだ。

「今日は腫《は》れてるからやめとくけど、今度、つぼ押し棒持ってきて、足つぼもやるからね」

「うそ……俺、あれ、嫌《きら》い……」

勘弁《かんべん》してくれと呻《うめ》いて、あの独特の痛みを思い出し、山下は肩を震《ふる》わせる。肌《はだ》を拭う一葡が「寒いの？」とわざとにやにやしながら問うので、転がったまま睨《にら》んでやった。

「リンパぱんっぱんだからねえ。やりがいあるなあ」

「お手柔《てやわ》らかに頼《たの》むよ。本気で、骨折ったときより痛かった」

なにしろ大人になってはじめて痛みで泣いたのだ。骨折はその折れたところからがずきずきと疼《うず》く感じの痛みだけれど、足つぼの激痛は内臓がひっくり返るような不快感があるので、どうにも耐えがたい。

「まあ、あんまり痛くするのもよくないからそれは気をつけるけどあんまり足の裏痛むのも問題だよ。要するに心臓と腎臓《じんぞう》だからね、山下さんの悪いとこ。ひとことで言えば、過労」

「はい……」

「はい、オイル拭き終わりました。いいですよ。それと、これから一時間はお風呂《ふろ》入らないでね。のぼせるから。あと水分いっぱいとってください」

冷えるから服を着るように言われて身体を起こすと、まだなんとなくくらくらした。一葡にも、こういうあとには血行がよくなりすぎるので、あまり急に動いたりするなと言われている。

フリースのトレーナーを身につけて、山下はぐったりと布団に転がった。一葡はそちらは極力触らないようにしているらしいが、じんじんと左の甲が疼く。けれど、痛むほどではなく、むしろ凝《こ》り固まった疲れが血流に押し流されていく感じがする。

「寝《ね》ててもいいですよ。その間にこっちゃっとくから」

「あー……もう、ほんと、ごめん。お願いします」

すごい技術だなあ、と思ってちらりと視線を流すと、一葡が小さな身体でてきぱきと段ボールをたたんでいた。先日来たときには生活必需品《ひつじゅひん》を引っ張り出すのがやっとだったので、今日はもう少し片づけるのだと言っていた。

「山下さーん、これって夏物みたいだけど、どうする？」

「あー、あとまわしにしていい」

ひとり暮らし用の賃貸《ちんたい》マンションは都会らしく全部洋間ばかりで、収納がおそろしく少ないことに気づいたのは越《こ》したあとのことだった。おかげでフローリングの上に積み上がるばかりだった段ボールの山を、せっせと通いつめた一葡が片っ端《ぱし》から始末して、すでに残すところは急ぎでは使わない小物や書籍《しょせき》、季節の違う衣類ばかりとなった。

アルミパイプを使ったラックや布製の収納ケースをうまく使って、邪魔《じゃま》にならずなおかつ美観も損《そこ》ねないようにと、ちゃかちゃかと片づける手際《てぎわ》には感心するしかなかった。

「んじゃ今度カラーケース買ってくるから、防虫剤《ぼうちゅうざい》入れてしまっとこう」

「ああ。いるもんはなんでも買って。で、あとで請求《せいきゅう》して」

「はーい」

そもそも山下の荷物といえば基本が料理関係の本や道具に集中していたので、水回りを片づけたらあとは比較的《ひかくてき》楽だった、というのが一葡の談だ。

「山下さんの荷物って、頭のなかよくわかるけどね。料理関係とワンゲルの道具が大半なんだもん。……でもさあ、いちばん最初に買うもんだよ布団は。ふつう」

「あー、その節はすみませんでした……」

だらっと寝転がっているこの布団にしても、骨折したあと寝袋《ねぶくろ》では寝苦しいんだとぼやいた山下に目を剝《む》いて、その場で一葡が近所の商店街にすっ飛んでいき、買ってきた特売品だ。

——あのね、動物ってけがしたら寝て治すの。逆いえばどんなに薬使おうが医者にかかろうが、寝ないと治らないの！　わかった⁉　わかったら寝なさい！

小さい身体《からだ》でひと抱《かか》えもある布団を担《かつ》いで帰って来るなり怒鳴《どな》りつけた一葡の姿は、コミカルなのに妙《みよう》に迫力《はくりよく》があって、山下はうなずいて思わず正座をしてしまったほどだ。

おかげでそれ以来、一葡にはなんとなく頭があがらない。

(ていうかもう、これで何度目だっけ)

山下が休みであろうとそうでなかろうと、一葡は自分の時間をやりくりしてはこの部屋を訪ね、疲《つか》れた身体を揉みほぐしては散らかった部屋を片づけていく。

その施術に関して、当初言ったとおり、お代は無料。メシでも奢《おご》ると言っても動くなと厳命され、とにかく寝ていろと言われてしまう。

「……ん、よし。あとはごはんだよね。お米炊《た》けたかな」

マッサージ前に炊飯器《すいはんき》だけはセットしておいたのだと、一葡は台所に立つ。小さい背中を転がったまま眺《なが》め、おずおずと山下は口を開いた。

「えーと、ほんとに俺作るし、それくらいはもう、でき——」

言いさしたとたん、じろっと睨まれる。一葡は目が大きいので、こうしてきつい目をされると童顔のくせに妙に迫力があり、山下はうっと固まった。

「そうやって平気だっつってこの間、鍋振《なべふ》って腕《うで》の筋攣《つ》ったの誰《だれ》ですか」

「俺です……」

しおしおとうなだれ、寝てろと言われて引っこむしかない。

（もうほんとに俺、なんなの）

なんだかんだ言って、結局なにからなにまで面倒《めんどう》を見られているのが情けない。けが人であるのはわかっているが、ここまで頼《たよ》りっぱなしでいいものだろうか。あまりに都合がいいんじゃないかと思いながら、身体のつらさに耐《た》えかね、つい甘えてしまっている。

とはいえ、無理をされて悪化するほうが困ると『専属マッサージ師』が目を尖《とが》らせるので、葛藤《かっとう》と自己嫌悪《けんお》を呑みこみ、けがの間中徹底《てってい》的に一葡に頼りきることを受け入れるほか、山下にはなんの手だてもないのだ。

（あー、ぶきっちょな音……）

目を閉じると、包丁の音がした。ひどくおぼつかないリズム。一応ひととおりの料理はできるらしいけれど、山下からすると包丁さばきも厨具《ちゅうぐ》の使いかたも危なっかしくてしかたない。

一葡もそれはわかっているのだろう、ある程度作ったあとには毎度、声をかけてくる。

「山下さーん、味見してー」

「はいはい」

ようやく出番が来たといっそほっとして起きあがり、煮《に》えている鍋の中身を覗《のぞ》きこむ。どうやらポトフもどきらしきそれのあく取りをして、小皿にとったスープを舐めた山下は、微妙《びみょう》な味に苦笑《くしょう》した。そして、手早く調味料棚《だな》からコショウと塩を手に取ると、ささっと振《ふ》ってかきまぜ、今度は一葡に味見をさせる。

「コレでいいと思う。どう?」

本当を言えば野菜の不揃《ふぞろ》いさや肉の煮え具合も気になるのだが、これだけ世話になっている身で言うつもりはない。なにより、一葡がこうした煮込み系料理ばかりを作るのは、レパートリーが少ないだけでなく、片手でも簡単に食べられるものを選んでいると知っている。

「……なんで最初からこうなんないかなあ」

むう、と口を尖らせた一葡に、「そこはプロですから」とだけ告げて火を止めた。

だが、なんの気なしに身体の横から腕を回し、コンロのスイッチを切った山下の動作に、一葡はびくっとなる。

(あ、しまった)

気づくと囲いこむような体勢になっている。マッサージの間中あれほど密着しても平気な顔をしているくせに、こういう近さに一葡はすぐに赤くなるのだ。ぷっくりした耳朶《みみたぶ》が完熟した白桃《はくとう》のような色をしていて、山下まで動揺《どうよう》がうつりそうになる。

「んじゃ、食べようか」

「……うん」

この子は俺のことが好きなんだなあと、うぬぼれでなく思ってしまう。そしてそのたびに、なんともつかない困惑《こんわく》を覚えるから、気づかぬふりで離《はな》れるしかない。さりげなく離れていく山下に、一葡もむしろほっとしたように肩《かた》の力を抜《ぬ》いた。

「んじゃいただきます」

「まーす」

炊きたてのごはんにポトフのみというシンプルな夕飯。向かい合わせで食事をする間、一葡はあまり口をきかないので、ふたりしてひたすらもくもくと食べる。

この沈黙《ちんもく》は気詰《きづ》まりでもないけれど、完全にくつろいでいるとも言えない。かすかな緊張《きんちょう》は、微妙なままの関係を物語っているからだ。

好きだと言われた相手に、なにも返せないまま面倒だけ見させている。自分が、ものすごく無神経なことをしているのはわかっているのだが、さりとて山下にもどうにもしようがない。

一葡もそれをわかっているから、食事を終えればてきぱきと片づけて、帰っていくだけだ。

「んじゃ、ごちそうさまでした。おれ帰るねー」

皿を台所に運んだと思えば速攻《そっこう》で着替《きが》えを済ませ、あっと思うころにはもう、玄関《げんかん》で靴《くつ》を履《は》いている。

「いやごちそうさまはこっちだろ。遅《おそ》いけど、平気？」

「平気平気。遅番シフトよりぜんぜん早い」

気をつけてと言いながら、泊《と》まっていけとも送るとも言えない。そんな親切はたぶん、一葡にはよけいに残酷《ざんこく》なのだろうと思ったからだ。

「じゃーね、またね」

「うん、おやすみ」

どうにか浮《う》かべていた笑《え》みは、彼の姿がドアの向こうに消えた瞬間《しゅんかん》、すっと失《う》せていく。身体は楽になるのだが、どうにも妙な疲労感《ひろうかん》が残るのは曖昧《あいまい》なままの関係のせいだ。

(ほんとに、どうしたいんだろうなあ)

一方的に尽《つ》くされるというのが、こうも気まずいとは思わなかった。ため息をついてのろのろと部屋に戻《もど》り、敷《し》きっぱなしの布団《ふとん》の上に山下は転がる。

どうしてか普通《ふつう》のともだちのようにして振る舞《ま》う一葡は、こうして家の中に上がりこむようになってから、好きだとかつきあえとか言わなくなった。

べつに面倒はなくなったのだしそれでいいじゃないかと思いながら、逆に拍子抜《ひょうしぬ》けしているのも事実だ。

やはりこれは、最初に本格的なマッサージを受けたとき、パンツ一丁になれと言われて怯《ひる》んだのがまずかったのだろうか。

――え、脱《ぬ》ぐの？　なんで？

――べつに、変なことしないよ。ただ直接肌《はだ》に触《ふ》れないと、本当に悪いところがわからないから。それに、これ使うから。

オイルのボトルを手にしたままそう告げた一葡は、たしかに傷ついたような顔をしていて、ものすごく山下は気まずかった。

以来、なんとなく一葡は遠慮《えんりょ》がちだ。ちょっと近づくにもかなり気を遣《つか》っているのがわかる。

施術《せじゅつ》のときはプロ根性《こんじょう》が気まずさに勝《まさ》るのか、とんでもないところまで遠慮なく揉《も》みほぐし、激痛とそのあとの身体の軽さを与《あた》えてくれる。おまけに終われば全身を拭《ふ》いてくれるので、風《ふ》呂《ろ》に入るのも楽でいい。場合によったら頭だけ洗ってくれることさえある。

——山下さんが楽になるなら、それでいいよ？

笑う一葡は、男にしては相当かわいいと思うし、気遣う声は非常に心地《ここち》のいいものだ。

「いい子だよなあ……うん。顔もかわいいし」

呟《つぶや》く声は本音で、個人的に、一葡のことは嫌《きら》いではない。それこそ、好きだと言われていなければもっととっくにうち解けて、友人にもなれただろうし人間としては好ましい。

ちょっと近づくだけですぐ赤くなる耳、薄《うす》い肩。男の子なのに妙に色っぽく感じることもあるけれど、動揺はただの動揺のまま終わり、熱の高い情に変化する様子もないのが不思議だ。

「でも惚《ほ》れらんねえのよ……」

呟いたそれがなんだか言い訳がましくて、いやだなあと思った。

そしてどうして、あんないい子を好きになってやれないのかなあと、いっそ申し訳ない気分で一葡のことを考えた。

＊　＊　＊

そんな日々が日常になるころ、山下の部屋もすっかり片づいた。けがの経過は良好で、あと数日もすればギプスも取れると医師にも言われている。

「面接、どうなったの？」

「あ、フロア担当があとひとり決まった。これで店員に関しては確定かな」

「ふーん。メニューも決まった？」

「うん、中河原先輩《せんぱい》とまだ意見割れてるのあるけど、とりあえずプレの間にテストで出してみて、好評と不評なのとでもっかい煮つめて、正式に決めることになってる」

会話をしつつ、お互《たが》い勝手に作業を進めている。山下はそのメニューの最終的な案を一覧にしてまとめ、自分が休みのときには江上か、新店員となる加藤《かとう》という青年でも簡単に作れるような品物をリストアップしていた。

一葡は一葡で、山下の部屋で最後の荷物となっていた、雑多なものがつめこまれた段ボールを整理していた。細かいようで案外おおざっぱな性格の葉菜子は、山下の部屋にあったものを寝具《しんぐ》と箪笥《たんす》以外全部送ってよこしたので、けっこうどうしようもないものまでつまっている。

「ねえ、通知表とかあるけど……これどうすんの」

「げ。いやそれはほっといていい！」

「あはは―、だいじょぶ、見ないよ」

小学校から大学までの卒業証書と成績表を手にした一葡に慌《あわ》てて叫《さけ》ぶと、彼はけらけら笑いながら、それらを適当な小箱につめ、マジックで『成績表』と書いて片づけた。

（こういうとこ、ちゃんとしてるなあ）

プライベートなものまでを彼に任せっぱなしにできるのは、絶対に触れられたくないであろうことに、一葡が本当に触《さわ》らないことに気づいたからだ。最近では部屋にいることとさえも気にならなくなっていて、馴染《なじ》んでしまったなあと思う。

こうまで慣れたことが果たして、いいのか悪いのか――と思いながらメニューリストを睨《にら》んでいると、一葡がまた声をあげた。

「あれ。なんかえらい古い雑誌まで入ってるよ？」

「義姉《ねえ》さん、適当だからなあ……捨てていいよ」

部屋に置いてあったモノを、本当に片っ端《ぱし》からつめこんでいたのだろう。葉菜子らしいと苦笑していた山下だが、無言になった一葡がそれを妙《みょう》に熱心に眺《なが》めているのが気になった。

「どしたの？」

「えーっと……まさかだけど、あのさ、これ山下さん？」

掲《かか》げられた雑誌の誌面に、山下は成績表が出てきたときの比ではない勢いで、顔を歪《ゆが》めた。

そこにあったのは山下の中でも忘れかけていた過去だった。

いまもコンビニや書店では棚《たな》をとっている有名な男性向けファッション誌。数年ほど前の流行を物語る写真や特集タイトルは、いま見ると古くさくも感じる。なにより、表紙を飾《かざ》った写真はいまより髪《かみ》が長く、髭《ひげ》を生やした自分だ。

「……捨てたつもりだったんだけどなあ」

苦さをごまかしきれない声で呟くと、一葡は不思議そうに首をかしげた。

「やっぱりこれ、山下さんだよね」

「うん。ていうか、顔だいぶ違《ちが》うのによくわかるね」

そもそも山下は、写真写りとホンモノが別人のように違うタイプだ。おまけに髪型《かみがた》のせいで目元が半分以上隠《かく》れているし、当時のカメラマンとスタッフの意向で顎《あご》にはかなりワイルドに髭を生やしている。顔があっさりしすぎているので、アクが欲しかったのだそうだ。

レギュラーで仕事をもらっていた当時にも、街を歩いていて見破ったひとはいないほどだった。なにより、山下のやや面長《おもなが》の顔はじつのところ、笑みをなくすとひどく酷薄《こくはく》になるのだと、当時のカメラマンにも指摘《してき》されていた。

――きみ、ほんとに表情で顔変わるよね。ちょっと冷たい感じ、ぞくっとするよ。

長身のせいもあるのだろうけれど、威圧感《いあっかん》がすごいというそれはたぶん褒《ほ》められたのだと思う。けれど山下としてはなんとなくいやな気分になる言葉で、だからふだんでは絶対に笑いを絶やさないようにしようと思ったのだ。

そのおかげでか、表情を変えるとまず『ショウシン』と山下が同一人物とは気づかれなかった。大学での友人などでも、自分から教えたやつらでさえ最初は信じなかったくらいだったのにと驚《おどろ》くと、一葡はけろっと言ってのける。

「だって身体《からだ》の特徴《とくちょう》、一緒《いっしょ》だもん。耳の形とか、骨格とかまで変わるわけじゃないじゃん」

「あ、なるほど……骨格ね」

夏の雑誌だったせいか、その表紙の山下は半裸《はんら》に近い格好をしている。一葡らしい答えに、たしかにそうかとうなずいた。

写真の山下は、グランジ系の、ボロ布のようなシャツを引っかけただけで、ボトムは下着を覗《のぞ》かせる形で前を開かれ、正直言っていま見ると、ナルシストっぽくて恥《は》ずかしい。

「まあ、いいや……捨てておいて」

とくに感慨《かんがい》もなく告げて顔を背《そむ》けると、一葡はぱらぱらと埃《ほこり》やけして黄ばんだ雑誌をめくりながら、問いかけてくる。

「わりとおっきく載《の》ってるのに。なんでやめたの？」

「うん？　やる気なかったから。一流になれるわけでもないし、いいところ雑誌の専属モデル止まりだなあってわかってたからねえ」

本当は兄の晴伸とのかなりややこしいいきさつがあるのだが、そこまでを言うつもりはなかった。代わりに、タレントになる気もないので、相手のニーズが逸《そ》れたときに辞《や》めたのだとあっさり言うと、一葡は感心したように声をあげる。

「なんでも器用にできるんだねえ、すごいな」

器用、という言葉になぜか、いらっとした。いいひとだというそれに並んで、山下はその単語が好きではない。

「……器用貧乏《びんぼう》なのかもな。なんでも適当なんだ」

考えるよりさきに毒っぽい言葉が口をついて、山下は自分でもぎょっとしながら内心うろたえる。他人に対して、こんな口のききかたをしたことなど、ろくにない。だからフォローの言葉も浮《う》かばず、言いっぱなしになってしまう。

(なんで俺、この子の前だと性格が悪いんだろうな)

もしかして相性が悪いのだろうか。ぼんやりとそんなことまで考えたが、一葡は態度の悪い山下を気にしたようでもなく、きょとん、と子どものように首をかしげた。

「器用っていけないの？　おれ、すごいなあって思うよ。ぶきっちょだから」

「え……いや、ぶきっちょじゃないだろ。だって奥菜くんのほうがすごいじゃん」

それこそ仕事にできる大変な技術を、持っているじゃないか。山下が眉《まゆ》をひそめると「努力したもん」と一葡は笑う。

「早いとこ手に職つけたかったからね。そこは当然」

言われて思い出すのは、たしか中学から弟子《でし》入りしたとかいう一葡の言葉だ。

「そんなに早く、進路決めたの？」

大学に入ってまで、モデルかコックか迷ったあげく、この歳《とし》までふらふらしていたところのある山下は感嘆《かんたん》の意味もこめて問いかけた。だが続いた一葡の言葉に、絶句してしまう。

「だっておれ、もうちっちゃいころから男のひと好きだったからさあ。ふつうにおつとめできないじゃない？　こういうセクシャリティだと、いろいろむずかしいし、隠すのやだし」

「え……」

「だから、手に職つけようと思ったんだ。ほんとは医療《いりよう》系にいきたかったけど、お医者さんってエイズのこともあってゲイのひとは大変だって言われたし。あとはまあ、家もいろいろね」

にこにこして、苦労など何も知らないという顔をした一葡の言葉に山下は目を瞠《みは》る。五つも年下の子どもみたいな顔をした彼なのに、山下などよりよほど苦労しているだろうことが、「いろいろ」という短い言葉の重さでも察せられた。

「でも、それはやっぱり、奥菜くんが頑張《がんば》ったからだろ。きちんと修業《しゆぎよう》して、資格とって、もっと上の技術もほしいってやってるからじゃないのか」

「ん、まあ。がんばったのは、がんばったよ？」

そこまでは卑下《ひげ》しないよとうなずくから、山下はつい、深く追及《ついきゆう》してしまう。

「それにさあ、……ちょっとわざと頭悪いふりしてるとこ、ない？」

「んん？　おれ、ばかだよー？」

けらけらと笑う一葡を、山下は無言で見つめる。すると、彼はすぐ困ったように眉を下げた。

（さっき、医療系に行きたかったって言ったとき、勉強がむずかしくてとは言わなかった）

かすかに滲《にじ》んだ後悔《こうかい》。つまりあれは事情があってのコースアウトだったという吐露《とろ》でもある。

いくらごまかしたところで、一葡がじつは案外かしこいこと、状況《じょうきょう》さえ許せば本当に、医大にでも進む選択肢《せんたくし》があったことは、言葉の端に滲んでいた。

なにより、本当に頭が悪い人間は、こんなに気が回るはずがないのだ。多少の気まずさがあってあたりまえの山下でさえ、一葡の前ですっかり気を許しかけている。

「自分のことばかとか、言うなよ。そういうの俺、好きじゃない」

そう思ってたしなめると、一葡はぷっと口を尖《とが》らせた。

「……だってしょうがないじゃん」

なにがしょうがないのかと目顔で問うと、気まずそうに目を伏《ふ》せた一葡はぼそぼそと言う。

「おれって見るからにあんま、頭よくなさそうでしょ？　んでもってこういう、医療資格取るんだとか言ってるの、似合わない顔じゃん？」

「顔、とかじゃないんじゃないの？」

話の次元が違うだろうと呆《あき》れた声を出すと、一葡はふっと息をつく。

「んー……だってさあ。オトコって、自分より頭悪いほうが、好きじゃん」

呟《つぶや》いたそれに、山下は眉をひそめる。一般論《いっぱんろん》だよと前置きした一葡は、子どものような顔をして、かなりシビアなことを言った。

「ゲイのタイプもいろいろでね。そっちのひと同士でべったりするのもいるし、そうするとまた違《ちが》ってくるんだけど。わりとオネエ入ってるひととかって、ウイットに富んだ会話っての？好きだから」

「ああ、まあ……なんとなく、それは知ってる」

いわゆるホンモノさんというところなのだろう。まあ一葡も男性しかだめという意味では『ホンモノ』となるわけだが、自分を好きだと言う以外はいたってふつうの青年に見える。

山下の内心を読んだように、一葡のぼんやりした声は続いた。

「でもおれ、一回見られてるしわかってると思うけど、ふつうっぽいひとが好きなんだ。だからわりと相手してくれんのも、ノンケよりのバイのひと、とかが多くってね」

山下は知らなかったが、バイセクシャルは恋《こい》をするのは自由だとばかり、男も女も手をつける手合いが多いので、ある意味ではゲイやストレートよりも厄介《やっかい》な人種だそうだ。

「最終的には女の子のほうがいいってタイプも多いよ」

かつて水をかぶったときの宏樹には女性との二股《ふたまた》をかけられていたらしいと聞かされ、思わずそんな男ばかりじゃないだろうと言いたくなった。

「……ひとによるんじゃないの？」

たとえば大智などは、性的嗜好《しこう》はニュートラルだが、遊びにはきちんと筋をとおしていたし、本命ができると案外一途《いちず》だ。だがそれを告げるにはあの先輩《せんぱい》のプライベートまで暴露《ばくろ》することになるので、山下は口をつぐむしかない。

「少なくとも、そういう男は女の子相手でも不誠実なんじゃないのか」

「あー、まあね。ただやっぱおれも……女の子っぽくしたいわけじゃないんだけど、んと、甘えたいタイプっていうのかなあ？」

自分で言うのもアレだけど。照れたように自分を語りながら、一葡はぽりぽりと頬《ほお》を掻《か》いた。

「でもそうすっと、どっちかっつときつい性格のひとになりがちでさ。おれもオンナ扱《あつか》いなのね。で、自分より頭いいとか、知識あるとかっていうのばれると、むっとされたり嫌《きら》われたりする」

「……そりゃ、その相手が狭量《きょうりょう》なだけなんじゃないの？」

一葡の恋愛観《れんあいかん》もやっぱりいささか歪《ゆが》んでいる気がする。眉をひそめて山下が言うと、喋《しゃべ》りすぎたと思ったのだろう一葡は、軽薄《けいはく》そうに作った笑《え》みを浮かべた。

「うん、でも、おれもほんとにばかなんだよ」

「いや、だから——」

そうじゃないだろうと言いかけた山下の言葉を制し、一葡はあっけらかんと言う。

「だからさ。好きになっちゃうとそればっかで。そんで相手の迷惑《めいわく》とかわかんなくなるとこあってさー。……知ってるでしょ？」

そう言われてしまうと、山下は二の句が継《つ》げない。困った顔になったのを察し、一葡はひらひらと手を振《ふ》った。

「アハ、変な話してごめんね。重くなっちゃったね」

ごまかしに乗らず、山下は以前から再三繰《く》り返した——けれどこのところ口にするのをはばかっていた問いを、あらためて口にした。

「……きみ、なんで俺なんか好きなの？」

「んん？」

「自分で言うけど、俺がきみにとってる態度って最低だと思うんだけど。それでいいの？」

一葡はすごい技術を持っているし、明るいし、しっかり生きている。顔もまあかわいいと思う。また、ばかっぽいふりができる程度には、頭もいい。

その気になればたぶん、同じ嗜好の相手にはモテるだろうなとも思うのだ。

「なんかもうちょっと、ちゃんと恋愛したらどうなの？」

なのに恋愛をする相手を選ぶ見る目だけないのかと不思議になって問えば、うーんと、と一葡は首をかしげた。

「だって、相手になんか見返りとか求めて好きになるんじゃ、ないじゃん。好きになるって、なっちゃうもんじゃないかなあ？」

「そりゃ、……そうだけど、もっといい男とかさ……」

そう言われてしまえば二の句が継げない。そう思って口ごもった山下に、一葡はあっさりと気負いのない声で、こう言った。

「うーん、なんつのかな。惚《ほ》れちゃえばおれにとってはいい男なの。それが世間的にすごくいいとか、悪いとか、そういうのあんま関係ないし。エリートとか金持ちだから好きとかじゃ、ないじゃん？」

「え……」

一流の、すばらしいものばかり求めて恋をするわけじゃないだろう。

あっさりと言われてなんだか、山下は目から鱗《うろこ》が落ちる気分だった。そういう考えかたは、山下の中にはまったくないものだったからだ。

常に最高のなにかがなければならないと、ずっと思っていた。モデルをやるにも料理をするにも、トップ中のトップの人間と自分は違うことが見えてしまって。それで半端《はんぱ》な立場がひどく、情けなくて苦痛で。

なのに一葡は、そんなものじゃなくてもいいという。だめな男でもなんでも、自分にとってのベストであればいいのだと言う。

「でもさあ、惚れ返してくれってのも見返りじゃないの」

「あー……まあ、そりゃね」

素直に問いかけると、それについてはさすがに一葡は苦笑《くしょう》した。困った表情に、山下はうっかりまた無神経なことを言ったのだと気づかされる。

「ご、めん」

曖昧《あいまい》にしたままの自分が言うことではないなと思い山下は慌《あわ》てるが、「いいんだ」と一葡は笑って言う。

「こうやって、おれが勝手しても山下さん、気持ち悪くも思わないでいてくれるじゃん」

「いや、だって気持ち悪いとかじゃ——」

「それに、そうやって困ってくれるよね。おれ、そんだけでも嬉《うれ》しいよ」

微笑《ほほえ》んだ顔が妙《みょう》にあきらめて見えて、山下はなんだか哀《かな》しくなった。

(だからなのか?)

山下がどれだけきついことを言っても、平気だと受け流すのは鈍《にぶ》いからじゃない。このときになってようやくそれに気がついた。

心ない台詞《せりふ》や弾劾《だんがい》を受けることに、一葡は言葉どおり、慣れているのだ。そして求めても得られないことを、当然だと思っているのだ。

だから、彼は見返りを求めない。ただ思うことを許されただけで、やさしいと喜んでみせる。

——もうつきあってられるかよ。ちょっと相手してやったからって、うぜえんだよ! だから学のないやつなんかとつきあってられないんだよ、勝手にしろ！

叫《さけ》んだ宏樹の声を、いまさらに思い出す。あんなひどいことばかり投げつけられてきたとしたら、たしかに山下の言動程度『屁《へ》でもない』だろうけれど。

（なんだそれ。……だめだろ、そんなの）

そんなのはあんまり、哀しいんじゃないのか。もう少し彼は報《むく》われていいんじゃないのか。

怒《いか》りに似た感情が唐突《とうとつ》にわきあがって、山下は複雑になる。

（けど報われるって、どうやってだよ）

突拍子《とっぴょうし》もなく、知れば知るほどいろんな面を見せる一葡に、面くらいつつも徐々《じょじょ》に興味を惹《ひ》かれていると思う。だがそれが好奇心《こうきしん》や、友人としての好意以上のものになるかどうか、まったく自分ではわからないままだ。

見こみなんか、まったくないと言っていい。なのにそんな男にこんなに尽《つ》くして、一葡はいったいなにを得るのだろう。

「きみ、それでいいの？」

気のない男の部屋をきれいにしてごはんを作ってマッサージまでして、やさしい言葉ひとつかけられるでもなく、見送りもされず帰るだけ。

自分だったら耐《た》えられないと、山下は顔を歪めてしまう。

「俺になんか、してほしいことないの？　お礼くらい、要求したっていいだろう。手ももうすぐ治るし、面倒《めんどう》をかけたし」

「お礼って、べつに……ごはん、一緒《いっしょ》に食ってるし」

「経費だけしかとらないじゃんか。過分なんだよ。俺の気が済まない、このままじゃ」

本当になにもないのか。そう問いかけると、一葡はとても困った顔をした。

「ない……わけじゃないけど、さあ」

「なに？　なんでもいいよ、ほんとに」

「……ほんとに、いいの？　なんでも？」

上目遣《うわめづか》いで問われて、なぜだかどきっとした。けれどそれを山下はあえて無視して、「なんでも」と言葉を重ねる。本気で、できることならばなんでも、してやりたいと思ったからだ。

「じゃあ……えと、無理なら無理でいいからね、ほんとに」

「うん、なに？」

それじゃあ、と彼が、ひどく困った顔で告げたのは、ある意味で予想されてあたりまえの言葉だった。

「一回だけでいい……んだけど」

「……え」

うつむいて、目をあわせないままの一葡の言葉が、どうしてか意味をなさなかった。ただ、心臓がうるさいくらいに高鳴って、じわっと手のひらに汗《あせ》をかく。

自分の反応の意味するところが、いちばんよくわからなかった。だから野暮《やぼ》にも山下は問い返してしまう。

「一回……って？」

「や、だからー……エッチなこと、できたら、嬉しいけど、って」

そこまで言わせるのかという顔で、一葡は耳まで真っ赤にした。そして、無言でなにかを考えこんでいる山下をちらっと見て、焦《あせ》ったように声を大きくした。

「あ、でもね！　無理なのはわかってるからね！　てか、こういうこと言われるんだから、交《こう》換《かん》条件とか、そういうのしちゃだめだよ山下さん。そやって、引くんだからっ」

真っ赤な顔でまくしたて、この話はおしまいだと一葡はそっぽを向いた。

だが、山下が無言のままでいるのは、なにも一葡が言ったように引いているわけではない。

（なんだ、これ）

もじもじしはじめた一葡が、その瞬間妙《しゅんかんみょう》にかわいく見えたことに、驚《おどろ》いていたからだ。

顔立ちはもともと愛らしいほうだとは思っていたけれど、造形的な意味以上にそれを捉《とら》えたことなどなかった。だが、赤くなった耳朶《みみたぶ》はふっくらしていて妙に触《さわ》ってみたくなる。

そして、やわらかそうなその感触《かんしょく》を一瞬でもたしかめたいと思った自分を、嗤《わら》った。

気持ちに応《こた》えることもできないくせに、ほんのりとした好奇心で手を伸《の》ばそうとする、そんな程度の人間なのに。

（あのね、ほんとに俺はそんなにきれいなもんじゃないんだよ）

だが、喉《のど》まで出かかった自嘲《じちょう》の言葉を呑みこんで、山下は口走っていた。

「奥菜くんは……ほんとにそれでいいの」

「え？」

「一回。セックス。したいの？」

あえてずばりと言ってのけると、一葡はさっきよりさらに赤くなった。そして目を丸くしたまま山下を凝視《ぎょうし》して、はっとしたようにまばたきをする。

「前からさ。好きだって言ってくれてるけど、……これはほんとに、ごめん。俺そういうの、よくわかんないんだ。奥菜くんが男だからとかじゃなくって。わかんないんだよ」

「うん。……知ってるよ」

こくんとうなずく一葡に、なぜだか焦《じ》れた気分になって、いまのいままで棚上《たなあ》げしていた問題を山下は口にする。

「彼女とかいても、いつもふられたよ。気を遣ってたからけんかとかはしなかったけど、気が回りすぎて逆に、冷めてるんでしょって言われてふられてばっかりだった。それにそれ、事実だったと思う。俺から好きになった子、ひとりもいないから」

「……うん。なんかわかる。山下さん、そうだと思う」

自分なんかたいしたことないんだよと何度も繰《く》り返した。いっそ自分を卑下《ひげ》してそれで否定されたいのかと、頭の隅《すみ》で思ったけれど、これはどうもそんな甘えとは違《ちが》うようだ。

一葡はいい子だしかわいい。本当に自分なんかにかかずらわっているより、もっといい男を見つけて幸せになっていい。そんな気分で、説得するように言葉を綴《つづ》った。

「だから俺はね、そういうテンション低いし、そんなに甘ったるい言葉とか得意じゃないし。仕事ばっかでおもしろくないし、つきあってもつまんないよきっと」

「つまんなく、ないよ？　一緒にいるの、楽しいよ」

なのに一葡はふるふるとかぶりを振《ふ》るだけだ。小さい声で、ほんとに楽しいと言って。

「それでも好きなの？　寝《ね》たいの？」

今度はうなずく。何度も、こくこくと赤い顔のままで。

「あの……ほんとにエッチしてくれるの？」

真っ赤になった一葡は感激したように目を潤《うる》ませた。そこまでいいものじゃないだろうと、自分ごときにいったいなにを期待されているのかわからなくて、山下は本気で困り果てる。

「あのね。俺、セックスそんなに上手かどうかわかんないよ？　男の子、したことないし」

「い、いいですっ」

へたでがっかりしても知らないと念押ししても、一葡は怯《ひる》まない。ただ、大きな目がどんどん潤んで、ああ泣いちゃうかなと思った。

「あんまり気がきいてるタイプでもないし、やさしいって勘違《かんちが》いされるのもけっこう困るよ？

もしかすっと、やってる最中人格変わる男かもよ?」

「かまわないですっ」

叫ぶようなうわずった声を発した瞬間。ぼろぼろっと一葡の目から涙《なみだ》が落ちた。握《にぎ》った手はふるふる震《ふる》えて、見ていられなくて腕《うで》を伸ばすと一生懸命《いっしょうけんめい》山下に追いすがってくる。

「い、一度でいい……」

ほんとに一度だけでいいよ、と繰り返すのがなんだかたまらなくて抱《だ》きしめた。

小さい身体《からだ》だなあと思った。軽いし、薄《うす》い。女の子のようにふんわりもしていない。

(なんだか、痛々しい)

あんまり震えるせいだろうか。そんなことを瞬時に思って、抱けるだろうかと不安になった。可哀想《かわいそう》すぎて萎《な》えないだろうかと考えていると、一葡が涙声で言った。

「そういうふうに考えてくれただけでも、すごい嬉《うれ》しい……うそみたい」

ありがとう、と言われて、山下はものすごく腹が立った。なぜかわからないけれど、自分が心底いやだとそう思えた。

「ほんとに、ありがと」

「……いいよ、もう」

礼を言われるようなことなど、なにもしていない。むしろ腹の奥に膨《ふく》れあがるのは自己嫌悪《けんお》ばかりで、ばかなことを言ってしまったと思った。

いままで、何度も好きだと言われたし、視線でも表情でも感じてきた。けれど腕の中に閉じこめた細い身体の震えと、発熱したような熱さのリアルな雄弁《ゆうべん》さにかなうものではない。

こんなに好きでいてくれる子に、情のないセックスをしてやるなんて言って。どうしてそんなひどいことをするんだろう。こんな男死んだほうがいいとまで、考えた。

（ごめん）

心から思ったけれど、口に出して謝ることだけはすまいと思った。そうやって楽になって一葡にまた負担を預けることだけはしたくなかった。だから、この真摯《しんし》な情に対して自分がひどく失礼なことを言ったのだという申し訳なさは呑みこんで、山下は手のひらをすべらせた。

なにがどうでも一葡を抱こうと思った。できるだけかわいがって、気持ちよくなってくれたらいいと、真剣《しんけん》にそう思った。

（ちゃんと、最後まで、抱くから）

この上彼に恥《はじ》をかかせるような真似《まね》だけはするまいと、必死になろう。もうなにがどうでも、一葡が喜んでくれればいいと、ただ、それだけを思った。

＊　＊　＊

シャワーを貸してくれと言われてうなずいたあと、はたと手のけがを思い出したのはかなり間抜《まぬ》けだっただろう。片手での作業がことごとくむずかしいのはここ数週間の経験でわかっていたものの。

(片手でセックスなんか、したことないんじゃないの、俺)

完全に失念していたことを思い出し、さーっと血の気が引いていった。ただでさえ難易度の高そうな行為《こうい》を、完遂《かんすい》することはできるだろうか。そもそも、上にのしかかったときにどうやって体重を支えればいいものかという、やたら具体的なことまで心配になった。

(……できんのかな。まあ、なんとか、できるか?)

考えこむうちにシャワーの音が途切《とぎ》れ、はっとした山下は妙《みょう》に緊張《きんちょう》を覚えていた。だが、風《ふ》呂《ろ》からあがった気配はするのになかなか出てこない一葡に、だんだん怪訝《けげん》になってくる。

「あの、どうかした?」

声をかけると、仕切りになっている蛇腹《じゃばら》のカーテンの向こうで戸惑《とまど》う気配が伝わってくる。やはり脱衣所《だついじょ》にいるらしい。具合でも悪いのだろうかと心配になりかけたところで、小さな声がした。

「あの……なんか、着るの貸してもらっていいですか」

「え? 着るの?」

「じ、自分のやつ、ちょっと汗《あせ》っぽいし……でも、そのまま出るの、まずいかな、って」

さきほど山下の身体をマッサージしたあと、部屋の片づけにいそしんだ一葡は当然汗もかいていただろう。だがべつに気にしないのにと言いかけて、山下は気づいた。

（あ、逆か）

一葡こそが緊張しているのだ。小さくぼそぼそとしているけれど、それでも声は隠《かく》しきれない震えを孕《はら》んでいる。

「シャツでいい？」

さきほど、これも一葡がたたんでくれた洗濯物《せんたくもの》の中から適当なものを摑《つか》んで、カーテンの隙《すき》間《ま》から手渡《てわた》す。一瞬《いっしゅん》触《ふ》れた指は、いつもはあんなにあたたかいのに、風呂上がりとは思えないほど冷たかった。

「じゃ、あっちにいるから」

「はい……」

その緊張を読みとって、山下は逆に妙に落ち着いてしまった。できるかできないかと不安だったけれど、こんな状態なら抱きしめてやるだけでもいいのかもしれない。

（てか、べつに俺が勃《た》たなくてもいいんじゃないのか？）

そもそも、彼を気持ちよくさせてやるだけでもいいわけだ。せめて一葡のいいようにしてやれればいいと思えば、とたんに気が楽になった。

「あの、お風呂……借りました。あと、これも……」

「あ、ああ、うん」

だが、おずおずとカーテンを開けた一葡を見た瞬間、ある意味では滑稽《こっけい》ながら真剣な、山下の誓《ちか》いと予想は、真反対のほうに裏切られた。

その気になれないどころでは、なかったからだ。

(なんか、やばくないかそれは)

山下のシャツを纏《まと》った一葡は、なんだか不思議な感じがした。体格が違《ちが》いすぎるため、ぶかぶかのシャツの袖《そで》は指先が覗《のぞ》くぎりぎり、裾丈《すそたけ》はワンピースのような状態になっている。

まあその格好は予想の範疇《はんちゅう》内だった。だがその裾から伸《の》びた脚《あし》は、考えたような骨っぽくごつごつしたラインではぜんぜんなく、妙につるんとしてなまめかしい。

「え、っとね。手、痛いと思うから、なんにもしなくて、いいよ」

「は？　え？」

男でその脚はありなのか――とぼうっとしている間に、一葡が近づいてきていた。

自分も使っているボディシャンプーのにおいがする。濡《ぬ》れた髪《かみ》が形のいい頭にぺたりと撫《な》でつけられて、顔立ちもいつもより大人っぽく見えた。

「た……勃ったら、すぐ、入れてくれればいい……」

「え、だって、そんなの」

いきなり入れろというのはさすがにどうなんだ。無理じゃないかと――これは主に一葡の身体を慮《おもんぱか》り、言葉を濁《にご》して問いかけると、彼はかっと赤くなった。

「で、きる、から……オイル、使った、から」

「オイルって……」

マッサージ用にいつも持ってくるあれのことかと気づき、なにをどう『使った』のか知った山下は、下腹のあたりが妙な熱を持つのを知った。

「あの、うん。あんま手間かけるの、やだろ？　手も、けがしてるし」

シャワーが妙に長いと思ったのは体感の問題だけではなかったらしい。おそらく、山下が前戯《ぜんぎ》などしなくてもいいよう、自分でどうにかしてきたのだろう。

（それ、反則じゃないの……）

想像したらかなりぐらぐら来て、山下は思わず顔を覆《おお》った。

一葡は、山下をヘテロセクシャルのノーマルセックスが好きだと決めつけているけれど、きわどい経験がないわけではないのだ。

もっとも親しい大智が男女取り混ぜて恋愛《れんあい》対象というタイプだったので、そういう抵抗《ていこう》はもともとないし、モデル時代には少しMの入った女にアナルセックスを教えられてもいる。

ついでに言えば、一葡の生脚はかなり、いや相当、山下の好みだった。あんまり骨っぽくもなく、筋張ってもいなくて、少し子どもっぽい感じに膝《ひざ》が丸い。

「シャツ……も、脱《ぬ》がないほうが、いいよね？　見えるの、やだよね」

上目遣《うわめづか》いに問われて、いや、とかなんとか言った気がした。気が、というのはその次の瞬間、あんまりいろんなことがよくわからなくなったからだ。

「じゃ、このまんま、……するね」

「は？　え？……な、なに⁉」

言うなり、シャツ一枚に裸《はだか》を包んだ一葡が、しゃがみこみ、山下のそれを――恥《は》ずかしいことにちょっと臨戦態勢だった――大変丁寧《ていねい》に、口でくわえてくれた。

（なんだこれ）

キスもする前からフェラチオされた。こんなしっちゃかめっちゃかな行為ははじめてで。すでに山下の頭からは、彼が同性だからとかどうとかいう問題は吹《ふ》っ飛んだ。

「んむ……」

小さい口が吸いついてくる感触《かんしょく》に、ぞわっと全身の毛穴が開いた気がした。涙目《なみだめ》になった一葡が、これでいいかな、という具合に見あげてくるのもすごかった。

必死に裾を押さえる手、ちらちら見える太腿《ふともも》は、もうこれが計算尽《づ》くだと言われたらいっそ納得《なっとく》するというくらいに煽情《せんじょう》的だ。

脳に血がまわっていない。一気に流れた血液がいったいどこら辺に集中したのかは体感でわかっているものの、あんまり理解したくない。

（だめだ、もう、わけわかんね）

そして事態のあまりの急展開と予想のつかなさに、山下はもはやすべての思考を放棄《ほうき》した。

蒸《む》れた熱のこもる場所から、くぐもったような、くちゃくちゃと粘《ねば》ついた水音がする。

「あう……あ、んあっ、あっ」

押し殺したような声が俯《うつぶ》せた一葡の口元から漏《も》れていて、ほっそり白い背中に自分の汗が落ちていくのを眺《なが》め、山下はふと奇妙《きみよう》に冷静な思考が戻《もど》るのを感じた。

（あー……やっちゃったんだ）

一葡にぱくりとやられてからさきはもう、なにがなんだかよくわからないままで、気づいたら汗だくの身体《からだ》が重なりあっていた。

「ふあっ、あっ、あっ」

抱《だ》いてしまった一葡は、見た目の幼い感じに反してかなり慣れていた。けれどあんまりいい慣れかたではない気がした。

だがもうそんなこともどうでもいいか、と思うくらいには、強烈《きようれつ》な体験だった。

ペースに巻きこまれ、呑《の》まれていたのははじめの数分で、一葡の口から自分のそれが抜《ぬ》け出していくのを確認《かくにん》したあとには、もう山下は頭で考えることができなくなっていた。

脱がないようにすると言っていた一葡のシャツも、ぶかぶかすぎて邪魔《じやま》だとひん剝《む》いたのはたしか山下のほうだった。裾がつるんとした尻《しり》を隠すのが、なんだかつまらなかったのだ。

（もういいや、勃起《ぼっき》したわけだし、入れちゃえ）

非常に最低な男っぷりを発揮しつつ、自分で濡らしたというあの場所に指を入れると、すんすんと小さな喘《あえ》ぎを発して悶《もだ》えて、触《さわ》らなくていいから早くと急《せ》かされた。

――い、いれて、いいよ。痛くない、ないから……。

たしかに手っ取り早く済めば楽なのはわかっているのに、指を抜いて、ゴムをつけて、やわらかい小さい尻をこじ開けた瞬間、そんなことはどうでもよくなった。

――ね、も、して、はやく、して。

早くいれてと言う声に、正直いってかなり興奮したからだ。なぜ抱いているのか、こんなことをしているのか、すべて吹っ飛ぶくらいに――。

「……うわ、すごいね。奥菜くん」

「ん、な、なに？　なに？」

揺《ゆ》すったとたん、きゅんっと締《し》めつけられて思わず呟《つぶや》いてしまう。バックから入れてとせがんだ一葡は苦しそうにシーツを握《にぎ》ったまま、顔だけどうにか振《ふ》り向いた。

「お尻の中、すごい気持ちいい……」

「ひ、や……っ」

とろとろのぐちゃぐちゃで、圧迫感《あっぱくかん》だけすごい。

ぼんやりとした頭で素直《すなお》な感想を漏らすと、腕《うで》の中の身体がかあぁっと熱くなった。ついでに気持ちよかった場所がうねうねと締まってしごかれて、もっと気持ちよくなっていく。

「セックス、上手なんだなあ……」

ひくひくと腰《こし》が動いているのを眺め下ろしながら感心したように呟くと、びくっと一葡が硬直《こうちょく》した。ついでに中も硬《かた》くなって、あれ、と思うと震《ふる》える声がする。

「……っ、い、いや、ですか？　し、しないようにがんばるか、ら」

「んーん、やじゃないよ？」

そんなつもりはないと告げても、一葡はふるふるかぶりを振って、目を伏《ふ》せてしまった。

(またなんか、失敗したのかなあ)

なんでだろう、また一葡が困ってしまったようだ。ふだん誰《だれ》に対しても山下の言葉で困惑《こんわく》させたり、傷つけたりするようなことなどないだけに、反応のむずかしい相手だなと思う。

というかこれでも山下はけっこう驚《おどろ》いているのだ。こんなに気持ちのいい行為《こうい》をしたことはなかったし、している最中に妙《みょう》に相手がかわいく見えるのもはじめてだった。

(なんだかなあ。かわいいんだよなあ)

一葡は、反応や声や仕種《しぐさ》というものが、山下のセックスの好みにかなりマッチしていて、おかげでぺったんこの胸も脚の間にあるものもどうでもいいくらいには欲情をかきたてられた。

「すごく気持ちいいから、すごいなと思っただけで」

だが、言えば言うほど一葡は哀《かな》しそうに笑って肩《かた》を竦《すく》めるから、なにかこれじゃないらしいな、と思う。そしてふと、頑張《がんば》ってうごかないようにしている小さな尻をするっと撫《な》でた。

「ひにゃっ」

体温がさがりはじめている。緊張《きんちょう》し、それでも力任せに締めるのはやめようとしているから、筋肉が縮こまっているのだ。中は熱いのに、外側は震えてまるで、寒いみたいに粟立《あわだ》っている。

「ね、……動いていいよ」

「う、う……」

声をかけても、ぶんぶんと首を振るだけだ。そして声にならないまま唇《くちびる》が「ごめんなさい」と動いたのが見えて、せつなくなる。そして、ようやくあることに思いいたって、言いかたを変えてみた。

「じゃあ俺、動いていい？」

「は、はい」

「それにあわせて、さっきみたいにしてくれる？」

「う、うん。する……」

こうして、と揺すると小さな身体がひくっと震えた。こくんとうなずいた一葡は、案の定ようやく力を抜き、自然な感じに動きをあわせてくる。

（なんだろうなあ、これ）

一葡には「好きにしていい」というのは禁句らしい。むしろ山下の意思が優先されると、ほっとしたようにそれにあわせてくる。どこか、抑圧《よくあつ》された感じの従順さ。あまり好きではないもののひとつなのに、胸の奥が冷えるより苦い。

本当によくわからない相手だなと思う。気遣《きづか》えば傷つくし、ひどいことを言ったはずなのに平気だやさしいねと笑う。だから山下はもう、なにをどうしていいのかわからなくなる。

(まあべつに、いいんだけど)

少なくともこんな時間は、言葉より身体が優先されているだろう。

ゆっくり腰を動かしていると、一葡はひくひくと喉《のど》を震わせはじめた。本格的に感じてきたのかな、と思っていると、何度も何度も一葡は唇を嚙《か》みしめ、しまいには両手で口を押さえた。

それがくせなのかと思うけれども、なんだか様子がおかしい。

「あの……なにしてんの?」

「ふぐ……う」

一葡はぶんぶんとかぶりを振る。あんまり必死に声をふさいでいるものだから、顔まで真っ赤になっていて、面食《めんく》らった山下は小さな手をはずさせた。

「ほら、酸欠になっちゃうだろ」

「ぷはっ……」

ついでに反応がよくわからないからと仰《あお》向けにさせてみる。恥《は》ずかしそうに膝《ひざ》を閉じ、なるべく股間《こかん》が見えないようにと身を縮める一葡は、ぜいぜい喘ぎながら言った。

「あ、で、でもっ……おれの、声、変だから」

「変？　なにが？　べつに変じゃないだろ」

むしろ低すぎず高すぎずで、耳に気持ちのいい声だと思う。ふだんから病人やけが人を相手していているせいなのか、一葡の声は基本的に明るく、相手への気遣いに溢《あふ》れているので、どこかほっとする感じがあるのだ。

「そ……そじゃなくて、喘ぐと……声でかい、って」

「……はあ」

「し、しらけるって、言われたし。そういう、うるさいの……」

山下は、誰に言われたのかと問うことはしなかった。訊《き》いても詮無《せんな》いことだと思ったし、具体的な名前を知ったところで自分が不愉快《ふゆかい》になるだけだと思ったからだ。

「俺、べつに、声出すの嫌《きら》いじゃないよ」

「そ、そうですか？」

「うん。むしろ……そうだなあ、あんあん言って欲しい派かも？」

あんあんって、と一葡はまた赤くなった。頬《ほお》どころか額や首筋まで真っ赤になっていて、やっぱりなんだかかわいいなあ、と思ってキスをすると、驚いたように目を丸くする。

「どしたの？」

「ちゅ、ちゅーしたから……びっくりした」

挿入《そうにゅう》までしておいていまさらこんなので驚く一葡に、山下こそ驚いた。けれど考えてみると、そういう手順を踏《ふ》むこと自体していないのだから、自分がどうこう言えた義理ではない。

「キス、嫌い?」

「わかんない、です。あんまり、したことない」

「ふーん……エッチ上手なのにね」

不思議だなあ、と思って呟くと、なにかを羞《は》じるような顔で一葡は目を逸《そ》らした。これはもしかして皮肉にでも取られたかなと、胸の中が一瞬《いっしゅん》ひやりとする。

「……嫌いじゃないなら、しよっか」

「え……あ、んんっ?」

音を立てて唇を啄《ついば》むと、今度は見開いた目がじんわり潤《うる》む。泣き出す寸前のような顔をするから、可哀想《かわいそう》になってもう少しゆっくり唇を重ねると、必死になって抱《だ》きついてきた。

「す、好き……」

「……奥菜くん?」

「嬉《うれ》しい、山下さん、やっぱりやさしい……」

一葡の呟きに、胸の奥が苦くなった。やさしくなんか、ぜんぜんないだろう。好きだとも思っていない男の子に、せがまれたからといってセックスするような男は、ふつう最低だと言うんじゃないのか。

（なんでだ。またいらいらする）

一葡と言葉を交《か》わすたび、いままで、生まれてこのかたあまり味わったことのないたぐいの感情が山下の胸の裡《うち》に生まれ、じわじわと黒い染《し》みをつけていく。

いつも受け流して見ないふりをしていた、自己嫌悪《けんお》という名前のそれは、穏和《おんわ》で安定型と言われる山下の心をひどくかき乱す。

そして、一葡にだけどうしても、乱暴でひどい扱《あつか》いをしてしまうのだ。

「んあ、あ、や、山下さんっ？」

「ん……なに」

「な……なん、あっ、きゅ、急にっ、あっあっ」

なんだかたまらなくて腰を摑《つか》み、激しく揺《ゆ》すって出し入れすると、一葡がかわいい声を出した。もっと出さないかな、と思っていろいろ気をつけながら探《さぐ》っていると、あん、とひときわ甘い声をあげる場所があるのに気づく。

「あ、ここ」

「ひゃっ、あっ、そこっ……」

試《ため》すようにぐりぐりと、つながった場所を圧迫《あっぱく》してみる。とたん、喉の奥から声を迸《ほとばし》らせた一葡が細い腰《こし》をよじり、痙攣《けいれん》するように身体《からだ》を揺すって悶《もだ》えた。

「ここ気持ちいいのかな？」

薄《うす》い胸が汗《あせ》ばんで赤く染まり、膨《ふく》らみもないのにぽつんと尖《とが》った乳首《ちくび》が妙《みょう》に卑猥《ひわい》だ。もっとそんな顔をしないだろうかと試しにそれをつまむと、一葡が洟《はな》をすすって腕《うで》を摑んでくる。

「あ、遊ばないで、くださ……っひ、ひぃん」

「ああ、ごめんごめん。遊んでないんだけど」

泣かれちゃった、困ったな。そう思いながら、いつもは引いてやれるはずの自分がちっとも引く気になれないのが不思議だった。

「えっと、まじめに訊いてるんだけど。気持ちいいの？　これ」

「うー……は、はい」

「そっか。じゃあ、よかった」

揺すってこねてえぐると、一葡はすごく甘い声を出した。もっと聞きたいからいっぱい喋《しゃべ》ってくれと、恥ずかしい言葉を言わせてもみた。

「お尻《しり》感じるの……？」

「いっ……ひ、い、いや、いやっ」

えぐりながら問うと、一葡は声に反応してそこを締《し》めつけた。いや、とひどく胸を騒《さわ》がせる声で言うから、山下は止まらなくなってしまう。

どこが感じたの。どうすればいいのか教えて——と囁《ささや》いている、やたらにいやらしい声の男が自分だと思いたくない。けれども、一葡があんあん泣いて背中に爪《つめ》を立ててくるからかなり痛くて、その痛みが現実を知れと教えてくる。

「も、やだ……山下さん、やだ……！」

「だめ。もっと、どうなってるか言って。教えて。この中、どうなってるの？」

「うう、う……濡《ぬ》れて、ぴくぴくって、する……っ」

ここまで言わせると、立派な変態性行為《せいこうい》の気がする。ゲイセックスがどうこうより、それはすでに山下の個人的な嗜好《しこう》の問題と捉えられかねないのに、本音を言えとつめよらなければ、一葡が抱いていてあまりに遠い。

「もお、やだ……恥ずかし、い。言わせない、で」

「じゃ、声出して」

「ひ……あ、あああっ、やだぁ、強いよっ」

しかも、けっこう本気で泣いているようなのに、やめてやれない。抱いてくれとは頼《たの》まれたが、ここまでしろとは一葡は言ってないだろう。

（どうでもいいはずなのになあ）

山下にとってひとはあんまり簡単で、おもしろくなかった。一葡の中からもそう目新しいものが見えるわけじゃないし、むしろベタな感じもする。

セックスも同じだ。ルーチンな愛撫《あいぶ》とキスと言葉で盛り上げて射精したあとには、変にむなしい感じが募《つの》る、そういうものだった。

それなのに、なにかが違《ちが》う。みっともないくらい汗だくでくちゃくちゃになった顔とか、子どもっぽいつんとした唇《くちびる》がそそる。桃色《ももいろ》の耳朶《みみたぶ》を噛《か》んでしゃぶると、甘い気がする。頬もおんなじ色になっているから、身体中もっと噛んで、舐《な》めて、ぐちゃぐちゃにしたくなる。

「いて……っ」

体勢を変えると、無意識に体重をかけた左手が痛んだ。ギプスがあるのにいまさら気づき、不自由な腕にいらいらする。こっちが動けばもっと——そう思って、もっとなんなんだと危《あや》うい自分にはっとする。

(なにやってんだ俺、どうしちゃったんだ)

冷静になれと我に返り、だが次の瞬間《しゅんかん》、きゅうきゅうと山下を包んだままの一葡が、脳を揺さぶるような声で悶えてみせるから、またわけがわからなくなるのだ。

「いや、いや、……そんな、そんなにしちゃ、やだぁっ!」

泣き叫《さけ》んだ声を呑みこみたい。小さくて狭《せま》くて山下を飲みこんだ尻を、揉《も》みくちゃにして壊《こわ》したくなる。そんな凶暴《きょうぼう》な気分を持てあまして、山下は熱のこもった息を吐《は》いた。

もうどうでもいい。いまはとにかく、この気持ちいいことをかわいい身体に、思うさま、溢れるくらい、したい。

「……すっげーかわいい……」

「ひ、い……っ」

言いながらのしかかって、つい本気で腰を動かした。呟《つぶや》いた声は嬌声《きょうせい》にまぎれて聞こえなかったようだが、一葡は大きな目をまんまるくして、びっくりしたみたいな顔でかちかちと歯を鳴らしている。それがなんだか拒絶《きょぜつ》されたように感じておもしろくない。さっきみたいな湯《しろ》けた顔をまた、させたくなった。

(なんなんだ、この子)

セックスに関しては、すれていると言っていいほどなんでもするくせに、キスがおそろしくへたくそだし、前戯《ぜんぎ》をすれば驚《おどろ》く。いったいどんな男と寝《ね》てきたんだと呆《あき》れ半分怒《いか》り半分で、山下は自分でも知らなかったような、ひどいやりかたで彼を抱いた。

与《あた》える暴虐《ぼうぎゃく》は痛みではなく、過度の快楽だったけれど。

「も、や……そこ、しちゃ、や……っ」

「じゃあ、どこ好き」

言うまでしつこくすると、洟をすすった一葡が腰を痙攣させながら白状した。

「いま、の、好きぃ…… そこ……こす、こすって」

「こう？　感じる？」

「ああん！　か、ん、じるっ……！」

喘《あえ》ぐ声に胸を締めつけられながら、ひたすら腰を動かした。

一葡とのセックスはひどくよかった。こんなに感じたことはないというくらいに感じて、一度といいながらひと晩で何度もやった。しまいには面倒《めんどう》で避妊具《ひにんぐ》も使わなかったけれど、一葡はそっちのほうが感じるみたいで、だめ、だめと泣いたくせに射精されて気絶寸前までいった。

たぶんこのひと晩で、一葡の身体のことは、全部を知ってしまった。

はしたなさも淫《みだ》らさも、いい具合の締まりも、いくと鳥肌《とりはだ》を立てることも全部。

心は、かけらも見えないままだったけれど。

＊　＊　＊

山下のけがが全快するころに、プレオープンが近づいた。日々は慌《あわ》ただしくすぎて、ふと気づくとすでに、正月を意識する暇《ひま》もなく年が明けていた。

曾我のこだわりで深海をイメージしたバーの壁面《へきめん》には、大きなアクアリウム。全体の照明も青みの効《き》いた静かな色合いで、これだけは前の店から引き継《つ》いだ、黒光りして古めかしいバーカウンターのどっしりした雰囲気《ふんいき》にもあっている。

空間をゆったりもたせたため、席数はさほど多くはない。地下階段を降りた扉《とびら》を開けるとすぐにカウンターテーブルがあり、それを横目にとおりすぎると、フロアにはポール状のアクアリウムが点在している。

スタンドテーブルもいくつか用意されていて、合間を泳ぐように歩いて好きな席につくことができる。基本はいわゆる『大人の隠《かく》れ家』といった雰囲気だが、あまり重たくならないようにという、曾我の意向を懲《し》らした遊びが滲《にじ》む内装になっている。

「――では、新店メンバーとなるのはこの四人です。それから店長にこの山下、プレまでのマネージャーについてはわたし、藤木が担当となります。グランドオープンののちには、江上さんにそれをお任せいたします」

すっかり内装も調《ととの》った『アークティックブルー』の中に、藤木の穏《おだ》やかな声が響《ひび》く。

バーテンダー兼《けん》マネージャーとなる江上功光《えがみよしみつ》は、紹介《しょうかい》の挨拶《あいさつ》に応《こた》えて目礼し、次の言葉を引き取った。

「山下店長は厨房《ちゅうぼう》に入られるため、フロアに関してはわたしが全体を監督《かんとく》する形になると思います。アシスタントについていただくのは加藤《かとう》さん、そしてフロアの接客については瀬良《せら》さん、杜森《ともり》くんで回していく形になります」

フロア担当の瀬良久生《ひさき》が、細面《ほそおもて》の顔ですっと会釈《えしゃく》する。クールな印象の彼とは対照的に、杜森充《みつる》、加藤直隆《なおたか》は「よろしくお願いしまーす」と明るい声を発した。

全員の顔を見まわし、山下はいささか緊張《きんちょう》を覚えつつ声を発する。

「今日は全員での初顔合わせになります。六本木も近い、西麻布という競合のひしめく街ですが、幸いにしてうちのオーナーさんは大変鷹揚《おうよう》な方でして『気楽にやってね』と言われております」

言葉を切ると、全員がかすかに苦笑《くしょう》した。面接にあたった段で、おそらくは曾我のひととなりは理解しているのだろう。

「なにしろ、わたし自身がまだまだ未熟な部分もあります。このメンバーの中でも年配の江上さん、瀬良さんらのほうが経験も深く、教えていただくこともたくさんあるかと思いますが、どうぞよろしくお願いします」

ぺこりと頭を下げると、誰《だれ》からともなく拍手《はくしゅ》がこぼれた。とりあえずほっとしながら引っこむと、今度は湘南店の面子《メンツ》の紹介に入っていく。

「じゃ、本店との連携《れんけい》も多少はあるということで、本日はそちらの正式メンバーをご紹介いたします。右から、メニューレシピに関《かか》わりました中河原、林田、来年度より新規に正式採用となります宮上——」

全員でのはじめての顔合わせだった。基本はまったく別の営業となるのだが、一応ははじめての支店ということでプレまでは互《たが》いに協力しあっていこうと提案したのは、山下だ。

このあとにはメニューの試食会も兼《か》ねた親睦会《しんぼくかい》が開かれることになっている。本来ならばこの場に誰よりもいたかっただろう曾我は、現在はまたアジアのどこかの国に飛んでいってしまったそうだ。

(まあ、あのひとらしいっちゃ、らしいけど)

あとはよろしくね、のひとことで機上の人となった曾我の飄々《ひょうひょう》とした姿を思い出す。お互いの都合が噛みあわず、結局は江上と顔をあわせたバーでの打ち合わせ以来、直接に顔を見ていないのだ。

そして、顔を見ていないといえばもうひとり——。

「——というわけで、そろそろいいですかね、山下店長？」

「えっ？　あっはい」

突然《とつぜん》かけられた声と、店長という呼び名に慣れずに声をうわずらせると、誰より早く噴《ふ》きだしたのは大智だった。遠慮《えんりょ》のない男の脇腹《わきばら》を小突《こづ》き、表情をつくろった山下は全員をテーブルへと誘《さそ》う。

「こちらが全メニューになります。まだ試作段階のものもありますし、遠慮のない意見を聞かせてください」

「わ、うまそ……」

素直《すなお》な声をあげ、慌てて口をふさいだのは杜森だ。年齢《ねんれい》は山下と同じくらいの彼は、いい意味で明るく、店のムードメーカーになってくれそうだと思う。

試食がはじまり、江上にノンアルコールのカクテルをふるまわれながら、山下は軽く肩《かた》をまわした。

（さすがに疲《つか》れてるな）

二週間後に控《ひか》えたプレオープンを前にして、かなりハードな日々を送ってきた。

なにごともつつがなく、とはむろんいかなくて、杜森が決まる前に決定していたフロア担当者が都合で就職を取り消したり、内装業者がサイズを間違《まちが》えたアクアリウムを搬入《はんにゅう》したり、食材の仕入れさきと値段交渉《こうしょう》で揉《も》めたりと、とにかくめまぐるしかったなと思う。

だが、それは仕事になる前の段階での話だ。本当に大変なのはこれからだろうと、凝《こ》った肩を手でほぐしながら息をつくと、すっと目の前に影《かげ》がさす。

「お疲れさまです。店長もどうぞ」

「ああ、どうも……っ、と」

わざわざグラスを渡《わた》してくれようとした江上に、無意識で左手を差し出すが、一瞬《いっしゅん》力が入らなかった。ひやりとしつつきちんと受けとめると「だいじょうぶですか」と低く淡々《たんたん》とした声が問いかけてくる。

「骨はくっつけば強くなりますが、使わなかった時間のぶん、力が落ちてるでしょう」

「はは、めんぼくない……」

照れくさそうに頭を掻《か》いてみせるが、江上の指摘《してき》はもっともだった。

骨折もどうにか完治したけれど、やはり一ヶ月近くまともに使えなかった腕《うで》はかなり筋力が衰《おとろ》えていて、疲労感《ひろうかん》がひどい。治ってからもだいぶ経《た》つけれど、冷えのひどい日などにはいやな痛みを覚えることもある。

だが、いま山下がぼんやりしてしまったのは、そんな後遺症《こういしょう》や疲れのせいなどではないのだ。

（……いま、どうしてるんだろう）

最近、山下の身体《からだ》が重たいのは、一葡がマッサージにまったく来てくれないからだ。というよりも、寝《ね》てしまったあとあたりから、彼はぱったりと湘南の店にも来なくなっている。

それどころではなく、まるっきり彼に連絡《れんらく》をつけられなくなってしまった事実に、山下は少なからず動揺《どうよう》し、また落ちこんでいた。

（なにが、だめだったんだろうな）

抱《だ》いてくれと言われて、小さい身体を抱きしめた。ありがとう、と泣き笑う一葡が妙《みょう》にかわいくて、半端《はんぱ》な自分がひどくいやで、それでも熱っぽく肌《はだ》を重ねた翌日。

目を覚ますと、もう一葡はいなかった。帰ったのか、とぼんやり寝ぼけた頭で考えたけれど、どうせまた連絡が来るだろうなどと、なぜあのとき思えたのだろう。

（一度って、最後に、って意味だったのか）

自分もばたばたしていたせいで、最初は気づかなかった。しかし数日経ち、まったくコンタクトがないことに怪訝《けげん》になって、なにか忙《いそが》しくでもなったのだろうかと思った。

そして数週間が経ったころに、どうして顔を見せないのか不思議になり、連絡用に聞いていたマッサージ店での携帯《けいたい》に電話をするとまったく違うひとが出て、『奥菜はバイトを辞《や》めました』と言われてしまった。

鈍《にぶ》いことに、山下はここまできて、これはもしかして終わりにされたのかと気がついた。そしてひどくショックを受けて、どうしてか猛然《もうぜん》と腹が立ったのだ。

(なんでだよ。どういうことだよそれ)

本当に一度寝たらおしまいのつもりだったのか。身体が目当てかよとまで考え、だが自分がいままでやってきたことを振《ふ》り返ればしかたないのかとも思えた。

無邪気《むじゃき》でめげなくて、能天気なくらい好きだ好きだと言っていたのに、無言で消えるなんて思わなかった。そしてなにより情けないのが——あの携帯のナンバーを失ったいま、一葡の個人的な連絡先を、自分はなにも知らないことだった。

なにひとつ、訊《き》こうとしなかった。ほんのたまに、彼のうしろに透《す》けるものが見えていたくせに、面倒《めんどう》だからと深く追及《ついきゅう》もしないで、楽だからと利用するだけ利用した。

そもそも、抱いてくれと言われて、してやっただなどと何様だ。あの日、一葡が泣いて、やめてと言うのを無視して好き放題したのはどこの誰だ。

(なんなんだよ……いいじゃん、べつに)

面倒だ、鬱陶《うっとう》しいと思っていたくせに、便利だったから手放したくないというのか。

与《あた》えられる好意につけこんで、どこまで自分が傲慢《ごうまん》になっていたのかと浮《う》かべた自嘲《じちょう》の笑みは、店の青い照明の中でさえ暗くよどんでいる。

本当は不調を訴《うった》える身体がつらいだけではない。圧倒《あっとう》的に向けられていたあの、少し変わり種の愛情表現がなくなって、妙にむなしいような喪失感《そうしつかん》を味わっているのだ。

これがそもそもの日常で、一葡はそこに紛《まぎ》れこんだ異分子のようなものだ。なのになぜだか、なにかがたりない気がしてずっと、途方《とほう》にくれている。

「山下？　なに呆《ほう》けてんだよ。疲れた？」

「あ、はい？」

気づくと、真横に大智がいた。はっとして周囲を見ると、それぞれに試食品とその横につけておいた意見メモにチェックをつけつつ、なごやかかつ真剣《しんけん》に話しあっている。

うっかり自分の思考に沈《しず》んでいたようだ。こんなときにいったいなにをとほぞを噬《か》みつつ、気分を立て直そうとした山下の耳に、大智がもっとも言われたくないことを吹《ふ》きこんだ。

「ていうか奥菜ちゃんどうしたのよ。なんかあったのか？」

「……なにが、ですか」

直球のそれをうまくかわせなかったのはなぜだろうか。山下の声はうわずり、一瞬だけ喉《のど》につまったようなそれに大智はにやりと笑ってみせる。

「なにがじゃないでしょが。ここんとこ忙しかったせいでおまえと話す機会なかったけど、めっきり店にも顔出してないし」

なにかあったんだろう。大智の力のある目で真正面から覗《のぞ》きこまれ、山下は硬直《こうちょく》した。

いままで笑顔《えがお》のポーカーフェイスでやりすごしていた山下が、グダグダに動揺したのを見て、ひとの悪い先輩《せんぱい》はここぞとばかりにたたみかけてきた。

「おまえわかってなかったみたいだけど、あの子けっこうかわいいぞ。モテると思うし。ふられたりしてな」

「なにが、言いたいわけですか」

「いんや、べつにね？　俺としては、おまえみたいなモテ男は一回、痛い目見てもいいと思ってただけよ」

なんの恨《うら》みがあるのかと睨《にら》むと、いやなことを指摘してげらげらと笑っていた大智は、ふっとまじめな顔をした。

「だっておまえ、自分で自分の感情わかってねえだろ。器用にやりすごすことばっか覚えてさあ。まあそりゃ、仕事の上とか団体行動をまとめるのは完璧《かんぺき》だけど」

「器用、ですか」

ふだんなら不愉快《ふゆかい》なその単語には、べつに苛立《いらだ》たしさを覚えなかった。大智の言葉に、はっきりと批判のにおいがしたからだろうか。

「そーよ。ま、おまえがいいひとだの器用だの言われるの嫌《きら》いなのは、自覚してっからだろうとは思ってたけど？」

ひとのことなど興味なさそうな顔をして、大智は山下の情緒欠陥《じょうちょけっかん》な性格などとうに見抜《みぬ》いていたようだ。ざくざくと、よりによってこの場で言うことかという突《つ》っこみをかまされ、もう取り繕《つくろ》う気にもなれないまま顔をしかめると、大智が再度問いかけてきた。

「……で、どうしたわけよ」

「どうも、こうも。……ふられたんでしょ、それこそ」

口にして、そうかふられたのかと思った瞬間《しゅんかん》、地の底までめりこむ勢いで落ちこんだ。

（ばかだ、俺）

好きだとさえ自覚もしていなかったくせに、ショックだけは受けるのかと思うとその情けなさが身に沁《し》みる。

「逃《に》げられてへこんでるんだから、放《ほう》っておいてください」

素直《すなお》に認めた山下が、うなだれてぼそりと呟《つぶや》くと、大智は目を丸くした。

「へー……なに。マジですか。逃げられたって、なにしたわけ」

「いいでしょうが、もう。先輩には関係ないでしょうが」

「いや、だってその詳細《しょうさい》な経緯《けいい》を訊きたいじゃん？」

しつこい、と端整《たんせい》な顔を押しやるけれど、大智は少しもめげなかった。

「腹にためすぎなんだよ、おまえは。いつもにこにこしてんのはいいけど、それで呑みこんだいやーな気分とか、どこで吐《は》くのよ」

「それは、だって、ひとに見せるもんじゃないでしょう」

「そういうの他人行儀《たにんぎょうぎ》って言わん？」

肩《かた》に腕《うで》をかけられ、言ってしまえと唆《そそのか》された。うんざりとした顔を隠《かく》しもしないでいると、ますます大智は嬉《うれ》しげになる。

「あー気分いいなあ。人格者山下のいやな顔、はじめて見た」

「……最悪だこのひと」

「うっせえ。先輩命令だ。ちゃっちゃと吐け」

吐き捨てても笑うばかりの大智に、あげくには体育会系上下関係の強権まで発動され、山下はお手上げだと天井《てんじょう》を仰《あお》いだ。

「目が覚めたら、もう消えてたんですよ。そっからいっさい連絡もないし」

「自分からすりゃいいだろ」

「しましたよ。したけど……もうバイト先にはいなくって」

結局音信不通なことを白状させられ、あげくに連絡先をいっさい聞いてもいなかったと告げると、本気で呆《あき》れられた。

「なにそれ。おまえそりゃ、食って捨て男認定《にんてい》確実だろ」

「く、食って……捨て……」

「相手のことにまったく興味ないまま、やることはやるのねーひどいわーってことでしょが」

言われてものすごくショックを受けたのは、大智の言葉よりも、たしかに自分が彼のことをろくに知らないことだった。

「……これって、もう終わりですかね」

いままでめいっぱいの時間を使って自分のためにあれこれしてくれた一葡の、電話番号さえ聞き出すことをしていなかったのは事実だ。真っ青になって呟くと、大智が呆れかえったように肩を小突《こづ》いてくる。

「おまえなにそんな、だっせえこと言ってんの⁉　そこで引いちゃうわけかよ。どうでも捜《さが》すくらいの気合い見せろよ」

「だって……すごいことしちゃったんですよ」

途方にくれたように山下は呟いた。そもそも、ここまで自分が及《およ》び腰《ごし》になっている理由のひとつに、一葡に逃げられてあたりまえだという頭があるからだ。

好きだと言われて、つれなく逃げ続けて、あげくには抱《だ》いてくれと言われたら豹変《ひょうへん》して泣くまでやりまくった。

――も、やだ……山下さん、やだ……！

いつもにこにこしていた一葡をあんなに、しゃくりあげるまで泣かせた。いやがって逃げるから体重をかけて押さえこんで、悲鳴をあげた一葡が失神するまで、いいように貪《むさぼ》った。

「濃《こ》すぎてドン引きされてたら、どうしよう」

いまさらながら青くなる山下に、大智はうろんな顔で問いかけてくる。

「……なにしたのよ」

「いや、まあ、なんか……」

ごにょごにょと声のトーンを落とし、逃げようとした山下だが、がっちりと首根っこを摑《つか》まれて逃げられなかった。観念してあの晩の概要《がいよう》を話すと「うげ」と大智は顔を歪《ゆが》めた。

「おまえはじめてのエッチで気絶さした⁉　しかも言葉責めまでしたんかよっ」

「声がでかいですよ！」

職場でこんな話をしているだけでも山下には耐《た》えがたいのに、大智はそれどころではないらしい。ぎょっと目を剝《む》いて声をあげるから、山下は慌《あわ》てて大きな口をふさいだ。

「やだあ山下くんさいてーい……まじめなヤツがキレるとほんと怖《こわ》いなあ」

ある意味感心したような、同時に軽蔑《けいべつ》しきった顔をされるけれど、ひとのことが言えるかと睨み返してやる。

「先輩にだけは言われたくない。エロ技師ってあだ名ついてたの瀬里ちゃんにばらしますよ」

「……いやそこはおいといて」

つらっと逃げてみせる、その面《つら》の皮の厚さが羨《うらや》ましい。じとりと睨んでみせると、一度その場を離《はな》れた大智に、なにやら新しいグラスを渡《わた》された。

「酒じゃないですか」

「うん。江上さんに作ってもらった。まあ懇親会《こんしんかい》兼ねてんだし、いいっしょ？　呑《の》んでも」

「どうしてあんたはそう、誰彼《だれかれ》かまわず懐《ふところ》に入るのが早いんだ……」

まだ山下などは緊張《きんちょう》気味にしか話すことができない、あの強面《こわもて》のバーテンダー相手にも大智は怯《ひる》むことはない。そもそも、世界各国を飛んで回る男に良識とか繊細《せんさい》さを説いても詮無《せんな》いかと居直り、山下はやけくそになって、色はソフトだが思ったよりきついカクテルを飲んだ。

この店のカクテルメニューはない。すべて江上に好みの味を伝え、オリジナルやオススメを作ってもらうことになっている。となればこの、口当たりはいいけれどもきつい酒は、いまの山下の気分にあわせたということなのだろうか。

「で？　おまえ的にはどうしたいのよ」

どうもこうもないだろうと、山下はため息をつくしかない。グラスが空くと、次のそれを握《にぎ》らされた。この場が仕事のための顔あわせだとか、そんなこともだんだんどうでもよくなって、気づけば愚痴《ぐち》めいた言葉がこぼれていた。

「……だっていい子なんですよ」

「その『だって』はどこにかかるわけ」

意味がわからんと大智がかぶりを振《ふ》るから、いい子だから追いかけられないと山下は地を這《は》うような声で言った。

「俺みたいなのよりちゃんともっと、やさしいの捕《つか》まえてつきあったほうが、絶対いいと思うんだけど。だいたいここまで来たって、俺、あの子に惚《ほ》れたかどうかわかんないんです」

そうだ、このまま放っておいたほうがきっと、一蔔だっていいはずだ。いつまでもこんなくだらない男に幻想《げんそう》を抱《いだ》いているより、ぜんぜんいい。

そう思う傍《かたわ》ら、またあの宏樹のようなしょうもない男に引っかかっていたり、山下を忘れてけろりと次の恋《こい》をしているのかと思うと、どうにもこうにも許せない気がする。

（もうぜんぜん、わかんねえ）

ひさしぶりに摂取《せっしゅ》したアルコールが、ただでさえ混乱のひどい頭をもっと曖昧《あいまい》にする。ぐちゃぐちゃになった頭の中に、大智の妙《みょう》に平板な声が響《ひび》いてきた。

「なあ、あのさ。好きじゃないんだったらなんで、そこまで考えてやるの」

「それは……」

「うざかったんだろ？　ほっときゃいいじゃん。言われても知るかって、いつもみたいにしてりゃいいだろ」

指摘《してき》されて、山下はぐっと言葉につまる。それについては自分でも不思議なだけに、返す言葉がなにも見つからなかった。

いつものとおり振る舞《ま》えない。それがこんなに不安だと思わなかったと動揺《どうよう》していると、ため息をついたつきあいの長い男は、山下がまるで知らなかった事実を言ってくれた。

「おまえ、昔っからごめんねーってふるの、めっちゃうまかっただろ。で、自分じゃ覚えてないだろうけど、マジで惚れて告白してくれた子に、『はじめまして』って言ったことあんだぞ」

「……うそ？」

まったく覚えのない事実に目を瞠《みは》ると、大智は舌打ちをした。

「嘘《うそ》ついてどうするよ。モデル時代で、腐《くさ》るほど声かけられてた時期にな。完璧《かんぺき》にやってるつもりで穴はけっこうあいてたぜ。……それでも恨《うら》まれないから人徳だなと思うけどさあ」

ちなみにそのはじめまして攻撃《こうげき》を受けた子は、山下はきっと自分をあきらめさせるために、冷たくしてるんだ、と泣きながらも語ったそうだ。

「どういう思いこみだ、それ……俺ってどういうキャラですか……」

山下は脱力《だつりょく》したが、大智は「そういう評価だったってことだろう」とあっさり言った。

「ほかの件に関しちゃ、おまえって情が厚いしひとあたりもいいし、気遣《きづか》いも完璧なわけよ。で、恋愛沙汰《れんあいざた》に関してだけ妙に情緒《じょうちょ》欠損な反応するなあとか俺は思ってたけど、周囲からは『あの人格者がそんなことするわけない。きちんと終わりにしてやってるんだ』と思われていたわけですよ」

「……なんつうか、皆《みな》さんやさしいですねえ……」

ぐったりした気分になるのは、思った以上にぬけぬけだった自分のいたらなさにだ。もう本当に穴があったら埋《う》まりたい、と山下は頭を抱《かか》える。

「だからもう、惚れてんだって認めれば？」

「どう認めろっていうんですか」

「らしくなっちゃうのが、恋愛じゃないのかよ」

あっさりと言ってくれるなと、かすかに酔《よ》いの回った目で大智を睨《にら》んだ。

「じゃあ訊きますけど、寝《ね》てその気になるって、最低じゃないですか？」

これも自分的に引っかかっている一点だった。だが大智はあっさりと、山下の鬱屈《うっくつ》を蹴《け》り飛ばしてしまう。

「んじゃ俺も言うけどさあ、ヤリ逃《に》げするほうが最低じゃねえの？　まあ、この場合はヤリ逃げられ、だけど」

「うっ……」

言われて、もう否定する気にもならず黙《だま》りこんだ。そのとおりだと思ったからだ。顔を歪めた山下に、しょうがないなと大智は苦笑《くしょう》した。

「おまえ、ちっと頑固いんだしさ。身体《からだ》のほうが正直だったたっつう考えはないわけか？」

「……正直、ですか」

「かわいかったんだろ？　やりすぎるくらいには」

熱に浮《う》かされたようになっていたあの夜、抱《だ》いて、泣かせて身悶《みもだ》えた一葡に囁《ささや》いた言葉は本心だった。

「かわいかった……です」

いままでただ造形的に整っていると思っていただけの顔立ちが、驚《おどろ》くくらいに違《ちが》って見えた。手触《てざわ》りのいい肌《はだ》だった。痩《や》せて小さくて、抱くと頼《たよ》りなくて、どこもかしこもひどく熱かったのに、いまはあの熱を忘れてしまいそうに遠い――。

「じゃ、追いかければ？」

「でも、どうやってですか……だいたい、いやで逃げたのかもしれないのに」

言われても、そもそも方法がない。第一、もう一葡は自分など見切ったかもしれないのに。踏《ふ》ん切りがつかずにぐずぐずと顔をしかめていると、肩《かた》の下あたりでため息が聞こえた。

「山ぴー……だめだよそりゃ。いかんよそりゃ」

「わあっ、まゆちゃん！」

いつから聞いていていたんだと赤くなったり青くなったりの山下に、真雪はきつい酒を啜《すす》りながらつけつけと言ってのける。

「そこで根性《こんじょう》出さなきゃ、ほんとにやばいと思うよ？　つか、八方美人のままでいいの？」

ことの起こりから一葡に協力的だった真雪の言葉は容赦《ようしゃ》が無く、顔を歪めつつも神妙《しんみょう》に聞いていた山下は、続く言葉に目を瞠った。

「そもそもさ。山ぴーがあたしのこと女子扱《あつか》いすんのって、微妙《びみょう》にやさしいのと違うじゃんか」

「え？」

「あのねえ。あたしだからじゃなく、あたしが『女子だから』ってだけでしょ。つまり接客マニュアルと一緒《いっしょ》。そういうふうにしてるの、習い性みたいなもんじゃん。スマートだけどね、なんか……ときどきこいつばかにしてんの？　って思うこともあった」

「それは……ごめん」

やっぱり見透《みす》かされていたらしい。本当にこの店の面子《メンツ》はいやなことを突《つ》っこんでくれると、見てきたようなことを言う真雪に傷口に塩を塗《ぬ》りたくられて、山下は言葉もない。

「べつに謝るこっちゃないよ。ああ、対人関係が接客を基準にしかできないんだなと思ってただけ。ついでに言えば、山ぴーやっぱ女子得意じゃないよ、ぜったい。彼女にも、お客さん扱いしてふられたと見たね」

だがこれはあくまで分析《ぶんせき》、責めているわけじゃないぞと、真雪はまじめな顔で言った。

「でも奥菜ちゃん、そういうのじゃない山ぴーをちゃんと見てたんだよ。それに、逆に山ぴーも、奥菜ちゃんの前では素《す》でいたんじゃゃんか。そういう子逃がしちゃだめっしょ」

「……それは、知ってる」

山下がいちばん嫌《きら》っている、見苦しくていやな自分を見せても、一葡は怯まなかった。むしろ彼のほうこそがどんどん違う奥深さを見せてきて、その慣れなさに苛立《いらだ》って、だからつれない、曖昧な態度を取り続けてきたのだろうか。

考えこんだ山下に、大智はため息をついて遠慮《えんりょ》のない同僚《どうりょう》をつついた。

「おい真雪、おまえ連絡《れんらく》先知らなかったっけ？　なんか電話とかしてたろ」

「……そこがねー。奥菜ちゃんなかなかしたたかよ。あたしも教えられてたの、山ぴーと同じナンバーでした」

「ありゃ……」

やっぱりあの、あっけらかんと無鉄砲《むてっぽう》に見せていた態度は芝居《しばい》も入っていたらしい。一葡らしいなと吐息《といき》して、すっかり手がなくなったと山下はうなだれた。

(打つ手なし、か)

正直、どうにか真雪からそれを聞き出せないかと内心思っていたのは事実だった。しかしその頼《たの》みの綱《つな》もなくなったとなれば、本当になんの手がかりもない。

「そのつとめ先から、聞き出せないかなあ。あと専門学校の名前とかは？」

「……なんにも聞いてないです。辞《や》めたバイト店員の住所なんかは、個人情報の問題なので教えられないそうで」

あんなに長い時間一緒にいたのに、なにひとつ聞いてやらなかった。一葡も、あんなに楽しげに喋《しゃべ》っていたのに、こうして気づくと痕跡《こんせき》さえ残さずに消えられる程度には、自分を隠《かく》していたのだと思う。

「てか、ほんとになにやってたの山ぴー」

「おまえほんと、俺よかだめじゃん」

「返す言葉もない……」

もう本当に好きなだけ罵《ののし》ってくれ。そんな気分で山下はがっくりと肩を落とす。

だが、非難囂々《ひなんごうごう》でうなだれる山下に、助け船を出したのは瀬里だった。

「あの、……ちょっといいですか？」

「あ、ごめん。なにかな、瀬里ちゃん」

遠巻きにちらちらと話を聞くだけで、輪にはいろうとはしなかった瀬里の声に、山下はとっさに顔を取り繕《つくろ》う。だが、その手に握《にぎ》られていた小さな紙片《しへん》を目にしたとたん、その顔も崩《くず》れてしまった。

「それ……」

少しくたびれたメモは、たしかに覚えがあった。一葡が山下に水を引っかけた際、弁償《べんしょう》したいからと差し出してきたものだった。

「最初の来店のときに、奥菜くん、これ書いてたんですけど。この住所と、電話って、個人の……じゃないかと思うんですけど」

「見せて！」

ひったくるようにして確認《かくにん》したナンバーは、いままで連絡用にと教えられていたものとたしかに違う。また郵便番号からはじまる住所も、あきらかに個人のアパートだとわかった。

「これ、よく持ってたね」

にわかに心臓が早鐘《はやがね》を打って、うわずりそうな声をこらえた山下が瀬里を見つめると、捨ててはいけない気がしたのだと彼は言った。

「なんとなく……あのままでいい、って言われてたんだけど、そういうわけにいかないし」

この日の瀬里は、ＤＭの住所録整理のモバイルを持ってきていた。その準備の際に資料をまとめていて、書類の合間から出てきたこれを、どうしてか持っていかなければと思ったそうなのだ。

「新店のDM出すからって住所と電話書いてもらおうとしたら、なんでか奥菜くん、書こうとしなくて、なんか変だと思ったから……山下さんか聖司さんに相談して、登録しようと思って、持ってきてたんです」

根拠《こんきょ》もなにもない、ただの勘《かん》だと瀬里は言った。だがその勘に、そして几帳面《きちょうめん》な瀬里の性格に、山下は泣きたくなるほど感謝する。

「でかした瀬里ちゃん！　えらい！」

「わ！」

声をあげてがしっと大智が彼を抱きしめる。なにごとかと新店メンバーがぎょっとして見るけれど、大智は知ったことではない。

「よし、行け山下。俺が許す。いまから行け」

腕《うで》を上げてGOサインを出す大智に、それはちょっと待てと山下はかぶりを振《ふ》った。

「ばか言わないでくださいよ、できるわけないでしょ！　だいたいそれ個人情報漏洩《ろうえい》……」

「そもそもおまえに教えたんだからいいじゃんよ。だいたいこの非常事態になにを言うか」

もし問題でも超《ちょう》法規的措置《そち》というやつだと、適当なことを言う大智にけしかけられ、山下は目眩《めまい》を起こしそうになる。

「いやでもね、今日はまだミーティングがあるし！」

だいたいまだ仕事中だったのだ。隅《すみ》でこそこそ話しているし、新店メンバーらは藤木と江上がとりまとめて話をしてくれているとはいえ、店長の自分が抜《ぬ》けるわけにいかないだろう。

山下は青ざめ、必死に拒《こば》んでいたが、唐突《とうとつ》に手をあげた真雪がけろんと声をはりあげる。

「あのねー！　聖ちゃんちょっといい？」

「なに？　真雪」

紅一点のよくとおる声に、一斉《いっせい》にその場の面子が振り向いた。なにを言い出す気だ、と山下は焦《あせ》るが、真雪は素知らぬ顔のまま大嘘《おおうそ》を言ってのける。

「山ぴー、折った骨がやっぱ痛むんだって。なんか冷えるからきついんだって」

「ちょ、まゆちゃん……！」

いくらなんでも仮病《けびょう》はまずい。焦って押さえようとした矢先、江上の渋《しぶ》い声がかけられた。

「ああ、それはいけないですね。やっぱり、アルコールはまずかったでしょうか。さきほど、グラスを持つのもおつらそうでしたし」

「いえ、そんな、そんなことは」

江上の深みのある声で同情的に言われると、根がまじめな山下は胃が痛くなりそうだった。

だが心臓に毛の生えている真雪は「そうなの」と心配そうに首をかしげてみせる。

「うん、お酒なんか飲むから悪いんだよね。でね、専属のマッサージのひとのところあるんだけど、これからすぐ行ったほうがいいと真雪は思うんだけど。江上さんどう思う？」

おまけにこの場の誰《だれ》でなく、江上に承諾《しょうだく》を求めるあたりが真雪の小憎《こにく》らしいところだ。誰にいちばん山下が逆らえないのか、彼女はすでに知っている。

そして、待てと言う間もなく、渋いバーテンダーは重く響《ひび》く美声で首肯《しゅこう》してしまった。

「それは是非《ぜひ》とも、そうしたほうがいいですね。けがは予後のほうがいろいろつらいですから。店長はだいぶ、お疲《つか》れのようでしたし、なにかあってはいけません」

うなずく江上の声に、全員が心配そうな顔をみせる。これで逃《に》げ場はなくなったと、山下は冷や汗《あせ》をかきながら思った。

「オープンまではまだいろいろありますし。真雪さんの言うように、いまのうちに大事をとってください。こちらは、わたしのほうでどうにかしますから」

「そ……です、か」

このメンバーとは顔合わせをしたばかりだが、すでに重鎮《じゅうちん》といった雰囲気《ふんいき》を持った江上に親身な声をかけられ、申し訳ないと頭を下げるしかない山下は、横目に大智と真雪を睨《にら》む。

ふだんけんかばかりしているくせに、こんなときだけチームワークのいいふたりは、揃《そろ》ってびしっと親指を突《つ》き出してくる。

「……もうこのふたりに関しては、逆らうだけ無駄《むだ》ですから」

ため息をついた山下の肩《かた》を、瀬里がぽんぽんとなだめるように叩《たた》いた。それがなんだか、この場では唯一《ゆいいつ》の救いのようで、力なく笑《え》みを浮《う》かべるしかできない。

「そうね……まあでも、俺が情けないのも事実だしね。煮《に》え切らないし、八方美人で……こんなんで店長なんだから、笑っちゃうよね」

山下が笑いながら告げると、だが瀬里は声を小さくして、「そうでしょうか」と言った。

「山下さんがただ八方美人なだけだったら、きっともっと、まわりも気づいてると思いますよ」

「え？」

「まあ、真雪とか、大智さんは特例なとこがあるけど……あんなにきっぱり、できないでしょう、ふつう」

我が身を振り返っても、と瀬里は苦笑《くしょう》して、もう一度山下の肩を叩いた。

「俺は少なくとも、山下さんってやさしいと思います。本当の意味で。俺とかは……ひとが苦手で、でもいつもにこにこしてくれたから、話しやすくて、助かってた」

「……瀬里ちゃん、でもそれは」

それこそマニュアル的な対処でもあったはずなのだと言いきれず、山下は顔を歪《ゆが》めてしまう。だが、瀬里はまじめですねと笑うのだ。

「やさしいって、少なくとも相手がそう感じてたら、それで充分《じゅうぶん》なんじゃないかな。俺は……うん、やさしいと思いましたよ」

それはなぜか、一葡の繰《く》り返した言葉とひどく似ていて、どきりとした。

「それに、内田くんのこととかじゃ、きっぱりしてらしたでしょう」

あれはけっこう効いたみたいですよと、なにを思い出したのか瀬里はくすりと笑った。

「ふだんからいちいち怒《おこ》ってると、本当に大事なときに怒っても相手に反応されなくなっちゃうと思うんです。でも逆に、穏和《おんわ》な山下さんが怒ったからこそ効果的っていうか」

「そ……かな？」

「煮え切らないんじゃなくって、適切に判断してるだけじゃないですか。ひとを不愉快《ふゆかい》にさせないように、波風立てないようにするのも、大人だなあって俺は思ってるから」

言いっぱなしでも、大智や真雪はキャラで許されてしまうところがある。けれどそんな人間ばかりではないのだと、自身が不器用だからこそか、瀬里はやわらかな声で言った。

「そもそも、あれを基準にしちゃまずいと思うんですよね……」

「……まあ、たしかにね、うん」

こそこそと凡人《ぼんじん》ふたりで肩を落としながら喋《しゃべ》っていると、「ん？」と真雪が振り向いた。

「なに話してんのさ、そこ」

「ああ、なんでもないよ」

「うん、なんでもない」

きりっとした眉《まゆ》をひそめて睨んできた真雪に、ふたり揃ってにっこりと笑ってやると、あからさまにいやな顔をされた。

瀬里と顔を見合わせて笑いを嚙《か》み殺しつつも、誠実な瀬里に認められたことで、少しだけ肩が軽くなった気がした。

やさしいと、繰り返し言ってくれたあの子を追いかけてもいいだろうかと、ようやく山下は思ったのだ。

＊　＊　＊

町田に辿《たど》りついたときには、もうとっぷりと日は暮れていた。ただでさえはじめての街に、手がかりはメモの住所ひとつ。場合によったらここからも逃げているかもしれないけれど、縋《すが》るように握《にぎ》りしめた紙片《しへん》を頼《たよ》りに、山下はひたすら夜道を歩いた。

土地鑑《とちかん》のない場所で、道々、番地をたしかめながらの作業はけっこう骨が折れたけれども、へこたれるわけにはいかなかった。

(いきなり行ったら、迷惑《めいわく》かもなあ)

本来は電話して訪ねていくべきかと思っていたけれど、なぜか勇気が出なかった。つれない声を出されたりしたらきっと傷つく。そんな情けないことを思いつつ、いつも一葡はこんな思いをしていたのだろうかと考えたらすごくつらくなった。

顔だけは笑っていたけれど、あきらかに歓迎《かんげい》もしていなかった山下に、なんで彼は笑いかけ続けることができたのだろうか。こんな哀《かな》しい気分をさせ続けたあの何ヶ月間かで、見切ってしまおうとは思わなかったのだろうか。

いや、見切られたからこそいまなのかもしれない——と苦い気分で歩くうち、ようやく目的のアパートが見えてきた。

「……ここか」

はじめて訪ねた一葡の住まいは、かなり質素なものだった。いわゆる木造モルタルの二階建てだろうけれども、外階段は鉄筋が錆《さ》びているし、壁《かべ》の塗装《とそう》もはがれかかっている。

部屋は真っ暗で、物音もしない。だいぶ遅《おそ》い時間なのに、まだ働いているのだろうか。心配になりつつ、来訪を拒まれるよりは待ち伏《ぶ》せたほうがマシかと、山下はドアの前で待つことにした。

まだ若い、二十歳《はたち》の青年が暮らすには、寂《さび》しいような住まいだった。二階にある部屋にのぼるにもひどく音が響いて、通常より大柄《おおがら》な山下の体重にみしりとするから冷や冷やした。

(こんなとこに住んでたのか)

考えてみると高卒で仕事をはじめ、マッサージの資格を持ってはいても、夜学で療法士《りょうほうし》の勉強をしているということはまだ学生でもあるのだ。

ただ時間がないばかりではなく、ブルーサウンドのような遠方の、しかもそこそこ値段の張るレストランバーに来るような余裕《よゆう》はなかったんじゃないだろうか。

（俺、ほんとにあの子の何を見てたんだろう）

以前、進路に関しては家のことも少しあったと、そんなふうにぽつりと言っていた。どう見てもひとり以上の人間が住むには適さない小さな部屋のドアの前で、山下はずっと彼のことを考え続けた。

性癖《せいへき》のせいでいまの進路を決めたと一葡は言っていた。その際に家族たちとの関係はどうったのか、この安っぽいアパートの存在が語ってくれる気がした。そして、なぜ恋愛《れんあい》にあそこまで情熱を傾《かたむ》けられるのかも、おぼろげながらわかった気がした。

（ひとりで、だから、好きなひとに一生懸命《いっしょうけんめい》になるのかな）

それ以外にもらえる愛情というものが、もう一葡にはないのではないだろうか。そう思ったらいままであんなふうに、わからないと切り捨ててきた自分がなんてひどい男だったのかと感じられた。

こんな推察を、本人に問いかけてもいいだろうか。そうして山下に少しでいいから、寂しい気持ちを預けてくれといまさら、言ってもかまわないだろうか。

（いや、もう、ここまで来たらふられて上等だ）

いずれにしろもう引き返せない。そうひとり決意して、ストーカーよろしく彼の住むアパートの前で待ち続けていると、カンカンと鉄階段をのぼる音がした。緊張《きんちょう》しながらもじっとそこで立ちすくんでいると、丸い頭がひょこっと通路のはしに覗《のぞ》いた。

なんだか疲《つか》れた顔をしていると、そう思った。見たこともないくらい、表情のない一葡の顔は人形じみた印象があって、山下は胸が締《し》めつけられる。

あんなにうつむいたまま、とぼとぼ歩く一葡は見たことがない。視線をあげないまま歩いて近づいてくる影《かげ》が、以前よりひとまわりも小さくなった気がした。

抱《だ》きしめたいなと思った。お疲れさま、と言ってやりたいし、甘やかしてやれるといいのになあと感じた。そしてようやく、自分の気持ちをはっきりと山下は摑《つか》んだ。

いつだったか、アパレル系の仕事についているんだと勘違《かんちが》いしたことがあった。それを伝えると一葡は「こんな格好をしている自分のどこが」と噴《ふ》きだしていた。

そのとき、笑った邪気《じゃき》のない顔はずいぶんかわいらしく、だからシンプルな服装でもそれなりに洒落《しゃれ》て見えたのだと、自分に言い訳をしたことを山下は覚えている。

そうだ。結局ことの最初から、一葡に関してはずっとかわいいと思っていた。鬱陶《うっとう》しいとか面倒《めんどう》だとかそんなことを言いながら、あの小さい顔を、本当の意味で不快に思ったことなど一度もなかったのだ。

(好き、なんだなあ)

いま、あんなに強《こわ》ばった表情でさえもかわいいと思う。ようやく、ずっと落ち着かないままだったなにかがすとんと腑《ふ》に落ちて、少しもこちらに気づかない一葡の前に立ちはだかった。

「……？」

ぼんやりとした顔で、一葡はまず足下《あしもと》に現れた大きな靴《くつ》を見た。そこからのろのろと顔をあげ、山下の顔を見つけるなり、ぎょっとしたように息を呑《の》んだ。

「こんばんは」

「あ……」

幽霊《ゆうれい》でも見たかのようにひどく驚《おどろ》かれ、硬《かた》い表情をする一葡に胸が痛くなった。だが傷つくのはこの場合自分ではないところえ、挨拶《あいさつ》をすると「どうも……」と頭を下げられる。

「どうか、したんですか」

「今度、新店のほうに完全に移行したから、教えようと思って」

「そうですか。案内はしてもらってるし、それでよかったのに」

ろくに目を見ようともしない一葡にじりじりしつつ、退路をふさぐように山下はその場に立ち続ける。一瞬《いっしゅん》だけ一葡が背後をちらりと見たのは、逃《に》げようかどうしようか迷っているのだと知った。

「いきなりで、ごめん。迷惑だったかな」

「いえ、そんな」

問えばぎこちなく微笑《ほほえ》まれた。言葉はとりあえず否定しただけで、一度も目をあわせようとしない態度のほうが雄弁《ゆうべん》だ。

（痛いなあ）

けれどたぶんこれが、自分が一葡にしてきたことなのだ。ここでめげるなと思いつつ、次の言葉が見つからなくて立ち竦《すく》んでいると「あがってください」としかたなさそうに言われる。

「なんか、話あるんでしょ？　ここだと、声響《ひび》くから……」

「あ、うん」

帰れと言われるかと思っていたので、すんなりとドアを開かれて逆に驚いた。そして、どうぞと促《うなが》されて上がりこんだ部屋を見ると、ますます質素だなあと思った。

「散らかってるけど……」

「いや、全然」

山下の部屋の収納を鮮《あざ》やかにこなしたのがうなずけた。1Kの狭《せま》いアパートには、おそらく一葡が勉強しているマッサージや療法士関係の書籍《しょせき》や、道具類があちこちに置かれている。クッションタイプのソファベッド以外には生活空間はないと言ってもいい狭さ。収納上手でなければ、ここではとても暮らしていけないのだ。

「ごめんね、部屋狭いから。寒いけどストーブ入れたから、ここで待ってて」

「うん」

ひとり用の、廊下《ろうか》のような狭いキッチンに折りたたみの椅子《いす》を出されたが、山下の体格ではそれに腰《こし》かけるにも厳しい。しかたなく立ち竦んでいると、すぐ横で一葡がインスタントのコーヒーを淹《い》れはじめた。

「おいしいもんじゃないけど、いまこれしかないから……」

てきぱき立ち働くけれど、一葡はなにかに怯《おび》えているようだ。話もしたくないのだろうかと思いながら、山下は焦《じ》れた気分になって口を開く。

「この間のことだけど……」

「！」

切り出すと、びくんと震《ふる》えて一葡は真っ青になった。そして、手にしていたインスタントコーヒーの瓶《びん》を小さなシンクに取り落とす。

「あ、……だいじょぶ？」

過剰《かじょう》な反応に、やはり後悔《こうかい》しているのかと山下のほうが青ざめそうになっていると、一葡は小さな声で叫《さけ》んだ。

「忘れるから！」

「え……？」

焦《あせ》ったように、シンクに散った粉をかき集める横顔には、ひきつった笑みが浮《う》かんでいた。どういう意味だろうと思ってじっと見ていると、一葡は壊《こわ》れたように平淡《へいたん》な声を発する。

「い、一回きりって言ったのおれだし。ど、同情でも嬉《うれ》しかったです」

「え、いや、ちが」

「だいじょぶ、もう、あれで……しつこくしないって、決めたから。念押ししたり、しなくても、誰《だれ》かにばらしたりとかしないし！」

どういう意味だろうか。薄笑《うすわら》いさえ浮かべながら告げる一葡の言葉が最初わからなくて、山下は途方《とほう》にくれた。

「お店にも、もう、いかないから迷惑《めいわく》かけないし、心配しなくて、いいよ？」

そして、ややあって脳に言葉が達したとたん、かっと胃の奥が熱くなった。

「ちょっと。俺、そんな話しにきたわけじゃないよ」

「え、あ、……」

「なんかいまの流れだと、口止めしにきたみたいじゃんか」

背中を向けたままの一葡に手を伸《の》ばし、こぼしたコーヒーの粉を集めるというより、手遊びのように山を作っている手をとりあげた。そしてもったいないと思いながらも蛇口《じゃぐち》をひねり、汚《よご》れた手とシンクを洗い流させる。

「なんで、店に来ないの。電話も、バイト辞《や》めたって、俺のせい？」

背中から抱《かか》えこむような体勢に、一葡は固まったまま口もきかない。摑んだ手も冷えきって、震え続けている。

濡《ぬ》れたそれを、手近にあったタオルで拭《ふ》いてやった。せめてあたたかくなってくれないかと思うのに、一葡のそれは触《ふ》れている時間の長さのぶんだけ冷えていくようだ。

それが拒絶《きょぜつ》のように思えて、焦れったくて怖《こわ》い。

「……俺のこと、嫌《きら》いになった？」

「違《ちが》うけど！」

情けなく響く声で問いかけると、速攻《そっこう》で否定された。そのことにはほっとしつつも、ろくに山下の顔を見もしないで拒《こば》む一葡に、ひどく腹が立ってくる。

「じゃ、なんで逃げたの」

「だ、だって一回、だもん……」

それはきみが言い出しただけで俺が言ったわけじゃない。そう言おうとした山下の口が開いたとたん、一葡は慌《あわ》てて言葉を続けた。

「でも、おれ、あきらめ悪いしっ……ほ、本気にしちゃうからもう、や、やめます」

「……やめんの？」

言われた瞬間《しゅんかん》、がんっと頭を殴《なぐ》られたようなショックがあった。一葡がちっとも笑わないのもせつなかった。泣いても怒《おこ》ってもかわいかったのに、いまの一葡の顔は少しもかわいくない。

「なにそれ。一回やったら気が済んだのか」

「ちが、けど……っ」

おまけに、強引《ごういん》に肩《かた》を掴《つか》んで振《ふ》り向かせると泣いている。なんでだよと、その歪《ゆが》んで悲愴《ひそう》な顔を見ながら、いらいらと山下は声を荒《あら》らげた。

「きみは勝手だ。困るっていうのにどんどんアプローチかけてきて、それでやっぱり俺を知ったら幻滅《げんめつ》したからそうやってやめるの？」

「そんっ……だ、だっておれだって、しんどく、なるっ……」

責めるような声を出すべきじゃないと、本当はわかっていた。だが勝手につきまとったあげく勝手に逃げた一葡を、どうにも許しがたいと思えてしまう。

「だいたい、あれから凝《こ》りもひどいし、治療《ちりょう》中でほっとくのはどうなんだよ」

筋違《すじちが》いのことまでなじると、一葡はどうしてか素直《すなお》に「ごめん」と言った。

「それは、……誰か、おれより上手なひと紹介《しょうかい》するよ」

「やだよ、そんなの無責任だろ。責任とってちゃんとやって」

狭苦《せまくる》しい部屋で、逃げ場がないのを知っていながら一葡はうろうろと涙目《なみだめ》をさまよわせる。

身体《からだ》の両脇《りょうわき》に腕《うで》を回し、シンクに手をついて、逃がさないと山下は上から覗《のぞ》きこんだ。

「やれよ、ちゃんと。腕痛いんだよ。そっちが言ったんだろ、俺の身体勝手に他人に触《さわ》らせんなって」

「そんな……」

こんなことが言いたいわけじゃないのに、どうして睨《にら》むみたいな顔をしてしまうのか。ただでさえ身長差があるうえに、脅《おど》すような声と顔を向けられて、一葡は可哀想《かわいそう》に震えている。

ぜんぜん、笑ってやれない。安心もさせてやれていない。なのに泣く顔がむかついてたまらない。

「あのさ、なんでさっきから、泣いてばっかりなの?」

「だっ……山下さん、なんか、違う……」

なんで笑わないんだ。なんで好きだと言わないんだ。そんなくだらない、けれど切実な欲求があまりに強くて、叶《かな》えられないから不当だと感じてしまう。

なにしろ、恋《こい》に関しては初心者の山下なので、激情のおさめかたなどわからないのだ。

「なにが違うの」

「怖いっ……! な、なんかやさしくないっ……」

つめよると涙声で言われて、ざくっと胸に刺《さ》さった。そしてまた腹立ちがひどくなる。

「……なにそれ。俺ってやさしいだけが取り柄《え》なわけ?」

やさしそうだから好きになったと言われたけれど、べつに山下はひとと比べてとくにやさしい男なんかではない。

次男坊《じなんぼう》の処世術、と瀬里にも見破られたことがある。まっすぐな彼には弟がいるから、たぶん山下のちょっとしたずるさは見えていたのだと思う。

「やさしくない俺は、いやなの?」

「そ、そゆ、話じゃないけど」

ただ性格的に自己主張が薄《うす》くて、面倒《めんどう》だからいろいろとやりすごしているだけだ。そんなことも知らないで好きになったのかと最初は呆《あき》れていたけれど、いまはただ、自分を見てもいないのかと腹立たしい。

「理想の俺を好きになられたって、困るよ。だって、じゃあ好きになっちゃった俺はどうすりゃいいの？」

「え……？」

不機嫌《ふきげん》に吐《は》き捨てると、一葡はきょとんと目を瞠《みは》った。なにか、よくわからないことを言われた。そんなふうにまなざしが語るから、山下は息をついて髪《かみ》を掻《か》きむしる。

「俺は奥菜くんが考えてるみたいないい男なんかじゃないし。ただ単にちょっとペースがのんびりなだけで、怒らないわけでもないし」

全然本当に、たいした男でもない。そんなこともう、一葡だってきっと知っている。それで幻滅されたのだったらしかたないとは思うけれど。

そういう自分をずっと、嫌いだった。だから誰に好きと言われても信じられなかった。なのに一葡には、こんないやな自分ごと惚《ほ》れてくれと、そんなわがままなことを思っているのだ。

「でもいまさら好きって言っても、もう信じない？」

「好き……って、なにが？」

ここまで来てとぼけるのかと、さらに顔を近づける。混乱しきったような目がうろうろとするから、小さい顔に手のひらを添《そ》えて「こっち見て」と強引に言った。

「なにがってきみが。そんで好きだって言いに来た。話は、それ」

嘘《うそ》とはなんだと睨んで、山下はどんどん身体を近づける。もうほとんど抱《だ》きしめている状態になって、それでも一葡が逃《に》げないことだけにはほっとした。

「てか、俺こんな嘘つくほど最悪な性格だと思ってる？」

「ちが……そうじゃ、ないけど」

ぶんぶんと混乱したように、一葡はかぶりを振った。そして、さっきまでかわいくない顔で泣いていたけれど、いまはすごくかわいい顔になっていると気づいた。

（ああ、そっか）

かわいくない、と思ったのは自分を見もしなかったからだ。もう終わった顔で冷めた目をして、大人みたいにうっすら笑っていたからだ。

ぐちゃぐちゃで鼻水だらけの顔でいるほうが、ぜんぜんよっぽど、自分にはかわいい。

「キスして、いいかな」

「は、はいっ？」

いいよね、と唇《くちびる》を重ねると、一葡はびっくりしている。目が丸くなって、真っ赤になった鼻がかわいいのでそこも舐《な》めてみた。しょっぱいのは汗《あせ》か涙か、それとも鼻水かもしれないな、などと色気のないことも思ったが、一葡の体液ならなんでもいいやと思う自分がいる。

（もういいや。好きにする）

舌を入れても、拒まなかった。ぽかんと開いたままの口を閉じそこねただけかもしれないけれども、かまうものかとねじこんで、好きなだけ舐める。

「なんで、すんの……？」

「好きだから」

「うそだあ……」

キスしたら、またそんなことを言って泣いた。いったいどうすりゃいいんだと山下はお手上げになりそうになるけれど、それでもこれは離《はな》してはいけないんだろうと思って、じたばた逃げる小さい身体を腕に閉じこめる。

「なんでうそになるわけよ。俺すげえまじめに言ってんだけど」

そこまで否定されると腹が立つと言うと、一葡はぐっと息を呑《の》んだあと、ぼそぼそと言った。

「だ、だって、山下さん、自分がどんだけいい男なのかわかってないもん」

「はあ？」

言われた言葉は、思っていたのとまるで違《ちが》った。脱力《だつりょく》しそうになりつつ、山下は吐息《といき》混じりの声を出す。

「いやだから、それはきみの欲目で……」

「違うもん！　ほんとにかっこいいもん！」

もしくは一葡のいままでがひどすぎただけだ。そう言いかけて呑みこんだのは、抱きしめているだけで本当に、雛鳥《ひなどり》のように震《ふる》える一葡にむしろ感動さえ覚えたからだ。

「雑誌のモデルさんとかやっちゃってたくせにさ、全然そういうの鼻にもかけてないし、そういうとこも、かっこいいもん！」

「あ……そうなの？」

一葡の言葉は、どうしようもなく山下に心地《ここち》よすぎた。美化するんじゃないと苛立《いらだ》っていたのは結局表面を見られている気がしたからで、けれどあんなに見苦しいところばかり見せても、一葡の気持ちも態度もなにも変わらなかったことにいっそ、感動すらした。

おまけに彼は、山下のまるで知らなかったことまで、震える声で教えてくれた。

「おれ、お兄さんがすごく、山下さんの腕とか惜《お》しんでるからあんなに怒《おこ》ったのだって、わかってるよ？　一回だけ行ったとき、ともだちなのかって訊《き》かれたんだ」

「え？」

どういうことだと目を瞠ると、一葡は『リストランテ・モンターニャ』に行ったときのことを話してくれた。

やはりあの店に入るには一葡の懐具合《ふところぐあい》では厳しくて、申し訳ないが山下を呼んでくれないかと告げたこと。そこでひどく怒った顔の晴伸に、知ったことかと怒鳴《どな》られたことまでは、前に聞いていたけれど。

「おれ、ともだち……じゃなかったけど。でも聞いてほしそうだったから、うんって言った」

そこであの兄は、非常に気まずそうにしながら、一葡に山下はどうなんだと訊いてきたのだそうだ。あちらの店に迷惑《めいわく》をかけているんじゃないのかと、苦い顔のまま。

「ほんとはお兄さん、ちゃんと覚えさせたかったたって。外に出るんでも、もっときちんと技術つけてないと、あとで苦労するのにって」

「……兄さんが」

思ってもいなかったことを告げられ、目を丸くした山下に、一葡はまた浮《う》かんできた涙《なみだ》なこらえながら言った。

「あとで調べたら、あの店すごい有名で……山下さん、そこで期待されてやってたひとでさ。そんなすごいひと、おれなんか好きに、なるわけ……ないって、そう思ったんだ、もん」

兄の店に行ったと告げたあと、なんだか様子が変だったのはそのせいだったのか。妙《みょう》におとなしくなった一葡の気持ちがようやく見えて、山下はほっとした。

そして同時に、なんだかたまらなくなってくる。

「で、そんなすごいひとだから、俺が好きって言っても信じないわけ？」

「ん……」

ぐすっと洟《はな》をすする一葡に、そんなばかな話があるかと思う。結局それじゃあ、上辺を見られているのと変わらないじゃないかと、歯がみしたいような気分がこみあげた。

「じゃあ結局、きみはどういう俺が好きだったの」

「それは……」

あらためて問うと、一葡は言葉に窮《きゅう》したように目を泳がせた。小さい顔を両手で包んで逃げられないようにしておいて、山下はどんどん言葉を重ねる。

「それとも、なに？　やっぱりいままで俺がつれなかったから、いやになった？　だからもう、そういう言い訳して逃げたいの」

「ちがっ、違《ちが》うけどっ」

そうじゃないけどとかぶりを振《ふ》る一葡に、じゃあなんでだとつめよった。

「きみ、本当は俺がどんな性格かなんて、最初から気づいてただろ。やさしいふりして冷たくしてたのだって、知ってたくせに、なんでいまさら——」

「知ってたよっ、だからもう、やなんだよ！」

語尾《ごび》をかぶせるように一葡が叫《さけ》ぶ。悲痛な声に息を呑むと、涙目で睨《にら》んだ一葡は言った。

「鬱陶《うっとう》しがられてるのだって、おれ知ってたもん！　でも鈍《にぶ》いふりして、疎《うと》ましがられてるのに気づかないふりして、そんでも、そばにいたかったんだもん！」

「奥菜くん……」

頭悪いほうが、男は好きでしょう。そんなふうに軽薄《けいはく》に言ってみせた言葉の裏にあったものを見つけて、山下は息が苦しくなった。

「や、山下さんだってそうじゃんっ……も、本気でめんどくさいから、ああいうこと、したんだろっ？　なのに、いまさら、好きとか言われてもわかんないよっ」

「待って……あういうことって？」

怪訝《けげん》な顔を見せると、怯《ひる》むように顎《あご》を引いた一葡は「だって怖《こわ》かったんだ」と震えながら、また山下の考えもつかないことを言った。

「え、エッチの最中、山下さん怒ってた」

「は？　怒ってないけど、べつに」

「嘘だよっ……怖かったもん！　やだって言ったのにやめてくんないし！」

一葡は涙目で睨んできて、そこを指摘《してき》されるといろいろ気まずいものがある山下は反論を呑みこむしかない。

「お、おれとかさ。あんなしょうもないこと言ったから、適当にしてくれればいいとは思った、けど、やっぱ……ほんとに、されると思って、なくて」

「はい⁉　なにそれ、ちょっと待って。いやだって、そっちがしろっつうから」

だが続いた発言はとても、聞き流せる内容ではなかった。なにか根本的に違わないかと言いかけるけれど、興奮状態の一葡の言葉は止まらない。

「途中まではやさしかったけど、でもなんか、変わったし。あ、やっぱりああいう扱《あつか》いなんだなーって……や、やらしいこととか、言わせるし。すごいかっこ、とか、させられたし……」

「……それは……」

いや言葉責めだの体位に関してはただの趣味《しゅみ》ですとでも、言えばよかったのか。そんな趣味を自覚したのは誓《ちか》ってこの間がはじめてだったが、そこを言ってはどうしようもないと山下は遠い目になる。

(そっちこそなんなんだ、あの出会いであの展開のくせに、その純情さは)

あの程度、たいしたプレイではないだろう。たしかにちょっと濃《こ》かったかもしれないが、と自己肯定《こうてい》をする山下をよそに、また一葡は一葡でとんでもないことを言うのだ。

「おれ、くわえるのとかだって、慣れてないから必死だったのにっ……」

「え、そうなの？」

慣れていると思ったけれどもそうではなかったのかと思うと、ちょっと気分はいい。

(どうりで……あんまりうまくなかった気は、したんだけど)

あの日には動揺《どうよう》のあまり気づけなかったことを、いまさら反芻《はんすう》して認識《にんしき》を新たにした山下だったが、本題はそこでないことに気づいて「それはともかく」と自分を立て直した。

「……あのさ。とにかく、その場合俺は、きみを適当に扱ってかまわないと思ったから、ああいうねちっこい真似《まね》をしたと思ったわけね？」

頼《たの》むから否定してくれないかと思いつつ確認すると、こくんとうなずかれてがっくりきた。

「だってもうおれ、便所とか言われんの、やだもんっ……その程度かも、しんないけどさ」

話がとことん嚙《か》みあわなくて、山下は頭が痛くなってくる。おまけに、露悪《ろあく》的な言葉に対してべそをかいて肯定するから、本気でかちんときた。

「わかった、もういい」

「――……え？」

ああそう、と吐《は》き捨てて少し乱暴に腕《うで》を摑《つか》んで引き剝《は》がすと、一葡はびくっと震えた。

「な……なに？　なに？」

「する」

そのまま突《つ》き放されると思っていたのだろう。甘いと内心で笑って、摑んだままの腕を引きずった山下は、狭苦《せまくる》しい部屋のソファベッドの上に、一葡を押し倒《たお》した。

「なに、するの」

「セックスする」

押し倒された体勢でいまさらとぼけるなと思ったが、長い脚《あし》でがっちりと一葡の身体《からだ》を捕《つか》まえたまま頭抜《あたまぬ》きで服を脱《ぬ》ぐ。あげく露骨な言葉できっぱり宣言すると、もっと驚《おどろ》かれた。

「なんでーっ⁉」

「なんでじゃない。この間はきみがしてほしいっってしただろ。だから俺がしたくなってしてもいいだろ」

「いや、え、……嘘《うそ》、どうして？　なんで？」

大混乱したように、葡は呆然《ぼうぜん》としたまま呟《つぶや》いている。あまりの衝撃《しょうげき》に抵抗《ていこう》するのも忘れているから、これ幸いとぷちぷちボタンをはずしてやった。

なめらかできれいな肌《はだ》に、ぷつんとかわいい乳首《ちくび》が見える。平らな胸を見ただけでかなり切羽《せっぱ》詰まった自分を知り、思わず喉《のど》が鳴りそうで、山下はごまかすように口早に言った。

「好きになったからつって信じないなら、やりたいからって言えばいいのかと思って」

「……あの」

「この間のセックスがすごいよかったので、奥菜くんのあそこに突っこみたいから、しますって言えば信じるわけだろ?」

ずけずけと平淡《へいたん》な口調で言って服を脱がせる。たいがいな台詞《せりふ》に青ざめて怒るかと思ったのに、つるんと上半身を剥《む》いた一葡は真っ赤になっていた。

「よ……よかったの? おれ」

「……うん、まあ」

さっきは便所扱いがいやだといったクセに、反応するのはそこなのか。好きだと言うのは信じないのに、そっちは照れるのか。

(やっぱり、よくわからん)

そう思いながらも、初対面のときから丸くてかわいいと思っていた額に唇《くちびる》を落とす。ぴくっと震《ふる》えて、痛いような顔で目を瞑《つぶ》る一葡は、やっぱり抵抗はしなかった。

まあ一葡がよくわからないのはいまにはじまったことではない。お互《たが》いたぶん、情緒《じょうちょ》的に気

にする部分が徹底的《てってい》に嚙みあっていないのだ。

すごく面倒《めんどう》くさい。やっぱり鬱陶しい。それでもかわいいものはかわいいし。

なにより大智言うところの、『正直な身体』がもう、どうしようもない。

「あ、あの、勃《た》って……るよ？」

「だから言ってんでしょうが」

腰《こし》を押しつけると、真っ赤になって潤《うる》んだ目をする、こんなのおいそれと外に置いておけるか。いっそこのまま持って帰りたいとまで思うから、やっぱり好きなんだろうなと思うのだ。

「舐《な》め、よ、か？」

「いらない。勝手にするから」

「あっ」

言うなり乳首をつまんでみた。この間はろくに触《さわ》らせてもらえなかったので、けがが治ったばかりの左手で慎重《しんちょう》にそろりと撫《な》でて捏《こ》ねると、声をあげて重なった腰が弾《はず》んだ。

「今日はもうギプスないし。俺の両手めいっぱいつかって、全部触る」

「や……や……やました、さん？」

この間はけっこう大胆《だいたん》に振《ふ》る舞《ま》ったのに、がちがちになってそれでも抱《だ》かれている一葡に、いとおしさが募《つの》る。自分の指で尖《とが》らせたそこを舐めると、「あう」と声をあげて仰《の》け反るから、無防備になった肌を好き放題堪能《たんのう》した。

細い首筋、鎖骨《さこつ》、脇腹《わきばら》。なにがなんだかわからない、という顔をしている間に、ソフトな素材のカーゴパンツも下着と靴下《くつした》ごと引き下ろして、あのつるんとした脚を剝き出しにする。

「や、やだ」

「なにがやなんだよ」

両手で股間《こかん》を隠《かく》して真っ赤になる一葡は、逃《に》げを打ったら丸い尻《しり》がこっちに向くとわかっていないのか。

「お尻丸見えなんだけど」

「ひ、やっ、やだやだやだ！」

叫《さけ》んでじたばたするさまが、妙《みょう》にコミカルでかわいい。なによりこの狭い部屋で、どうやったところで、小さい身体は山下のリーチ分も逃げられないのにとおかしくなりながら、背骨の目立つ背中のくぼみからなめらかな丸みまで、しつこいくらい触って撫でてキスしてやった。

「つるつる、気持ちいい。自分でマッサージしてんの？」

「そんな、とこ、しないっ……」

そして、一葡が緊張《きんちょう》していたのは、最初の数分だけだった。背中から抱きしめて長いこと胸や脚を撫で続け、次第《しだい》に硬《かた》くなった乳首を転がしていると、ある瞬間《しゅんかん》ぐにゃっと身体がやわらかくなった。

いっさいの抵抗がなくなったのを見てとり、あらためて仰向《あおむ》けに転がして舌をさんざん吸ったあと、真っ赤になった胸に愛撫《あいぶ》を移すと一葡はしなやかに背中を仰け反らせる。

あきらめたのか、疲《つか》れたのか、許したのかはわからない。ただとにかく拒《こば》んでいない、それだけに縋《すが》って山下は甘い肌を舐める。

「か……嚙んだら、や……っ」

「嘘つかない。いいくせに」

「あうん！」

先日も従順な一葡に、山下はけっこうなことをいろいろした。いやらしいことも言わせて、乱れさせて、ものすごく興奮していたが、今日はその比ではない。まだたいしたこともしていないのに、ちょっとどこかの血管が切れそうだとさえ思ってしまう。

「さ、触っちゃ、や……だめ……！」

「なんで」

いやだやめてと必死になるけれど、そもそも体格差のある山下の手は一葡の膝《ひざ》などひとつかみにしてしまうから、思いきり開かせて脚の間をいじると、声をあげて泣きだした。

「だめ……前……さわっちゃや……っ」

「じゃ、うしろならいいの？」

可哀想《かわいそう》なくらいに慌《あわ》てるから、とりあえずそこはあきらめる。その代わり小さな尻のあたりに、丁寧《ていねい》というよりは相当しつこい愛撫をした。

「う、うしろもやだ……っ」

「だめ。譲歩《じょうほ》したんだからそこはそっちが譲歩して」

「なに、なにそれ、意味わかんなっ……ああ、あ！　い、た……いっ」

窄《すぼ》んでいる部分を撫でて、ひくついてきたところに少しだけ入れる。

「ローションかなんかないの？」

「……っ、しら、ない」

痛い、と泣くので濡《ぬ》らすのをよこせと言ったら黙《だま》りこんだ。なので山下はさらに脚を拡《ひろ》げて抵抗を封《ふう》じ、さらっと脅《おど》してやる。

「そのままだんまりにするなら、俺、ぐっしょぐしょになるまでお尻舐めちゃうけどいい？」

「い、いくない！　ややや、やだーっ！　そこの棚《たな》にあるからあっ！」

半泣きで暴れる一葡を押さえつけたまま、長い腕《うで》であっさり届いた棚のボトルはマッサージジェルだった。そして、先日もこうして一葡を押さえこみながら、「なるほど」と感じたことを思い出す。

（案外新しい自分って発見するもんだなあ）

わりと自分はサドっ気があるらしい。しかも一葡限定でのものらしい。証拠《しょうこ》に、泣けば泣いただけかわいいなあと思って、止まらなくなる。

かといって、痛がらせることは絶対したくない。たっぷりに濡れた指で慎重に探《さぐ》って、気持ちいいと言って泣かせたいと、器用な指を駆使《くし》した山下の努力に一葡はあっけなく陥落《かんらく》した。

「あっ、あっ、あぅ……っ」

「……ここだよね？　もう知ってる。奥菜くんはここ、気持ちいいんだ」

「いやぁあっ、い、言っちゃやあ……！」

指を使って一葡の好きな場所をえぐってやると、細い手足がひしっと絡《から》みついてくる。小さい耳が真っ赤になっていて、ひんやりしたそれを齧《かじ》るようにくわえると、「ひんっ」と泣いてくわえこんだものをきゅうっと締《し》めつけた。

「っあー……やばいなあ、指だけでも気持ちいい」

「や、ん……」

うっとりと呟《つぶや》くと、一葡がさらに赤くなりながら目を細める。涙目《なみだめ》になっているからいつもよりきらきらとして見えて、すごくかわいいと言うとふるふる震えた。

「なん、で？　やましたさ、……なんか、こないだよりもっと、えっちくさ……」

「俺べつに、エロいのにまったく興味ないわけじゃないよ」

前にも、セックスのときは性格変わるかもしれないと言っただろう。

それは一葡限定の話ではあるけれど、ついでについ最近気づいた性癖《せいへき》だったようだけれど。

そこは隠して居直って告げると、また一葡はすんすんと洟《はな》をすすってしゃくりあげる。

「そ、……ああ、ん、そ、なの？」

「うん、そうなの。で、そういうのはいや？」

うなずいて指を揺《ゆ》さぶると、甘ったるい声をあげた一葡は「やじゃない」と泣きながら言った。ほんとにか、と追及《ついきゅう》してさらにいじると、こくこくとうなずいた。

「怖《こわ》くてやだって言っただろ。あとで嫌《きら》いになんない？」

「なんない……へ、変になっちゃ、から、怖い……だけ」

その返答は非常に山下を安心させ、同時にまたどうしようもなく興奮させた。

「……変になるの？」

「うん、あ、なっちゃ……うんっ……やあん」

あげく焦《じ》らせばもっとしてくれと言うから、感じるところだけ何度も撫でてやる。恥《は》ずかしそうに感じて、ぴくぴく反応する小さい身体《からだ》がかわいくてかわいくてまた噛《か》みたくなった。

（待てよもう。俺噛みぐせまであんの？）

いったいどれだけアブノーマルな自分が出てくるかわからなくて、山下のほうがいっそ怖い。けれど一葡の甘ったるい声が、そんなことさえどうでもよくしてしまう。

「あ、ん、あん、あ……！」

「もちょっと脚《あし》開いて。あそこ、見せて」

「やー……そん、なの、や」

尖ってつんとした胸を吸ったり噛んだりしながら、さっきのように強引《ごういん》にするのではなくねだってみる。すると一葡はいやいやとかぶりを振るけれど、抵抗《ていこう》はずいぶん弱かった。

なにより、ひくひくと震《ふる》える腿《もも》がかなりもどかしそうなので、もう一押しだなと理解する。

「いや？　ごめんね、でも開いて」

「ひいんっ」

にこっと笑って強く押すと、恥ずかしいと言いながらしんなり脚が開く。指とつながったところを見せてと囁《ささや》くと、山下が見たがった場所のちょっと手前がぬるりと濡れた。

男の子なんだよなあ、といまさらに思った。ちゃんと勃起《ぼっき》しているし形状もそれなりに大人だ。だが自分のそれに比べると若干小振《じゃっかんこぶ》りで、色もあんまりえげつなくない。

口にしたら失礼かもしれないから言えないが、むしろ、かわいい。じっと見ているとちょっとつついていじめてみたいような、そんな気分になってくる。

「あ……あんまり、見ないで」

その上、涙ぐんだ一葡が恥ずかしそうにもじもじしながら告げるから、俄然《がぜん》その気になってきた。というか、もはやここまでしたのだから、どこを触《さわ》ろうといいだろうとさえ思えた。

「……困ったなあ。加減わかんないや、俺」

「ん、あ、なに？　なに？」

そろりと握《にぎ》ってみると、一葡はすごく困った顔をした。手の中のそれを、パン生地《きじ》でもこねるようにしてみると、喉《のど》の奥で「くうん」と甘ったるい声をあげる。

（ぬるぬる。触り心地《ごこち》いいな、けっこう）

　女の子のそこを触るよりわかりやすくて、でも自分に比べたらひどく過敏《かびん》な一葡の性器は、愛撫すればしただけぐっしょり濡れた。同性だけに気持ちよくなっているのはわかりやすい。そのわかりやすさが興奮を誘《さそ》う。

「あのさ、さきっぽ気持ちいい？」

「な、なんっ、そ……そんなこと訊《き》かれても！」

　つい問いかけてみると、一葡が目を瞠《みは》った。ついでじわあっと首筋から徐々《じょじょ》に赤くなり、泣き出す寸前のような顔で目を潤《うる》ませるからどきりとする。

「ひどい、山下さん……」

「いや、ごめん。なんかいま、すごいエロいこと言ってほしくなって……」

　いじめるつもりはないんだけどな、と首をかしげると、潤んだ目に睨《にら》まれた。とたん、もう限界だなと身体が訴《うった》えてくるので、無言のまま腰《こし》を摑《つか》んでシーツの上を引きずり寄せる。

「ごめん、ちょっと入れるね」

「え、えあ？　あ……あうっ！」

　短く告げて、ぐっと尻《しり》を割り開く。執拗《しつよう》な指遣《ゆびづか》いのおかげでとろんと濡れたそこは不意打ちのせいかすっかり力が抜《ぬ》けていて、山下の凶暴《きょうぼう》な熱を突《つ》き立てられてもなんの抵抗もなかった。

「ひっ……あっ……」

「はー……」

ぽかんと口を開いたままの一葡の中に、一気に入りこむ。抵抗感も熱もたまらなくて、ああこれだ、と思うと思わずため息が出てしまった。

「や、あ……い、きなり……」

「うん、だからごめんって言った」

ふう、とまた息をついて、唐突《とうとつ》に挿入《そうにゅう》されて驚《おどろ》いている身体を抱《だ》きしめた。

強引すぎるそれに一葡はしばらく息を乱していたけれど、はふんと長い息をつくと、ひどいよと涙目で睨んでくる。

「い、言えばいいってもんじゃないじゃん……も、ほんとに、せ、せーかく違《ちが》う……っ」

「うん、どうもそうみたい。やばいね、これ」

どうしようかな。のんびりとした口調で言いつつ、すごく興奮しているのはつながったところでわかるだろうか。

「やば、やばいって、なに」

「いや、ほら、こんなんなっちゃっててさ……あー、ごめん、きついかな？」

「ひ!?」

びくっと跳《は》ねた小さな身体が一瞬硬直《いっしゅんこうちょく》して、しげしげと山下の顔を眺《なが》めたあと、重なった翳《かげ》りに目を落とし、嘘《うそ》だろうと言いたげに目を見開く。

「なに、こ……これ、あの。すごいんだけど」

「すごいって？」

わかっていて、あえて言わせたいのは理解したのだろう。問い返すと上目に睨んで、一葡はそれでも恥ずかしいそれを、きちんと言った。

「お……おっき、ん、だけど……」

言ったとたん、ぶるっと震えたのは同時だ。目があって、どうしようもない期待と欲望で濡《ぬ》れたまなざしが絡むと、もう目をそらせない。

「うん。これ、やだ？」

「うう……やじゃない」

それじゃあ苦しいかと問うと、平気だけどと目を潤ませている。小さく息をつくと、収縮した粘膜《ねんまく》にも苦しげで色っぽい顔にもそこが反応して、小さく「あん」と一葡が喘《あえ》いだ。

（やべ、気持ちいい）

このまま食い散らかしたい。そんなふうに思うけれど、とりあえず正気が残っているうちにこれだけ言っておこうと、山下はじりじりした身体をこらえて、口を開く。

「ねえ、あのね、一葡って呼んでいいかな」

「は、はい……？」

「うん。じゃあ一葡。俺とちゃんとつきあおう。っていうか、つきあってください」

「え」

きょん、と一葡は目を丸くした。その真っ赤になった目尻《めじり》にキスを落として、混乱しきっている小さな身体を軽く揺する。ああ、と声を出した彼の赤い耳を噛んだ。

「たぶん、俺、また逃《に》げたら怒《おこ》るよ。ここまで本気になったことないし」

「ん、ん、ああっ……な、なんで……おれ、なんか」

「なんでって。そっちが好きだって言ってきたとき、きみなんて言った？」

自分のことわかってない。そう言って口説いて口説いて気持ちよくして、すっかり山下をその気にさせたのはどこの誰《だれ》だ。

「困るんだよね。こんなに好きにさせといていまさらきついからやめますじゃ」

言いながら、ほったらかされた日々の悔《くや》しさが蘇《よみがえ》って、思わず乱暴に揺《ゆ》すってしまう。

「やあっ、待って、待って……っ」

「とりあえず信じるまでは勝手に好き好き言っておくよ。それ、一葡が俺にしたことなんだから、お返ししてもいいよね」

「そっ……いま、そんな、いわ、言われてもっ」

感じすぎて、うまく喋《しゃべ》れない。嬉《うれ》しいかもしれないけど、なにも考えられない。

泣きながら言う一葡の唇《くちびる》がおいしそうで、無意識に喉が鳴った。本当にろくでもないなあと自分に思うけれど、こんな男がいいというのだから一葡が悪い。

「あー、返事はあとでもいい。終わったらもっかい訊くから。そんで、ごめんね、やらせて」

「えっ、え？　あん、……あ、あっ……んん！」

苦しそうにはあはあしている口元をどうしても舐《な》めたくなって、きつい体勢なのはわかっていたけれど唇を塞《ふさ》いだ。んん、んん、とかぶりを振って逃げようとするから、中をえぐるのと同じ動きで舌を絡《から》めると、あきらめたように一葡の腕《うで》が痛いくらいにしがみついてくる。

息が切れて、汗《あせ》が飛び散るくらい激しく動く。突きあげると背中に指を立てられて、キスをしたら舌が、ひとつになってしまうんじゃないかというくらいに絡んだ。

もう言葉なんかどうでもいいと思った。こんなに噛《か》みあう身体《からだ》はないとそう思って、けれどさすがに息苦しくて唇をほどくと、一葡が泣きながら問いかけてくる。

「い、まの、ほん、ほんと？　なんで？　なんで？」

「うん。ほんと。なんでって、好きだから」

話はあとでと言ったのに、唇同士を離《はな》さないまま、かすかな声で問う一葡を小刻みに揺する。

「お、おれの、カレシ、なってくれ、るの？」

「うん、してくれる？」

額を合わせて、少しゆるやかに動きを変えると、うん、と一葡けうなずいた。その瞬間胸に拡《ひろ》がった安堵《あんど》と恍惚感《こうこつかん》は、山下の背中を痺《しび》れさせる。

「うん。うん、す、する……なって……っ」

息を切らしながら、ぽろぽろ泣いて目を伏《ふ》せる、まるいおでこにキスをして頰《ほお》を嚙んだ。

どこもここも、まんまるい。齧《かじ》ってみてやっぱりそう思うとおかしくて、勝手に言葉がこぼれていく。

「一葡、かわいいなあ」

「ひーん……うそつき……」

「嘘じゃないよ」

汗みずくで必死についてくる彼は、山下の言葉にまた真っ赤になった。なにひとつ見逃《みのが》したくないと小さな顔を両手で包んで、じっと目を見ながら腰を動かすと、子リスみたいな目がなにかを探して揺れる。

「そ……な、そんな顔、しないで」

「ああ、怖《こわ》い？」

たぶん欲情しすぎて、余裕《よゆう》もない獣《けもの》じみた顔になっているだろう。やさしくなくてごめんねと濡れた頰を舐めると、違うと一葡はかぶりを振った。

「か、かっこいいよお、かっこよすぎる……」

「……は？」

言われたそれに拍子抜《ひょうしぬ》けして、思わず笑いそうになった。どうも一葡は、かつてカメラマンに『威圧感《いあつかん》がある』とまで言われた山下の表情をなくした顔がツボらしい。

正直、大智あたりに比べればあっさりとして、たいした顔でもないなあと思うのに、一葡にとってはこれがいいのか。そう思ったら誇《ほこ》らしいような照れくさいような気分がした。

「ど、どきどきしすぎて死ぬ……ぜったい、しぬ」

「……死ぬって。なにやらしすぎて死ぬ……ぜったい、しぬ」


「や、やらしくないよっ、やらしいこと言ってんの」

「や、やらしくないよっ、やらしいのそっち……ああ！」

からかうと真っ赤になって顔を歪《ゆが》めた。口を開けたところで揺さぶると、ひあ、と甘ったるい声をあげて感じまくるから、もっと手ひどくしたくなる。

「あっ、あっ、あっ……ふ、うぐ」

これはもうくせなのか、極《きわ》まってくると一葡は手のひらで口をふさぐ。ふうふうと息を切らして苦しそうにかぶりを振るから、細い手首を少し強引《ごういん》に摑《つか》んで顔の横に押しつけた。

「唇《くちびる》嚙んじゃだーめ。いいから声出して」

「やぁう、や、だあっ、あっ、あー……！」

そのまましばらく押さえつけるようにして腰《こし》を動かしていると、悲鳴じみた声があがった。たしかに少し大きめの声かもしれないが、それはそれでそそると山下は思う。

「だ、め、声っ……だめ……っ」

「だから、聞かせろって」

出していいと言うのに、まだ我慢《がまん》しようとする。なんなんだと睨《にら》むと、今度はちょっと理由が違《ちが》った。

「ちが、も……とな、隣《となり》、聞こえちゃ……恥ずかしい……」

「しょうがないな……んじゃ、ほら。腕こっち」

一葡が本当につらそうに羞《は》じらうので、よいしょと背中を抱《だ》きあげ自分に腕を回させた。それにもびっくりしたように涙目《なみだめ》が丸くなるので、山下は笑ってしまう。

「嚙むなら俺の肩《かた》か、ここにしなよ」

一葡の好きな、音を立てるキスをしてやりながら言うと、おずおずと涙に重い睫毛《まつげ》を上下させる。そして、あどけないような目をして問う内容がかわいくて、腰が抜《ぬ》けそうになった。

「……ちゅーしていいの？」

「いいよ、しよう」

セックスは上手なのにキスはへたくそな一葡が、嬉しそうに口に吸いついてくる。舌を吸いこんで口の中で舐めてやりながら最後の追いあげにかかると、「ん、ん」と甘い声が喉《のど》の奥に溶《と》ける。

「んふ……んー……!!」

かわいくてたまらず、そのまま激しく揺さぶって、手の中でひくひくする一葡を思いきりこすりあげ、小さな胸をつまんで押しつぶした。いきたい、と目で訴《うった》え、身体でせがんでくるけれど、そのたび少しだけ加減をし、気を逸《そ》らすようにあちこち嚙んだ。

夢中になって、勢いをつけてのしかかろうとしたとたん、肘《ひじ》に痛みが走る。

「……いてっ！」

「あ、だ、だいじょぶ？　角、ぶつけた？」

「ん、平気」

狭《せま》い部屋で、狭いベッドで、山下の肘や脚《あし》が動くたびに壁《かべ》やものにぶつかった。痛みにときどき正気づいて、それでもこの滑稽《こっけい》で淫《みだ》らな行為《こうい》をやめる気にはなれなかった。

（今度はうちの部屋でしよう）

そしてさんざん一葡をあえがせてやる。煮《に》えきった頭で考えていると、一葡がひいひいと泣きながら背中を掻《か》きむしってきた。

「もう、も……っ、も、おっ、いきたっ、いっ」

「もうちょっと待てる……？」

山下のそれをねっとり包んだまま射精を我慢する顔は、ふだん子どもっぽいくせにひどく色っぽかった。それが見たくて焦《じ》らすと、うん、とうなずいて唇を噛む。

（あー、かわいい。かわいいかわいいかわいい）

一葡の必死の涙顔。ときどきびくっと大きく跳《は》ねて、うかがうように山下を見て、もういいかな、まだかな、と小さな尻《しり》をゆすゆすしてみせる、そんな全部がたまらない。

「ごめん、一葡」

「あ、あ、なに？　なに？」

焦らしたクセに追いつめられて、山下は降参だと息をつき、小さい身体を抱《かか》えこんだ。

「俺、もういく……出すとき、一緒《いっしょ》に、いってね？」

「うん、うん、いくっ……いっしょ、いくっ……あ、あふ！」

なにをしても感じて、くすんくすんと泣く一葡の喉声に煽《あお》られながら、熱い身体の中に放つ。

「ふあうっ、や、なかっ……なかにっ」

「んー……っ」

びくんと不規則に震《ふる》えた一葡は背中に指を食いこませるほど抱きついて、山下のそれを絞《しぼ》り取るように締《し》めつけた。気持ちよくてたまらず、出しながら腰を揺《ゆ》すると一葡はたぶん三回くらい、頂点に登ってまた落ちたと思う。すごく締まるので、すぐにわかった。

「だいじょぶ？　ちゃんといった……？」

「んっ、うっ……うんっ、うんっ」

ゆっくりと余韻《よいん》を楽しむように、ゆるい動きに変えながら問うと、朦朧《もうろう》とした目で一葡がうなずく。でちゃった、と子どものようにあどけなく言うからつながったあたりを見下ろすと、山下の臍《へそ》のあたりは一葡のそれで濡《ぬ》れていた。

「すっごい、きもち、よかった……」

「そう？　よかった。俺も気持ちよかった」

かなり盛りあがったそれが終わったあと、放心している一葡の小さな乳首《ちくび》を軽くいじる。ふにゃ、と蕩《とろ》けている身体がひくひくとかすかに痙攣《けいれん》するのもなんだかおもしろい。

「んで、つきあってくれる?」

「本気な、の?」

「うん。エッチの最中で盛りあがって言ったわけじゃないからね」

じゃなきゃこうしてないだろうと薄《うす》い身体を背中から抱きしめる。一葡は一瞬《いっしゅん》硬《かた》くなり、うろうろと視線をさまよわせ、そのあとそろっと山下の腕《うで》を抱きしめてきた。

「……山下さん、すごい丁寧《ていねい》だよね」

「ん、そうかなあ?」

「うん、いろんな意味でサービスいい、なあって」

抱っこしててくれるし、とぼんやり呟《つぶや》く。なんだかちくっと胸に刺《さ》さった気がしたのは、一葡の過去と比べられたせいだろうか。

「終わったあと、こういうのいやなほう?」

「んん……こんな、してもらったこと、ないから」

竦《すく》む肩もうなじもまだ赤い。ふんわり甘い汗《あせ》のにおいがして、唇《くちびる》をつけるとくすぐったそうに身を縮めた。嬉《うれ》しいのかなあ、と思ったら自分まで妙《みょう》に嬉しくなってくる。

「なんか、照れくさい……」

「うーん、俺は、なんか楽しい」

ちゅ、ちゅ、と音を立ててほっそりした肩にキスをしていると、ぷるっと一葡が震えた。どうしたんだろう、と思って覗《のぞ》きこんでみたら、泣いているから驚《おどろ》いた。

「え……な、なに」

「あは、へへ……すげえ、なんか夢、みたいで」

なにがだと問うと、一葡は「笑わないでね」と言ってくすんと洟《はな》をすすった。

「お、おれ、彼氏に腕枕《うでまくら》してもらうの、憧《あこが》れてたんだ」

そんなことが夢なのか、と言いかけてやめた。あんまりいい恋愛《れんあい》をしてこなかったらしい一葡が少し可哀想《かわいそう》で、けれど自分もあんまりひとのことを言えた義理でもない。

正直、少女じみたことを成人男子が口にするのも寒い話だなと理性では思う。けれど、その少しばかりひんやりした、居心地《いごこち》悪いような気分より、くすぐったさを覚えている自分のほうがかなり恥ずかしいなと山下は感じた。

「ええとさ。腕枕なら、そっちじゃないんじゃない」

「え?」

こっち、と小さい身体《からだ》をくるんとひっくり返し、胸に正面から抱きこんだ。とたん、一葡はまたびきっと音がしそうなくらいに硬直《こうちょく》して、さっきまでキスを繰《く》り返した肩まで赤くなる。

「う、うわー……ほんとになんか、これ夢?」

「夢とか言ってないで、してくれって言えばいいだろ。ついでに、さっさと慣れなよ」

「む、むり……頭、いまぐらぐらするもん」

くらくらきているらしい頭を無言で撫《な》でると、一葡はいよいよ泣きそうな顔になった。口元がうにうにと歪《ゆが》んでいる。変な顔になってるなあと思ったけれど、山下の胸の奥はぎゅうっと絞るように痛くなった。

「あー……そっか、これか」

「なに？」

「うん。俺も新鮮《しんせん》。ときめくってこういう感じなんだなあ。痛くて気持ちいいね」

笑って腕の中の身体を抱《だ》きしめ直すと、一葡の額が赤い。うつむいて必死に目を瞑《つぶ》っていて、さっきまであんなことしていたのにとおかしくなった。

「一葡、キスしよ」

「う、うー……」

返事を待たずに軽く啄《ついば》んだ。ぽろ、と大きな目から大きな雫《しずく》が落っこちたので、手のひらで拭《ぬぐ》ったあと少し長くキスをした。舌を絡《から》めていたらたまらなくなったので、背中から撫で下ろした手で小さい尻を掴《つか》むと、吸いこんだ舌がひくひく震える。

「甘いの得意じゃないって、嘘《うそ》じゃん……」

「や、嘘じゃなかったんだけどなあ」

激甘じゃないかと睨《にら》んでくる。とは言われても勝手に出るものはしかたがないと、たがのはずれた自分を自覚しつつ、舌をしゃぶりながら小さい丸い腰《こし》を撫でまわした。

「……お尻痛くない？」

「へ、平気……、あ、やっ」

かすれた声を聞いていたら、なんだか胸がずきずきした。胃痛でも覚えたかのように身体のなかが絞られて、息苦しくなってくる。唇が歪んで、意味もなく泣きそうな。

「あ、……山下さん、どうしたの？」

一葡の身体を思いきり抱きしめると、少しだけ痛みがおさまった。細い肩《かた》に額をこすりつけ、深々と息をした山下は、一瞬で回復したそれをやわらかい肌《はだ》に押しつける。

（やばいなあ）

全身がずきずきして、なんだか行き場のない情動がかけずりまわっている。好きすぎて痛い。それが欲情にすり替《か》わり、一葡の中に射精しないとおさまらない気がしてきた。

「もう一回抱いていい？」

「あ、う」

小さくひそめた声で問うと、一葡は目を瞠《みは》って山下を凝視《ぎょうし》し、そのあとうろうろと視線をさまよわせたあと、曖昧《あいまい》にうなずいた。よくわからない返事ではあったけれど、手触《てざわ》りのいい脚《あし》が開いてくれたので、ＯＫなのだろうと解釈《かいしゃく》した。

「痛くない？　俺、乱暴にしなかった？」

「ん、へ、へ、き……っ」

　さきほどの余韻で、そこはやわらかいままだった。けれどもう慎《つつ》ましく閉じきっていたから、試《ため》すように指を入れると、中のほうはとろとろになっている。

　熱くて狭《せま》いそこをかき混ぜていると、また考えるよりさきにとんでもない台詞《せりふ》が出る。

「あのさ。今度、俺、うしろだけでいかせたいなあ」

「な……や、山下さんっ？」

「そういうのいや？」

　たぶんいやだと言わないだろうと思ったら、やはり一葡は黙《だま》って赤くなるだけだ。自分もたいがいだが、一葡は一葡でこういうことをされるのが、本当に嫌《きら》いではないらしいのがわかる。

（ほんとやばいなあ）

　これは、あんまりよくないかもしれない。なぜと問われればたぶん——相性《あいしょう》がよすぎて歯止めをかける気が、じつは双方《そうほう》、ないからだ。

　けれど、ふたりきりの空間で、どれだけ恥《は》ずかしくてみっともないことをしたところで、お互《たが》い以外に責める相手もない。だったらもういいかと、山下は居直った。

　ずきずきと相変わらず身体が疼《うず》いたが、二度目のそれはもう少し余裕《よゆう》があった。なのでじっくり指でいじって泣かせてみたら、案の定一葡はすごく感じやすかった。

「だめ、だめっ……指、もう、や……！」

頭の芯《しん》がじんじん痺《しび》れるような声で喘《あえ》いで、見た目に楽しい感じにかくかくと余裕なく細い腰を振《ふ》って、山下をかなり興奮させながら、早くいれてとせがんでくれた。

「俺のこと欲しい？」

「ウン……」

子どものようにこくんとする。好きかと聞いたらまたこくり。

「ちゃんと話すの。『うん』じゃだめ。欲しいなら欲しいって自己主張」

ちゃんと言えと唆《そそのか》すと、言ってもいいの、と目が潤《うる》む。素直《すなお》じゃない唇にうんと甘ったるく口づけ、舌を舐《な》めまわしたら、一葡がとろんとろんになった。

「ほ、欲しい……」

「なに欲しい？」

「こ、これ……欲しい。いれて……くれる？」

もぞもぞと触《さわ》ってきたものを握《にぎ》らせながら、鼻先をかじる。指示語じゃ許さないと告げる仕《し》種《ぐさ》にべそをかいて、一葡は死ぬほど羞《は》じらいながらそれそのものの名称《めいしょう》をちゃんと口にして、欲しいですと泣いた。

「ふあ、おっき、おっきいよ……」

舌っ足らずに喜ぶその顔は非常にかわいらしかったので、しっかり奥までいきなり入れると、もう恥《はじ》など放《ほう》り投げた山下は、これまた非常にベタなことを言ってのけた。

「ついでに、俺のことも昭伸って呼んで」

「あ、あき……昭伸、さん？」

「うん。俺、自分の名字、ださくて好きじゃないから」

これはたぶん、誰《だれ》にも言ったことがない。いちいち小さなことを気にする男だと思われたくなかった、ささやかな見栄《みえ》。

だけど一葡にはそんなもの、張らなくてもいいのだと気が楽になった。なにより、たぶんそうしたほうが、彼は喜ぶんじゃないのかなと思った。

「あと、さんづけいらない。俺、つきあう子は対等でいたいし」

「そ、そなの？」

「あんまり気も遣《つか》いたくないしね。一葡もそうして、俺のカレシになるなら」

言ったとたんに、ぶわっと泣いた。もうこの唐突《とうとつ》な泣き方にも慣れたので、山下は勝手にあちこちをいじり、乳首《ちくび》を引っぱりながら腰を揺《ゆ》り動かしてやる。

するど、こちらの望んだとおりに演技ではなくあんあんしながら、一葡は言った。

「だいすきぃ……昭伸、好きっ……」

「うん、俺も好き」

やさしいふりのうまい、ただずるい男が冷たい距離《きょり》を見せても。めげなかった。

どれだけ逃《に》げても突《つ》き放しても、ひとつも怯《ひる》まなかった一葡だから、全部の壁《かべ》をなくして奥の奥まで行きたい。

そしてたっぷりの、わがままな生の感情を中に放って、渇《かわ》いた一葡を潤《うるお》してやりたい。

(めちゃくちゃに、してあげる)

いままでのセックスと、まるで違《ちが》う。こうすればどうせ喜ぶんだろう——そんな傲慢《ごうまん》な処世術ではなく、一葡をかわいがりたいからかわいがる。それで一葡が感じたり、泣いたり笑ったりしたら自分が嬉《うれ》しい。

相手のことなど考えられないくらいに好きだ。単純でシンプルな、そんな感情を押しつける。けれど一葡が欲しいのは、たぶんそういう『本音』なのだ。

そしてまた、なによりも。

「中で……出してあげるから、いくとき言って」

「うんっ、言う……あ、あ、言うから……っして、もっと、して」

口調だけソフトな命令に、もっといじめてとかわいく泣いて、腰を振るから一葡も悪い。

そして結局山下は、かわいくぐずぐずになった一葡の中で、好き放題大暴れしたのだった。

どんなに冬が厳しかろうと、春というのはちゃんと来る。

骨折したり思いもかけず恋《こい》をしたり、逃げられてふられかけたり、めげて友人に尻《しり》を叩《たた》かれて立ち直って追いかけたりした慌《あわ》ただしい季節も、うららかな陽気の下ではもうどうでもいいことに思えた。

＊　＊　＊

「あらまあ、いいところじゃない」

プレオープンのパーティーには是非《ぜひ》来てくれと、招待状を持って数ヶ月ぶりに顔を出した実家では、すっかりお腹《なか》の膨《ふく》らんだ葉菜子がふっくらした顔で迎《むか》え入れてくれた。

「競合もすごそうだけど、その辺はどうなのかしら？」

「まあ、オーナーが鷹揚《おうよう》にかまえてるんで、そうかつかつはしてない。でもやるからには成功させたいと思うよ」

それなりに自信はある、と微笑《ほほえ》んで告げると、葉菜子の隣《となり》にいた兄はぼそりと言った。

「簡単に言うけどな。西麻布なんて、ほんとに厳しい場所だぞ」

「わかってる」

ばたついた日々を乗り越《こ》えた山下は、兄のきつい発言が意味するところも理解できるようになっていた。

あれから何度も、いやな顔をする兄とは本気で店をやっていくからと話しあった。知るか勝手にしろと門前払《もんぜんばら》いを食《く》らわされ、へこみそうになったことは一度や二度ではなかったが、ここで逃げていても意味はないのだと思ったからだ。

——お兄さんがすごく、山下さんの腕《うで》とか惜《お》しんでるからあんなに怒《おこ》ったのだって、わかってるよ？

一葡が教えてくれたことが、弱腰《よわごし》になりそうな山下の背中を押した部分もあった。なにより、話し合いがうまくいかなくて落ちこんだ夜には、あのあたたかい小さな手をした彼が、緊張《きんちょう》に凝《こ》った肩《かた》をほぐして、がんばれがんばれと励《はげ》ましてくれたのだ。

「たしかに料理メインの店じゃない。けど、だからこそリーズナブルにやれるものがやりたいんだよ。酒とサービスに関しては、プロ中のプロのバーテンダーもいるし」

江上は有名なカクテルコンテストなどでもいくつも優勝をおさめ、あまつさえソムリエの資格ももっているという、凄腕《すごうで》のバーテンダーなのだ。そんな彼は当然酒につけるつまみにも厳しく、顔合わせの際に「少しは料理もやる」などと言ったのがまったく謙遜《けんそん》でしかなかったことをいまでは知っている。

「むしろ彼のカクテルにあわせた料理っていうのもありかと思う。これから開発しなきゃいけないけどね」

形式にこだわるそれではなく、無国籍《むこくせき》、多国籍のなんでもあり感が好きなのだと訴《うった》えると、晴伸は頑固《がんこ》な顔をかすかにほころばせて言った。

「……おまえがそこまで言うのは、はじめて聞いたな」

「そうか？」

「ああ。いままで、なにをやってもなんとなく、この程度だろうって空気があるのが気にくわなかったんだが、まあいいんじゃないのか、それなら」

ふん、と鼻を鳴らすのは照れ隠《かく》しだろうか。葉菜子と顔を見合わせ、山下は笑う。

自身がずっと、辛《つら》い修業《しゅぎょう》をしてきた兄は、プライドも高いがやはり見る目もそれなりに厳しかった。それは昔から知っていて、その眼鏡《めがね》にかなうことのない自分が情けなくて、逃げていたのだといまは思う。

中途半端《ちゅうとはんぱ》な気分で適当にやるのでなければよし。職人のような兄に認められ、山下はほっとする。そしてまたきっちりとこうして勝負したこともなかったのだとあらためて思った。

「でもこんなこと言ってねえ。いちばん心配してたのこのひとなのよ」

「……うるさい」

くすくすとお腹をさすって笑う葉菜子は、口べたな兄がじつは案外とブラコンであることを暴露《ばくろ》してくれた。

「今回は家まで出ていってやるってんだから、本物だろうって。やっとあいつも覚悟《かくご》がついたのかー、って晩酌《ばんしゃく》しながらまあ嬉しそうに」

「おい、葉菜子！」

兄にしてみれば、ほんとうにやりたいことがあるのなら、自分のように親父《おやじ》とサシでけんかして、言い負かすくらいの気概《きがい》がほしいと思っていたのだそうだ。

モデルにしても、自分が反対した程度であっさり投げ出すのならば本物ではないだろうと、そう思ってもいたらしいのだが。

「でもさあ、義姉《ねえ》さん。だからって言っても、兄貴はやりすぎだよね」

愛情ゆえの鉄拳《てっけん》とはいえ、厳しすぎだとこっそり葉菜子に囁《ささや》くと、彼女もうんうんとうなずいている。

「うん、このひとはやりすぎ。子どもにいまどきあんなスパルタしたら、却《かえ》ってぐれるわ」

「おい……なんだそれは」

弟と妻にちくちくとやられ、晴伸は苦いものを嚙《か》みつぶしたような顔になる。その横で父は煎茶《せんちゃ》を啜《すす》りながら、ぼそりと告げた。

「なんだもくそもないわ。おまえが昔、俺に思ってたことをそのまま思われるってこった」

「オヤジ……」

身も蓋《ふた》もない伸照の言葉に葉菜子と山下は爆笑《ばくしょう》し、晴伸はますますいやな顔をする。だがそこに、もうすぐ父親となる男のやさしさのようなものが見えて、兄もただの人間だなとあらためて思った。

「しかし、結局は姪《めい》っ子かあ。名前決めたの？」

「まだよー。悩《なや》み中。なんかいい案ない？」

葉菜子の中ですくすく育っている子どもは、女の子だと先日判明した。たぶんあと半年もすると、この家はもっとにぎやかで慌ただしくなるのだろう。

「そのうち娘《むすめ》が大きくなったら、嫁《よめ》に出したくないって泣くタイプだなあ、おまえは」

「うっせえよ！」

からかわれるということが滅多《めった》にない晴伸は、父親のひとの悪い発言に怒鳴《どな》って席を立ってしまった。あーあ、と葉菜子は苦笑し、山下はおかしくてしょうがない。

「ま、ともかくオープンには来てくれよ。あのひとも、まあ暇《ひま》があったら顔出せっといて」

「はいはい、承《うけたまわ》りました。昭伸さんも、また来てね」

とりあえず用は済んだし帰ると腰をあげると、葉菜子が大きなお腹を「よいしょ」と抱《かか》える。

「うん。あ、俺のともだちでマッサージとかやってる子いるんだ。妊婦《にんぷ》さんのむくみにいいマッサージとかも知ってるから、義姉さんもし、なにかつらければ、相談して」

「あら、嬉しい。じつは肩が凝るし、腰がつらいのよねえ。……ここに行けばいいの？」

「や、電話くれれば出張してくれるってさ」

一葡に葉菜子の話をすると、いま現在のバイト先の名刺《めいし》をすぐに渡《わた》してくれた。また妊婦が出歩くのはつらかろうから、個人でも出張してくれるのだそうだ。

不思議なことに、一葡を家族にあわせることに関して、山下にはまったくうしろめたさがなかった。葉菜子の状態を考えて、あまりいまは驚《おどろ》かせたくないから黙《だま》っているが、そのうち、ちゃんとしたパートナーとして紹介《しょうかい》してもいいかなあと思っている。

兄はたぶん血管が切れんばかりに激憤《げきふん》しそうだが、この件に関しては仕事同様譲《ゆず》れない。それに希望的観測ではあるが、おおらかな葉菜子は「あらま、昭伸さんはホモのひとだったのね」で終わりそうな気もしている。

「それはそれは、お気遣《きづか》いありがとう。いいおともだちねえ」

「ん。すごい、いい子だよ」

だからさらりと言ってのける。自慢《じまん》したいような気分も、少しだけあったのかもしれない。

「今日は徹夜《てつや》明けなんでしょう？　気をつけて帰ってね」

「あはは、深夜シフトで慣れてるから。それじゃあね」

昨晩、開店準備で朝まで西麻布に留《とど》まり、刷り上がった招待状が届いたその足で実家に来たのだ。まるで急《せ》いた子どものような自分が照れくさくて頬《ほお》を掻《か》いた山下を、すっかり母の顔になった葉菜子は、角を曲がって姿が見えなくなるまで手を振《ふ》って送り出してくれた。

（いい季節だなあ）

桜が、見あげる青空に白く浮《う》かびあがる。すでに桜も満開になり、かつて二十数年馴染《なじ》んだ、そしていまではなつかしいばかりの実家からの道のりを、山下は長い脚《あし》でのんびりと歩いた。

半年前の自分からすれば、考えられないような心境の、そして環境《かんきょう》の変化だった。

だがあれだけ理解不能だった一葡とも、結局はなるようになったのだ。人間というのは見方で違《ちが》うなということを、山下は最近になって思い知った気がする。

ただ、いまだに理解不能な人種もいると思うのは、内田だろうか。

昨日も真雪が電話で、あいつはたいがいしぶといと、ぶつぶつと怒っていた。

『結局、俺は悪くないからって居直って、まだシフトに入ってんだよねえ』

藤木と曾我はいったいなんでまたあんな問題児をクビにしないのかと謎《なぞ》ではあったのだが、それにも一応事情はあるらしい。

『あいつ、二年前まで引きこもってて、いま反動で、逆に家に帰れないんだって。で、クラブとかで遊びまわってるばっかじゃ厳しいんで、なんとかしてくれって曾我ちゃん、泣きつかれたんだってさ』

あの傍若無人《ぼうじゃくぶじん》な内田にも、そんなディープな過去があったのか。とりあえずはまっとうな生活に馴染むのが優先で、迷惑《めいわく》をかけるがよろしく頼《たの》むと両親に頭を下げられては、藤木も曾我もどうしようもなかったそうだ。

あのゆったりとした時間の流れる湘南の店ですら、どこまでつとまるものかわからない。

けれどチャンスを取りあげてしまわなくてもよかろうと、そんな気持ちでいるらしいが、やはり山下には甘いと思えてならない。

だがその甘さがあるから、自分にとってもあの店が逃《に》げ場になっていたのだろう。それを思えば、一概《いちがい》に否定はしきれないのだ。

「いっそ、俺の実家紹介してやろうか？　兄貴に小突《こづ》かれまくったら更生《こうせい》するかも」

ただ皮肉混じりに言ってやると、真雪はけっこうまじめな声で『いいかもしれん』と鼻息荒《あら》く電話を切った。

そんなあれこれを孕《はら》みながら、新店のプレ営業がはじまろうとしている。まだ当面、試行錯《さく》誤《ご》の日々が続く山下だったが、プライベートは充実《じゅうじつ》していた。

なにしろ専属のマッサージ師つきなので、疲労《ひろう》はその日のうちにほぐしてもらえる。がんばりやで勉強家の恋人《こいびと》は、ひとの身体《からだ》を治す仕事についているくせに生活が不規則だから、とにかく食事はちゃんとしなさいと毎日弁当を持たせるようにした。

ちなみに、あの狭苦《せまくる》しいアパートよりも、一葡の通う学校も新しいバイトさきも、山下の家のほうが近いらしい。それを打ち明けたとき、一葡はひどく申し訳なさそうだった。

――ガッコは、たまたまだけど、バイトは……せめて、近いとこいたいなあって、思って。

しつこくてごめんなさい、と眉《まゆ》を下げていう一葡の態度は、かつての山下ならばうざいのひとことで切って捨てたものだったろうと思う。

だがいまとなれば、その行動はいじらしいし、職場が近いなら都合がいいからいいじゃないかと思うのだから、つくづく人間は勝手なものだ。

（うん、今度花見弁当作って、一葡と公園に行こう）

帰宅までの道すがら、あちこちに見かける桜に決意して、山下は恋人の待つ家に帰る。

「ただいま」

「おかえりっ」

ドアを開けると、犬かという勢いで一葡が飛んできた。実家に行くということを彼は山下以上に心配していて、靴《くつ》を脱《ぬ》ぐ山下を前にそわそわとしている。

「けんかしなかった？　平気だった？」

「ああ、もう何度か話したあとだったし。穏便《おんびん》に終わったよ。あと、義姉さんにマッサージの話したら、喜んでた。頼みたいって」

「そっか、よかった」

最近気づいたことだが、ほっと胸を撫《な》で下ろす一葡は、家族間のもめごとというのにひどく過敏《かびん》だ。そして、半同棲《はんどうせい》状態になってあらためて、彼がいっさい家族らしいものと連絡《れんらく》を取っていないことにも気づかされている。

その事実がなにを意味するのか、おぼろに山下は理解している。そしてそのたび、胸がぎゅっと痛くなって、一葡の身体を抱《だ》きしめてしまう。

「ん？　な、なに？」

「んー。なんでもない」

簡単に抱きあげられてしまいそうな小さい一葡をぎゅっとして、髪《かみ》のにおいを嗅《か》いだあとにつむじに唇《くちびる》を押し当てた。そのまま照れている一葡をずるずると居間まで引っぱっていって、最近すっかり定番になった『背中から抱っこ』のまま山下は再三繰《く》り返している口説き文句を口にする。

「あのさあ、この部屋広いから、もういいかげん引っ越《こ》しておいでよ」

どうせ毎日弁当作るし、そのほうが楽だし。がっちりと小さい身体をホールドしながら告げると、一葡は真っ赤な顔で「いいのかなあ」と眉を下げる。

「なんで渋《しぶ》るの？　一緒《いっしょ》に住むの、いや？」

かつての自分では考えられない、べったりした状態で囁《ささや》くと、んー、と一葡は唸《うな》った。

「だって……毎日で、おれに飽《あ》きない？　うっとうしくなんない？」

「うん、飽きない」

というより日に日に一葡を好きになる。好きすぎてどうしましょうかと相談した大智にはこの間『おまえだめすぎ』と突《つ》っこまれたが、知ったことではないのだ。

「つうか、かわいい」

「うー……」

頰に口づけると、一葡は真っ赤になった。そして逃げるように視線をうろうろさせ、うわずった声で本当は興味もないはずのテレビを指さす。

「あ、あの、テレビ見ていい？」

「いいよ。んじゃこっちおいで」

ひょいと抱《かか》えて膝《ひざ》の間に座らせると、リモコンを手にしたままがらんと固まった。これもまた、一葡言うところの『憧《あこが》れのポーズ』だったのは昨晩のあれこれの間に聞き出している。

ついでに言えば、この手のことは居直ったもの勝ちだということも、日々山下は学んでいる。

（おもしろいなあ）

恋人を甘やかすということ自体が山下は新鮮《しんせん》で、毎日楽しい。一葡が嬉《うれ》しい顔をするとかわいいので、もっとかわいくしたいと思う。

初対面からあれだけ突拍子《とっぴょうし》もないことをした彼なのに、ふたりきりの空間でちょっかいを出すと、むしろ照れまくって逃げようとする。

たぶんあれは、どうせ好きになどなってもらえないとあきらめたうえでの、ただのデモンストレーションだったのだろう。

最初から投げやりでいれば、案外と楽に振る舞《ま》えることは山下も知っている。

だから、思いもかけず返された気持ちに一葡は面食《めんく》らったまま、まるで初々《ういうい》しい。それがかわいいので、山下は自分でも胸焼けがするほど甘くなってしまうのだ。

「んで、一葡のほかにしたいことは？」

「……いま、してる」

膝に抱えたポーズのまま、小さい頭に顎《あご》を乗せた山下が耳や頬をつついていると、一葡は赤くなりながら、困ったように、けれど幸せそうに笑った。

「やっぱり昭伸、やさしいね」

「なんで？」

「疲《つか》れてんのに、ごめんね。かまってくれて、ありがとね」

好きでしていることでもあるのに、感謝されると少し困る。だがそれは言葉にせず、相変わらず、ずれたまんまの感覚をした一葡の身体をくるんとひっくり返すと、黙《だま》ってキスをした。

「……テレビ」

「どうせ見てないだろ。ついでに、疲れてるかどうか、自分でたしかめたら？」

強引《ごういん》にされるとすぐにぐずぐずになる一葡のシャツに手を突っこみつつ、えらそうに言ってのけると、ぼっと一葡が赤くなった。

「え……エロいよー……昭伸……」

「そ？　触《さわ》ってるだけじゃん」

「そ、そゆ、とこ、触るの……だけって、言わないよ」

お昼だよ、と言うのを知らぬふりで、胸をくすぐりながらふっくらした耳朶《みみたぶ》を齧《かじ》った。

「や、やだ、待って」

「んー……じゃ、俺のしたいこともしてくれる？」

「え、な、なに？」

びく、と怯《おび》えた顔をするのはなぜだろうか。あくまで山下としては冗談《じょうだん》のつもりで押し倒《たお》したのだが、一応「エッチ関係ではなく」と前置きをすると、素知らぬ顔で彼の膝に頭を乗せた。

「耳、そうじして。俺、へたなんだよね」

「あ、ああ、なんだ。うん、いいよ」

ほっとした一葡に、俄然《がぜん》その気になってきてしまうけれど、それはおくびにも出さないで、器用な手が頭を押さえ、耳かきを手にするのをたしかめて目を閉じた。

こんな、端《はた》から見ればやっていられないようなことを頼《たの》むなどと、自分も変わったなあと思うけれど、べつに相手がそれでいいからいいのかなとも思う。

誰《だれ》かの考えたとおりに振《ふ》る舞い、楽なスタンスでいるより、なまなましいくらいの感情をぶつけて許されたい。なにより一葡自体、こういう山下を嫌《きら》いではないらしい。

「痛くない？」

「ん、気持ちいい」

「あとでマッサージする？」

うん、とうなずいて、葡の膝の感触《かんしょく》を堪能《たんのう》する。こっそりと脚《あし》を触ると、びくっとした一葡が目をつり上げて「こら」と言った。

「鼓膜《こまく》破るよ！　あぶない！」

「はいはーい」

「……っとに……こんなひとと思わなかったなあ、もう」

　この甘えん坊《ぼう》、と耳を引っぱられて、山下は声をあげて笑った。

「しょうがないだろ。俺、母さんいないから、こういう甘えかたしたことねえもん」

「……そなの？」

「うん、そう。小さいころ死んじゃってね。オヤジと兄貴とにげんこつ食らわされて育ったの」

　さらっと、まだ言ったことのなかった家庭の事情を話すと、一葡の声がそろりとひそめられた。両耳をもくもくと掃除《そうじ》して、終わったよと告げるのは頭を撫でる小さい手だ。

「一葡んちは？　どんなうちだった？」

「ん、……ふつう、かな」

　目を伏《ふ》せて言いよどむ彼に、まだ過去の細かい事情は聞いたことがない。けれど漏《も》れる言葉の端々《はしばし》で、あの寂《さび》しい部屋を訪ねたときに考えた予測がそう間違《まちが》ってはいないらしいと気づかされている。

　だが、べつに急いで暴《あば》くようなことでもない。たぶん知ったところで気持ちが変わらない自信もあるし、むしろ痛みがあるなら助けてやりたいとも思う。

　葉菜子に会わせてやりたいと思うのも、それでだ。あのほんわりとやわらかい義姉《あね》を、一葡もきっと気にいるし、彼女もそうだろうと思う。

（ま、それはおいおいでいいけどね）

山下は無言で起きあがって、言いたくなければ言わなくていいと教えるため、唇をふさいだ。ほっとしたようにしがみついてくる一葡は、もうきわどいところを撫《な》でてもいやがらない。

「で、もう、エッチなことしていい？」

「……ウン」

キスをしながらシャツをはだけさせた。うなずく一葡の顔は真っ赤で、腰《こし》がもじもじ動いている。蒸《む》れた熱のこもった場所を撫でると、なまめかしい息をついた一葡が、ぽつりと言った。

「そのうち……聞いて、くれる？」

「ん」

待ってるよ、と額にキスを落として、本格的に小さな身体《からだ》を押し倒した。強引に服をはいで、裸《はだか》にした恋人《こいびと》の肌《はだ》を堪能しながら、山下はふと問いかけてみる。

「ところで、夕飯なに食べる？」

「んと……ちゅ、中華《ちゅうか》……あ、食べ、たいっ……」

「わかった。エビチリ？」

うん、としがみつく一葡のあがった息がくすぐったくて、笑いながら小さな身体にのしかかる。重いと笑いながら抗議《こうぎ》するから、わざと体重をかけてやった。

「や、ほんと、つぶ、つぶれるっ」

「……嘘《うそ》つけ、ほら」

「あん、やだ……それ、一緒《いっしょ》にしちゃ、やだ……」

じゃれついてふざけながら、甘すぎるような声とキスを交《か》わして、熱をあげていく。

過去の自分を振り返るに、まるで別人のようだとも思うけれど、山下の素顔《すがお》を引きずり出したのは一葡だったのだから、これは覚悟《かくご》してもらうしかないだろう。

慣れないことは、勝手が知れない。だからいっそ、全力で丸ごとぶつけてしまって、それから徐々《じょじょ》にわかっていくしかないのだ。

幸い一葡はそんなに弱くないようなので、たぶん自分たちはちょうどいい感じに、不器用に転びながらやっていくんじゃないかと思う。

そしてふと、一葡の肌を吸いながら、前々から考えていたことを口にした。

「あ、そうだ。今度、由比ヶ浜《ゆいがはま》散歩したあと、店に行こうか」

「え?」

しばらくはデートのようなこともいっさいできなかったけれど、たまには湘南店に客として顔を出してもいいだろう。代わり映《ば》えのしないコースかもしれないが、いまのところ遊べそうで思いつく場所がそこらしかない。

「そんくらいしかわかんないけどさ。ヴェスパで二ケツして、だらっとドライブとかは?」

「い、行く！　行きたい！」

ついでに言えば一応、出会いの記念の場所でもある。あんまり思い出してうつくしいものではないが、それも笑い話でいいんじゃないだろうか。

「ああ、それと、そうだそうだ。その前に弁当持って花見しよ。そこの先の公園、もうちょいで散っちゃうし」

「うんっ！　する！」

紅潮した頰《ほお》のままがばっと跳《は》ね起きて、一葡が勢いこんで言う。もうだいぶあれこれといじったせいで髪《かみ》の毛がくちゃくちゃにはねていて、変な頭と笑ったら拗《す》ねた。

髪が短いのは、くせっ毛のはねがすごいからのばせないのだともう知っている。それでも寝《ね》起《お》きにはくるくるに寝癖《ねぐせ》がついていて、それを一葡がすごく気にしていることとか。

「もー、髪の毛のこと言うなってば……」

「なんで、かわいいじゃん。ほんと、あちこちまんまるだよなあ」

「それも言うなってば！」

童顔なのもやっぱり気にしているらしく、膨《ふく》れた頰をつついて笑うと、怒《おこ》っていいのか拗ねていいのかわからない顔で、一葡が腕《うで》に嚙《か》みついてきた。痛みに悲鳴をあげつつ、山下はおかしくて笑ってしまう。

「いいだろ。まんまる。今度から、マルって呼ぶ？」

「犬じゃない！」

しつこくからかうと本気でヘソを曲げそうになったけれど、尖《とが》った口にキスをすると、一葡の不機嫌《ふきげん》も二秒とはもたない。

そして、山下の長い腕の中で、結局くるんと丸くなったのだ。

END

あとがき

お久しぶりのブルーサウンドシリーズです。前作からはきっちり一年ぶりですね。またこのシリーズでお目にかかれて嬉《うれ》しいです。毎度主役の代わるシリーズで、時系列としては、二作目と三作目の間の話になっています。でも独立していますので、ここから読んでくださってもぜんぜん問題はありません。が、ほかのもよろしくしてくださると嬉しいです（笑）。

あ、このあとがきはかなりネタバレを含《ふく》んでいますので、最初に読む方はご注意を。

さて今回のお話では、大智《だいち》と瀬里《せり》以来のちんたらとしたラブ模様。『片思いして相手が振《ふ》り返るまで』というのはラブストーリー定番ですが、自分的に試みてみたのは今回「恋《こい》をされるほうが主役」という点です。つまり、惚《ほ》れられて困っちゃう側の視点で話が進んでます。

とはいえまったく初、というのではなく、以前、ルビーさんで『形状記憶衝動』という話を出して頂きまして（あ、この話にもじつはちらっとブルーサウンドが出ています）、その際の主役も受けの子に恋をされてる自分を醒《さ》めて眺《なが》めている感じでした。

ただし、あちらは海千山千の大人と子ども、という対比で書いた＋とくに告白もしていない微妙《びみょう》な関係でいる、という状態ですが、今回は受けがのっけで大玉砕《ぎょくさい》をするんですが、なぜかめげずに頑張《がんば》ってしまい、攻《せ》めが困惑《こんわく》する……という珍妙《ちんみょう》な話です。

ふだんわりとパッション溢《あふ》れるラブな話を書くのですが、今回の主役、山下《やました》は基本、恋愛《れんあい》がよくわかってないタイプです。惚《ほ》れられて周囲に冷やかされ、まず「うわウザい」とか思っちゃう、テンション低い、まあある意味ふつうの男子のつもりで書いてみました。

ばりっと有能で仕事ができるという感じでもなく、そこそこなしているけれど、なんとなく目標が見えなくて、半端《はんぱ》な自分を持てあます青年は、最近好んで書きたいタイプです。ただもう、読んだ方はお気づきのように思った以上に難物な男で……執筆中《しっぴつ》呻《うめ》くように「山下……恋をしろ……恋を……」とぶつぶつ言っておりました（笑）。

対して一葡《いちほ》は、あたって砕《くだ》けて転がっちゃう、おばかさんタイプと思いきやじつは案外しっかり考えてる子、という感じです。ただとにかく男を見る目がないので（笑）、変なのにばっかり引っかかる。そういう一葡と、いいひとぶってることに慣れた、でもほんとはやっぱりいいひと、の山下の、からから空まわる恋愛模様は、わりとセオリーからずれた方向に行ってくれて、書いていておもしろかったです。つくづく、相互《そうご》理解のないカップルが素《す》っ頓狂《とんきょう》な嚙《か》みあわない会話をするのが好きなんですねえ、わたし……。まあ、最終的には攻めがめろめろになるあたりは、毎度の崎谷《さきや》だなあと思ってくださるといいんですけど。

そしてじつは今回の話は、友人の実話が一部、設定モデルです（笑）。コックさんとマッサージ師。むろんキャラだのエピソードは違《ちが》っておりますが。

Ｋ美ちゃん、クマさんとのゴールイン間近の今年に、この本が出るのはなにかの縁《えん》だと私は思います。あなたのラブ話を聴《き》きつつ『ネタにすっからな！』と言ったのはマジだったわょウフフ（笑）……なんつて、ちゃんと許可は取ってます。

そしてまじめにおめでとう。ほんとに幸せになってください、心から願っています。ていうか私はルビーの本が出るときによく、友人知人の結婚《けっこん》だの出産だののおめでとうを呟《つぶや》いていたりする気が。……次は誰《だれ》だろうなあ（笑）。

さてさて、今回も素晴らしく素敵なイラストで本を飾《かざ》ってくださった、おおや和美《かずみ》さま。ある意味ではニューキャラまみれの今作ですが、またもお世話になりました。毎度ながらほんとにイメージ通りで嬉しいです！　山下はかっこよくて一葡はかわいくて、どうしようかと思いました。幸い、どうやらまだシリーズを続けていただけるとのことなので、次回はまた遠いですが、次も頑張ります！　よろしくおねがいします！

毎度のご担当さま、今回もお世話になりました。ほんとに打ち上げでもしたいですね。今度こそゆっくり乾杯《かんぱい》を……乾杯を……いつする暇《ひま》が……（遠い目）。

それから、毎度ありがとうのお友達、Ｒさん、坂井《さかい》さん、冬乃《ふゆの》さん。恋をしない山下の鬼《おに》っぷりを愛《め》でてくれてありがとう。うん、ほんとアレはサドだと思う……よ。

ほかの友人連も、不義理な私に頑張れと言ってくれてありがとう。ほんと時間作る。今度こそ皆《みな》で飲みに行きたいです。

そしてなにより、読んでくださった皆さんに感謝です。わりとネタにこだわらず、あれこれやってみたいタイプですので、その中にお好みのものがあるといいなあ、と思っています。

あ、最後にCMです。このシリーズの二作目となる大智×瀬里編、「手を伸ばせばはるかな海」が、マリン・エンタテインメントさんより発売が決定したそうです。この本にチラシとか挟まってるかと思うので、詳細《しょうさい》はそちらで。ブックレットのほうにもショートを書き下ろしています。また、一作目の「目を閉じればいつかの海」もあわせてよろしくお願いします。

てなことを言いつつ、今作より新キャラも増え、新店のほうにもお話がシフトしてまいります。今作はその移行編とでも思って頂ければと思います。

シリーズ次回作はかなり先になりますが、西麻布が舞台《ぶたい》で、メインは店員さんではないかもです。とはいえまだ未定ですし、またブルーサウンドに戻《もど》ることもあると思うので、『湘南編』『西麻布編』で、タイトルもちょっと海から離《はな》れたりするかもしれませんが、皆様どうぞごひいきに。あ、次のルビーさんはべつのお話になります。そちらもよろしくです。

ちなみにじつはこの本で、商業誌の四十冊目（絶版本の文庫化は省いてます）となります。これからも、地道に頑張りたいと思います。予定どおり行けば、来年のルビーさんで節目の五十冊目が来るんですが（笑）そこまでへたらないよう、気合いいれていきます。

そして、読んでくださった皆様とは、またどこかでお会いできれば幸いです。ではでは。

KADOKAWA RUBY BUNKO

振《ふ》り返《かえ》ればかなたの海《うみ》

崎谷《さきや》はるひ

角川ルビー文庫　R83-14　14256

平成18年6月1日　初版発行

発行者――井上伸一郎
発行所――株式会社角川書店
東京都千代田区富士見2-13-3
電話/編集(03)3238-8697
営業(03)3238-8521
〒102-8177　振替00130-9-195208
印刷所――暁印刷　製本所――BBC
装幀者――鈴木洋介

ISBN4 04 446814-1　C0193　定価はカバーに明記してあります。

KADOKAWA RUBY BUNKO

角川ルビー文庫

いつも「ルビー文庫」を
ご愛読いただきありがとうございます。
今回の作品はいかがでしたか？
ぜひ、ご感想をお寄せください。

〈ファンレターのあて先〉

〒102-8177 東京都千代田区富士見2-13-3
角川書店 ルビー文庫編集部気付
「崎谷はるひ先生」係